BLUE

DANIELLE STEEL

天使的孩子

[美] 丹尼尔·斯蒂尔 著　　钟山雨 译

江西人民出版社
Jiangxi People's Publishing House

致我亲爱的孩子，
比提、特雷弗、托德、尼克、
萨曼莎、维多利亚、凡妮莎、
马克斯和查拉：

生命由特别的时刻汇聚而成，
这些时刻中有欢愉，有伤悲，
有绝佳的运气，惊奇的思虑，
有影响终生，永不能忘的时刻，
你们视如珍宝的时刻。

愿你们所有的特别时刻
都珍贵而幸福，给人生带来美好的转变，
皆是上帝所赐的恩惠。

愿你们施他人以善，
他人常施你们以亲、以爱，
愿你们一直、一直知道且铭记
我对你们的爱取之不尽，
全心全意，从现在直到永恒。

爱你们的，
妈妈 / d.s.

01

在非洲西南的安哥拉，旅程持续了整整七个小时，先坐吉普车从卢埃纳附近的小村庄到马兰哲，再换火车到首都罗安达。出卢埃纳的一段路漫长而艰难，为避开埋伏在这一带的地雷，车必须开得极其谨慎。经过四十年的冲突和内战，这个国家满目疮痍，急需外界所能提供的一切支援，基妮·卡特正是因此被人权紧急救援会派往此地的。这是一家总部设在纽约的私人基金会，他们将人权工作者输送到世界各地。不论去哪里，基妮的任务一般都会持续两三个月，有时更久。作为支援队伍的一员，她被派去应对一切人权受到侵犯或质疑的状况，她的职责通常是帮助当地的妇女儿童，但在动荡地区，她还得处理食物、水、药品和住所短缺这些最急迫的物质问题。她也常常干预法律事务，去探望入狱的妇女，并与律师交谈，尽量使她们得到公正的判决。作为一个有责任感的组织，救援会对工作者们都颇为关照，但从事这份工作仍时常免不了危险。在她初次接受任务之前，一系列深度训练课程教会了她从挖壕沟、净化水源到急救的一切技能，但却没有教她如何坦然面对日后所见的一切。自从在救援会工作以来，从人与人之间的杀戮到欠发达及新兴国家的人民生存困境，她都看遍了。

基妮从罗安达飞往伦敦，在希思罗机场稍作停留，四个小时后出发飞往纽约。等到在肯尼迪机场出了海关，这趟旅途已经满二十七个小时了。她穿着牛仔裤、登山鞋和一件厚重的军用派克大衣。飞机着陆前，她睡醒了，之后，那金色的长发就一直被发圈胡乱扎在脑后。从八月至今，基妮在非洲度过了四个月，比以往要久些。落地纽约这天是12月22日，她本来希望新的任务这时已经委派下来，但是没人及时顶替她。为了不必在这时候待在纽约，基妮精心策划，可现在还是不得不孤零零地面对圣诞节了。

其实她也可以跟父亲和姐姐一起在洛杉矶过节，但这就更不是什么好主意了。离开洛杉矶已经快三年了，她从没想过要回去那个见证她长大成人的城市。自从离开那儿开始在救援会工作后，她形容自己过着游牧式的生活。基妮热爱这份工作，它能够耗尽她的精力，让她几乎没工夫去考虑自己，而曾经的她做梦也想不到，自己有一天竟会熟悉这些国家，并在这些地方工作生活。她帮过接生婆助产，找不到人手的时候甚至亲自上阵，她曾怀抱奄奄一息的孩子，安抚他们的母亲，也曾在流离失所者的营地里照顾孤儿。她曾踏上遭战争重创的土地，亲历两次地方暴动和一次革命，见证了那些本应与她的生命毫无交集的苦痛、贫穷与支离破碎，这些让人能够正视生活中余下的一切。救援会感激她的付出，因为她愿意被派去支援那些最艰苦的地区，无论多么荒凉或危险。环境越是恶劣，工作越是困难，她就越充满干劲。

虽然知道可能遭遇不测，但基妮并不在乎。的确有一次她在阿富汗失联了三周，总部以为她遇害了，远在洛杉矶的家人也提心吊胆。但是一个当地人家将她收留下来，在她发高烧时悉心照料，让她最终得以拖着虚弱的病体返回营地。对于救援会提供的那些最糟糕的选择，基妮似乎有点儿求之不得，而他们也明白她不仅指望得上，而且肯定能坚持到底。她的足迹遍布阿富汗、巴基斯坦和非洲各地，这些经历也成了她笔下一针见血而又有建设性的报道。两次在联合国人权高级专员事务处，一次在日内瓦总部，她将亲历过的困境一一陈述汇报，那尖锐又悲悯的描绘令人难忘。

落地纽约时她已经疲惫不堪。告别在卢埃纳的难民营，告别她照顾的那些妇女和孩子们，这让基妮十分伤感。为了帮助他们重新安顿下来，人权工作者付出了很多努力，尽管当地无处不在的官僚作风总是成为他们的绊脚石。要是能在那儿多待一年半载就好了，她想。每次只持续三个月的任务总感觉太匆忙，每当他们刚开始熟悉这个国家的状况，马上就被换走。不过他们的首要职责是如实反映当地的现状，而后才是量力而行去改善。在当地期间，工作者们会倾尽他们所能，但这样的努力只不过是沧海一粟。毕竟在这个世界上，境遇悲惨的妇女和孩子不计其数，急需援手的人实在太多了。

工作这样艰苦，基妮却乐在其中，等不及要向新任务进发。她既不愿意在纽约多待，也惧怕假期到来。圣诞对她来说已经不存在了，在不过节的地方埋头工作要好得多。离圣诞节还有三天，这是一年中最糟糕的日子，偏偏在这时回来可真是走了霉运。她只想一回公寓就睡过去，最好醒来之后节日已经过去。假期只意味着痛苦。

出海关时基妮只申报了几个小小的木雕，是难民营的孩子们做给她的。如今她随身珍藏的宝贵财富，就是这些年来遇到形形色色的人留下的回忆。她没有物欲，只有一个双肩包和一只破旧的小行李箱跟着她四处奔波。工作的时候她连照镜子的工夫都没有，但这也不算什么。能洗上热水澡就已经是最奢侈的享受，其他时候就用自己带的香皂冲个凉。基妮的牛仔裤、运动衫和T恤虽然都很干净，但皱巴巴的，毕竟有衣服穿就已经强过很多受照顾的人，而她也常常把衣服送给更需要的人们。三年来，她既不穿裙子和高跟鞋，也从不化妆，在参议院听证会上展现非凡口才的那次是唯一的例外。就算是向联合国或人权委员会汇报时，她也穿着黑色旧休闲裤、毛衣和平底鞋，毕竟只有汇报内容、大家渴望知道的信息和她每天目睹的那些暴行才是至关紧要的。基妮对于施加于妇女儿童的残酷罪行有着绝对发言权，但回国后，人们要她站出来说话时，基妮表示自己不过是站在这些妇女儿童的立场上代他们发声。她的话经过妥善考量，每个字都掷地有声，让听者落泪。

走出航站楼，她深吸一口夜晚的冷空气。游客们有的匆匆去打车或赶公交车，有的忙着问候在航站楼外等待的家人，而基妮静静地看着他们，眼神深邃，近乎深蓝色的双眸宛如湖水。她看上去有些严肃，心里纠结着是坐接驳车还是打车去市里。漫长的旅途加上蜷在大巴里睡觉导致身体到处都疼，何况自己早已精疲力尽，于是基妮决定任性一回——即使在任务中见到的一切让她愧于把钱花在自己身上。她走到路边拦下一辆计程车，车迅速掉头过来。

基妮打开车门，把背包和行李箱扔进后座，钻进车里关上门。

年轻的巴基斯坦司机打量着她，问去哪里。告诉他地址时，基妮在他们之间隔板的执照上看到了他的名字。不一会儿他们就出发了，冲出机场的车流，开上高速。在那个荒凉的地方度过四个月后，回到文明社会反而令她备感异样。不过这种感觉在每次回来的时候都会冒出来，而每次刚调整好心态没多久又要走了。基妮总是请求组织快点安排下一个任务，一般他们也会满足她的心愿。积极的态度加上近三年的专业素养，使她成为他们最珍贵的前线工作者之一。

“你来自巴基斯坦哪里？”车汇入向市中心涌进的车水马龙后，基妮朝司机问道。他在后视镜里冲她笑笑，那张脸很年轻，因为被猜中了国籍显得非常愉快。

“你怎么知道我是从巴基斯坦来的？”他问。基妮也对他微笑。

“我在那儿待过，一年前。”她又猜中了确切的地名，司机惊奇不已。在美国人里，对他的国家哪怕有一丝了解的也是屈指可数。“我在俾路支省待了三个月。”

“你在那儿做什么？”他被基妮激起了兴趣。计程车在车流中缓慢行进，假期里进城注定是长路漫漫，和他聊天使她保持着清醒。年轻的司机显得很亲切，而相比之下，即将在纽约见到的人们如今反倒更像外国人。

“我在那儿工作。”基妮望着窗外本应熟悉但却显得陌生的景象，静静地说。自从离开洛杉矶，无家可归的感觉一直伴随着她，那儿大约就是最后一个称得上是家的地方。那也挺好的，如今家已经没有存在的必要，能有个容身的帐篷或者营地就令她知足。

“你是医生吗？”司机很好奇。

“不是，我在人权组织工作。”基妮说得有点儿含糊。坐在舒适暖和的计程车里，困意一阵接一阵袭来。她强撑着不睡过去，决心等回到公寓洗完澡才钻进被窝。冰箱肯定是空空荡荡，但在飞机上吃过所以无所谓，略过今天的晚饭，明天就可以去买一切必需品了。

沉默中，车缓缓行驶着。这时纽约的天际线跃入她的眼帘——它的美丽无可辩驳，但仿佛电影布景一般，而远非现实居所。旧军营、难民站、帐篷，这些才是她了解的人们居住的地方，不是高楼林立、万家灯火的都市。几年过去，回纽约时的这种疏离感越来越明显，不过因为基金会总部在此的关系，她在这儿留一间公寓住也合情合理。每隔几个月她就像寄居蟹一样爬进来短暂休息，对这个空壳没有一丝家的情感寄托。仅剩的私人物品还在没拆封的箱子里，是姐姐丽贝卡整理好从洛杉矶寄来的，那时基妮刚刚卖掉在那儿的房子。她不知道箱子里有些什么，也懒得知道。

花了一小时多一点儿，车终于来到公寓门口，基妮慷慨地付了很多小费。年轻司机又冲她笑笑，表示了感谢。在背包口袋里摸到钥匙后，她下了车。寒意袭人，仿佛要下雪了。基妮把行李放在脚边，费了半天劲才打开公寓楼的门锁。大楼正面看起来有些陈旧，冷风从两百米开外的东河吹来。她在上东城80号街区租下这间公寓，是为了天气暖和时可以沿河散步，看往来的船只。在洛杉矶住了多年大房子后，一间没有压迫感也不那么私人的公寓正合她的心意。

基妮走进大楼，按下电梯按钮去往第六层。楼里的一切显出沉闷的气息。她注意到几户邻居在门上挂了圣诞花环，但她早就不再为圣诞装饰费神了，况且搬来纽约后这也只是第二次在这儿过节而已。比起张罗圣诞树和在门上挂花环，这世间有太多更重要的事情要考虑。基妮等不及要去总部办公室，但他们接下来几天都放假。她打算看些书，补补觉，在最新的报告中总结一下这次的任务。这份报告让她有事可做，造成一种不是假期的假象。

进门，开灯，一切还是原状——从布鲁克林的车库拍卖[1]买回来的破旧沙发仍是那样无精打采，一把布满使用痕迹的二手皮质躺椅，是她至今用过最舒适的椅子，坐在上面阅读时常常睡过去。沙发对面还有一把椅子，本是给客人坐的，却从来没真正接待过一个客人，不过万一有人来也有备无患。满是旅行贴纸的老铁皮箱是和沙发一起买的，成了她的茶几。窄小的餐桌不相称地配了四把餐椅，还有一株枯死的盆栽装饰着窗台，本来七月就打算扔掉它，但一直忘了，打扫公寓的人也不敢乱扔。几盏老旧的灯发出温暖的光亮，充满了房间。屋里还有台从没打开过的电视机，因为她更喜欢在网上看新闻。卧室的布置只有床，同样是二手的橱柜，和一把椅子，墙上空无一物。这里绝说不上有家的舒适，不过能让她睡觉、放衣物罢了。基妮不在公寓的时候，清洁女工会按月来，在的时候就变成每周一次。

把行李箱和背包都放进卧室后，基妮回到客厅，仰在沙发上，

---

1. 车库拍卖（garage sale）：一种在卖主的自宅前，私家车库中进行的旧家具、衣服、家庭用品的买卖。

尽管外观不怎么样，这沙发仍然迎接着自己回来。她想着这二十八个小时走过了多么漫长的路，简直像从另一颗行星返回地球。正想着，手机忽然响了起来。现在是晚上十点，救援会的办公室早已关门，会是谁打来的呢？基妮从大衣口袋里摸出手机，接了电话——在海关时她就开机了，虽然不想打给任何人。

“你回来啦！还是没到家呢？”电话里的声音很雀跃，原来是基妮的姐姐丽贝卡从洛杉矶打来的。

“我才刚进门呢。”基妮微笑着说。姐妹俩保持着短信联络，但已经有一个月没听到彼此的声音。而基妮也不记得她对丽贝卡说过要回来。

“累坏了吧？”贝琪[1]心疼地问。她是养育这个家的人，是基妮一生依靠的姐姐，即使三年不见她们也关系亲密，因为常常互相打电话，发短信，有网络时也会通邮件。贝琪比基妮大四岁，刚满四十，已婚，抚养着三个孩子，一家人住在帕萨迪那。她们的父亲患有阿尔茨海默症，病情稳定但状态缓慢下滑。因为无法继续独自生活，而姐妹俩都不想把他送进养老院，于是他两年前搬来和贝琪一起住。父亲如今七十二岁，贝琪说自从患病他看上去还要老十岁。过去他在银行工作，自从十年前她们的母亲去世，他便退休了，自那之后就再也没有重拾起生活的热情。

“是挺累的，”基妮承认，“而且我真不愿意这时候回来，本想着早点儿回来然后现在又可以走，但接我班的人去晚了。”她合

---

1. 贝琪：丽贝卡的昵称。后文中，弗基妮亚也是基妮的本名。

上眼睛说着，听贝琪说话的时候她强撑着没睡过去，“希望他们快点儿再把我派走吧，不过现在还没消息。”想着不会在纽约停留太久，基妮心情好了些。令她沮丧的不是这间公寓，而是在这座城市无事可做，没有用武之地。除了离开她什么也不想做。

“为什么不放松点儿？毕竟你才到家。对了，不如在被派走前过来看看我们吧？”基妮已经拒绝过她共度圣诞节的邀请，但贝琪现在又问了一遍。

“嗯……”基妮没有给出承诺。她把头上的发圈扯掉，瀑布一样的金色长发在背后垂下来。她比自己认为的要漂亮得多，但现在外貌对她来说不值得在意——即使曾经重要过，那样的日子也已经在三年前消失无踪，变得遥远而触不到了。

“在爸变得更糊涂之前你该来一趟。”贝琪提醒她。基妮没有见证他病情渐渐恶化的过程，也没有意识到过去这几个月情况有多糟。“前些天他走丢了，在离家几百米的地方被一个邻居发现，把他带回来。他不记得自己住哪儿，虽然孩子们努力看住他，但他们免不了会忘，我们也没法一直留意。”第二个孩子出生后，贝琪就没再工作。她本来在公关领域有很好的前途，但为养育孩子她选择了放弃。基妮一直怀疑这个决定的正确性，但贝琪似乎从未后悔过。儿子和两个女儿现在都是十几岁，正是让她比以往都要忙碌的年纪。不过艾伦也会帮她照顾孩子和父亲。他是电子工程师，给贝琪和孩子们提供了衣食无忧的稳定生活。

“我们是不是应该给爸安排一个看护？减轻一点你的负担。”基妮忧虑地问。

“他不会乐意的，爸还是喜欢那种不用依靠别人的感觉。不过我现在不让他遛狗了，因为他把狗弄丢了两回。我感觉病情还会继续恶化，而且药不像以前那么管用了。”医生告诫过她们，药物治疗只会减缓进程，之后就无能为力了。基妮努力不去想这件事，但在家不如在国外时那么容易。贝琪每天面对着父亲病情的现实，这让基妮感到愧疚，每次贝琪打电话来时她都努力去感同身受。绝不能回洛杉矶，回去就完了。搬离那里后她没有回过一次家，令她惊异的是，贝琪总是表示出理解，虽然这样她就得独自一人处理父亲的事情。她只盼着妹妹来看望一下父亲，趁现在还不太迟，而且她尽量用既不是吓唬，也不至于让基妮自责的语气来表达这个愿望。预后不良使得父亲的病情步步恶化，变化在去年尤其明显，而贝琪就这样看着他的情况一天天变糟。

“我会挑一天过去的。”基妮允诺，说这句话时她是认真的，但两人都知道，直到再次离开前她都不会去的。“你呢？你怎么样？”基妮问道，电话那头隐隐传来孩子们的声音——贝琪一天到晚都没有属于自己的时间。

“我挺好的。就是圣诞节前要抓狂了，孩子们无处不在。想带他们去滑雪，但又不想把爸一个人留下，女孩们就去找朋友玩了。查理有了新女友，一刻都离不开她，不出门的话他倒是高兴坏了。他得完成大学申请，所以假期我也得在后头追着催他。”本来有点儿恍惚，听到外甥就要去上大学了，基妮一下子清醒过来，才意识到时间过得如此飞快。

“简直让人不敢相信。”

“我也觉得。明年一月玛姬就十六岁，莉兹也快满十三岁了。我总是开车载着他们到处跑，那这些年我自己的生活都哪儿去了？到六月我和艾伦就结婚二十年了，挺可怕的，不是吗？”基妮点点头，若有所思，他俩的婚礼仿佛就在昨天，十六岁的她是贝琪的伴娘。

“可不是吗？真不敢相信你已经四十岁，我也三十六岁了。感觉印象里你还是十四岁，戴着牙套，我才十岁。”往事让她们都浮起了笑容。然后艾伦下班回来，贝琪说她得走了。

“得随便给他烧点儿什么当晚饭。不变的是，我还是那个差劲的厨子。谢天谢地我们不会在艾伦的妈妈家吃圣诞夜晚餐。我可不能再对付一次火鸡了，感恩节差点儿没要了我的命。”

贝琪总是中规中矩地做着每一件事。读大学时嫁给高中时代的男友，毕业后在双方父母的帮助下买下帕萨迪那的一幢房子。他们生下三个优秀的孩子，她也是个完美的母亲，不仅当了家庭教师协会的会长，和儿子一起参加幼年童子军，还把女儿们送去课后班，辅导她们的作业。她把家打理得很漂亮，也是艾伦了不起的妻子，两人过着稳定的婚姻生活。而如今在贝琪照料父亲时，基妮却奔波在荒凉或战火纷飞的地方，致力于治愈世间的不幸。

这两姐妹的生活有如天壤之别，但她们尊重并爱着彼此。只是这几年来基妮选择的路仍令贝琪难以理解，她明白缘由，但觉得基妮的反应还是有些极端，艾伦也赞同她的想法。夫妻俩都希望基妮能够回家安定下来，重新开始正常人的生活。虽然那些事情真切地发生过，但如今也应是时候放下了，趁自己还没有过于与众不同，还没成为一个怪胎。贝琪很怕基妮离那样不远了，同时也敬佩妹妹的所作所为。只是她和艾伦都觉得，基妮应该放弃这样日日处于奔波与风险中的生活，不然或许会为时太晚。她确信基妮这么做是在惩罚自己，可凡事都有限度。去阿富汗这样的荒蛮之地的确是高尚，但也不至于待上两年半。她和艾伦无法想象基妮在那样的地方做些什么。而这样的想法她是不会告诉基妮的，担心给她带来心理负担。只是照顾父亲的确需要帮手，基妮远走高飞，所有的辛苦与艰难决定都落到了贝琪的身上。基妮在父亲状况开始变差前已经离开洛杉矶，而如今她的工作也无法让她在照顾父亲上出力。

“明天再打给你。”贝琪允诺道，然后挂上电话。她俩都清楚，明天不会是好过的一天，每年都是如此。几年前的这一天永远地改变了基妮的人生，她珍视的一切都在那天消失无踪。每年她都盼望着忘记这个日子的来临或者睡过去，但从未能如愿。这一晚基妮躺在床上无法入眠，发生过的一切如电影片段在她脑海中反复播放。像往常一样，她想着一切本可以完全不同，为何事情不该发生，又想着她本来该做什么却没有做。只是这些想法最终都指向同一个结局——她孤身一人，而马克和克里斯却不在人世了。

那年圣诞节的前两天，基妮和丈夫去参加朋友们组织的聚会。会有不少孩子去，圣诞老人也会出现，所以他们也带上了克里斯。基妮没见过那晚的照片，但克里斯坐在圣诞老人膝头的照片让贝琪心如刀绞，这些照片，连同克里斯的婴儿相册和基妮与马克的结婚照，都是贝琪为妹妹收拾好的。如今他们存放在基妮位于纽约的公寓二楼一间从不使用的卧室里，尘封在她从没打开过的箱子中。她不知道贝琪寄给她的是什么，也无法面对那些已逝生活的纪念品。

基妮和马克是公认的佳偶，电视台里冉冉升起的一对明星。她是直播记者，而他是这个领域的王牌播音员。他们般配且深爱对方，在基妮二十九岁时步入婚姻殿堂。那时马克早已是风云人物，而基妮的事业正在蒸蒸日上，次年克里斯降生。比佛利山庄的漂亮房子，羡煞众人的婚姻与生活，这个家庭拥有他们想要的一切。

他们去聚会那晚，三岁的克里斯坐在车后座，穿着小小的红色天鹅绒圣诞礼服，系着格子领结，他等不及要跳上圣诞老人的膝头。到那之后，基妮照看着克里斯，马克则去酒吧跟其他男人喝了杯酒——毕竟过了漫长的一天——后来基妮也要了一杯。大部分父母都手持酒杯，沉浸在节日的氛围中，但没人喝醉。之后两人准备离开，带克里斯回家睡觉，那时基妮没觉得马克有什么反常。后来她无数次地说，当时他看上去真的很清醒，仿佛这么说就能改变已发生的一切。但过去无法重来。尸检显示他血液中酒精含量超标，虽然没有超得太多，但也足以影响条件反射，使反应变得迟钝。显然，在基妮一边看着克里斯一边和其他母亲们聊天时，他已经喝了不止一杯。但基妮确信马克没感觉自己喝多了，不然一定会让她来开或者叫计程车，因为她知道他是个多么有责任感的人。

他们往家的方向上了高速，后来下起了雨，车翻过隔离带，正面撞上一辆大货车，直接被碾碎。马克和克里斯当场死亡。基妮颈椎和双臂骨折，在医院待了一个月，当时他们不得不用救生颚把她从车里撬出来。接到电话后贝琪火速赶到医院，基妮不知道马克和克里斯怎么样了，直到第二天贝琪告诉她。那一刻，三条生命终结了，包括基妮自己的。她再也没有回到那幢房子，让贝琪处理掉所有的东西，只剩下后来贝琪寄到纽约去的那个包裹。

等待颈椎愈合的这段时间，基妮一直和贝琪一家住在一起。无比幸运的是，骨折的位置很高，不至于让她瘫痪，只是得戴六个月的护颈。她从电视台辞职，躲避他们的朋友，无法面对任何人。她坚称那晚错全在自己，是自己让马克开车才导致他们的死亡。因为马克从不喝超过一杯，而自己也讨厌在高速上开夜车，基妮就以为他们俩都只喝了一点。马克清醒得让她根本没想到要问他喝了多少。假如问了——后来基妮这么告诉自己——开车的也许就是她，马克和克里斯也许就还活着。贝琪明白，无论他人如何劝说，基妮都永远无法原谅自己。丈夫和三岁的儿子已经离开人世，这个事实无法改变。

四月，没有向任何人告别，基妮搬去了纽约，花了一个月寻找人权组织的工作，只为了远远逃离往日的生活。贝琪嘴上不说，心里却明白，妹妹已经许下了死亡的愿，想方设法地要在参加的那些任务中牺牲，至少在最开始那一年是如此。这让贝琪心碎，她明白基妮的感受，明白一切都无能为力，只是盼望时间能够抚平她的伤痛，使她能最终带着已发生的种种继续活下去。不再是妻子，也不再是母亲，基妮失去了世间最爱的两个人，也放弃了曾经苦心经营的事业。她曾在电视台干得很出色，是个优秀的记者。那幸福、成功且圆满的生活，一夜之间却成了梦魇。基妮对这段过去闭口不谈，但贝琪却能清楚地感觉得到，这一切让妹妹受着怎样的折磨。所以她不会在父亲的事情上给基妮施加压力——她要面对的悲痛与失去已经够多了，贝琪无意让她承受更多，只能自己照顾父亲，任由基妮冒着生命危险去周游世界。

不管多么努力地逃离，不管跑了多远，总有一天基妮必须停下来直面事实，承认她已失去的两个人永远不会再回来。贝琪只是希望在等到那一天之前，她能活得好好的，所以每次知道基妮回到纽约，哪怕只是短暂停留，贝琪都会长舒一口气——至少家是安全的。彼此三年没见面，这对姐妹俩来说都难以置信，但毕竟时光匆匆，贝琪忙着顾家，而基妮远在他乡经历着动荡与生死考验，为过去赎罪。

挂上电话时贝琪有些伤感，艾伦弯下腰亲吻了她。贝琪虽然漂亮，但绝不像妹妹那样美得惊艳。就算如今基妮不再像在电视台工作时那样，每天打理头发，画上精致的妆容，她的美丽也是邻家女孩贝琪所不能及的。

“没事儿吧？”艾伦关切地问妻子。

“刚和基妮打完电话，她现在在纽约。明天又是周年了。”贝琪意味深长地说道。艾伦点点头。

“要是回美国了，就该过来探望一下她爸。”他的语气有些不以为然。艾伦已经受够了所有的负担都是贝琪一人承受，基妮却自由自在，总有借口逃避责任。在这件事上艾伦不像妻子那样宽容，他觉得这不公平。

“她说会来的。”贝琪静静地说。艾伦没接话，脱下外套，坐在最爱的椅子上，打开电视看新闻，贝琪便去厨房做晚饭，心里想着妹妹的事。姐妹俩一直有着不同的目标，但这三年来差异变得过于强烈。现在她们仅存的相同之处，只有父母与童年的回忆，而彼此的生活早已是天壤之别。

基妮也在想同样的事情。她一边想着，一边走进浴室，打开淋浴头，脱下衣服。贝琪有丈夫，三个十几岁的孩子，拥有帕萨迪那的房子和有条不紊的生活，而自己没有任何值得在意的财产，仅有这套公寓和里面的二手家具，生命中除了在世界各地照料的人们，只剩下自己形影相吊。洗澡水渐渐热起来，她站到淋浴头下，水不断冲刷着眼泪，顺着她颀长的身体流下来。她清楚明天会是多么痛苦。虽然每年这天都熬过去了，明天也将会一样，但她时常感到不解：为什么非得强撑着活下去？为了谁？活着真的有意义吗？随着时间过去，万物如常而斯人已逝，基妮越来越找不到这些问题的答案。她无法相信，在没有马克和克里斯的世界里，自己竟也挣扎着度过了仿佛永无止境的三年。

02

基妮醒来时，窗外放晴，但从屋里的温度就感觉得到外面有多冷。这是平安夜前一天，一年中她最憎恨的日子，且不说还没从时差和文化冲击感中恢复过来。她翻了个身继续睡，再醒来已是四小时以后。天空变得阴沉，下起了雪。橱柜里有几袋速溶咖啡，和一罐不得不扔掉的变味的花生。基妮懒得为了吃东西而冒着严寒出门，反正也不饿，这一天怎样也不会感到饥饿的。她穿着睡衣缓缓走进客厅，竭力让视线远离旧书桌上的银色相框。整个公寓她只留下两张马克与克里斯的相片，让她避之不及的这张，是父子俩在克里斯两岁的生日聚会上拍的。基妮坐在躺椅上，闭上眼，思绪难免又飘回到三年前的这天，他们三人一起去参加聚会，克里斯穿着小小的红色天鹅绒礼服、短裤，系着格子领结的样子在她的脑海里挥之不去。有一些事留下了深刻的烙印——去聚会，车祸后在医院醒来，贝琪告诉她事实，姐妹俩痛哭失声……而之后发生的一切却都模糊不清。她想不起一个月后出院、举行葬礼，想不起自己在葬礼上哭得歇斯底里，最终在贝琪家卧床休养了数周。电视台很好心，让她请假休职一段时间，而不是彻底辞职，但她知道没有了马克，自己再也回不去电视台了。那没有意义，刺痛也太深。

自那时起基妮便靠着夫妻俩的积蓄、马克的人身保险和卖房子的收益生活，这些足以支撑很长时间，并能让她做着如今的工作——虽然救援会也提供一点微薄的薪水。她几乎不花什么钱，也不想被精致的生活束缚，唯一需要的只是替换掉穿坏的登山靴，粗糙的衣服在旅途中也已足够。不论是吃穿打扮还是生活方式，她都无所谓，一切曾经重要的如今都烟消云散。没有了丈夫和儿子，生活只剩空壳，人权工作成为她活下去的唯一理由。走南闯北，在迥异的文化中基妮每天都在见证不公的罪行，而她对此绝不姑息，成了捍卫妇女儿童权利的自由斗士。她意识到这么做或许能够平息心中的负罪感，因为在那致命的一夜，自己本应更警觉，避免让马克置三条生命于险境。她多希望自己也和他们一起死去，然而残酷的是，自己活了下来，在没有他们俩的世界里度过余生，这便是上天的惩罚。这样的想法令基妮难以承受，虽然她很少静下来细细思考这件事情，但今天无法逃避。往事的幽魂向她奔袭而来。

天黑后，基妮站在窗边，看轻柔的雪覆盖了纽约的街道。地上的积雪已经有七八厘米厚，这样的美景让她突然想去外面走走。她需要新鲜空气来帮助自己摆脱这些念头。脑海中的一帧帧画面压迫着她，而雪和寒冷能让她转移注意力，放空思绪。空腹了一天，回来的路上也能买些东西吃，即使不饿也得吃点儿。现在她只想走出公寓，逃离自己。

基妮套上两件毛衣，穿上牛仔裤、保暖的袜子、登山靴、派克大衣，戴上毛线帽。她把大衣上的风帽盖住毛线帽，从抽屉里拿出手套。现在她的每样东西都是最基本而普通的。马克送她的首饰存在了加州一间银行的保险箱里，难以想象有朝一日会再戴上它们。

基妮把钱包和钥匙放进口袋，关掉灯，走出公寓，乘电梯下了楼。不出一会儿她就沿着白雪覆盖的89号街往东朝河边走去，深深呼吸着冰冷的空气。雪簌簌落下，呼出的气结成了霜花。基妮沿着天桥走到河边，倚着栏杆看了一会儿过往的船只——两艘驳船，一艘拖船，还有一艘游船灯火通明，大概是有人准备举办圣诞节宴会。船带着浓重的节日气氛经过，音乐与欢笑回荡在夜晚清冽的空气中，传到基妮的耳畔。

罗斯福路车辆寥寥，基妮低头看着桥下的河，这时克里斯和马克的样子又涌入她的脑海。她想着他们死后，生活发生了怎样的转变。开始奉献自己，只为他人而活，也开始看淡自己的生死，冒着极高的风险活下去——正如贝琪所猜测的那样。他人所以为的英勇，在基妮自己看来却是如此懦弱，只因为不愿这样一个人度过余生，她选择了冲向死亡。

水面闪烁着微光，她朝下看，思索着如果翻过护栏、跃入水中，该是多么轻而易举的事情。比起失去他们俩而自己活下去，这样大约简单得多。基妮感到异常平静，猜想自己淹死会需要多长时间。河里的湍流，加上裹着层层叠叠的衣服，很快就会使她沉下去。忽然，这个想法强烈地攫住了她。基妮没有考虑姐姐和父亲——贝琪有自己的生活和家庭，姐妹俩彼此已不见面，父亲也无法明白自己死去的事实。她沉浸在这样的念头里，似乎这是一个绝佳的时机，让她结束一切。

基妮正准备翻越护栏时，突然左侧余光瞥到什么东西在急速移动，吓了她一跳。她转过头去看，但被大衣的风帽挡住了视线，只见一道白影闪入了一个小棚屋，然后传来摔门的声音。很明显，有人躲在里面，基妮想着是不是什么人藏在里面想要袭击她。此时此刻，在她的思绪里，跳河淹死显得简单又合理，而被藏在棚屋里的无赖抢劫似乎更让人不快，况且若是后者的话，她最终大概还是得继续活着。基妮不想挪步。跳河，这是今天的计划，她不想留到明天再做。和他们俩在同一个日子死去突然带上了某种吸引人的诗意，即使晚了三年。秩序感在基妮的心里呼唤着：自杀就应在今晚。她的思维从来不会被任何事情打乱，悲痛也麻痹不了她的判断力。一切都看上去如此完满，基妮不想逃避，或是被藏在小屋里的什么人打乱计划。里面的人躲着不出来，这惹恼了她，得一直等着里面的人出来，这样那人就没法恐吓或者攻击自己。但她又站定了不准备走，下定决心要实行自己的计划。一旦心意已决，痛苦也随之得到缓解。基妮已选好了出路。

小棚屋里寂静无声，过了一会儿，基妮听到有人四处移动，还传来刻意压低的咳嗽声。好奇心占据了她——那人在咳嗽，是不是生病了需要帮助？她一开始没想过这个可能性。密切地注视了一会儿后，基妮大胆地走近小屋，敲了敲门。她想会不会其实那是个女人，虽然刚刚眼角余光瞟到的似乎是男性。不管怎么说，那人已经飞速地躲进小屋，关上了门。

基妮在小屋前站了一会儿，又谨慎地敲了敲门。她不想直接拉门吓到里面的人。没有人应门，基妮又敲了第三遍。要是那人在生病，她愿意提供帮助。一旦满足了他人所需，就接着完成自己需要做的事情。她都盘算好了，自己即将成为一个再典型不过的自杀者，自杀这样的事情天天上演，没什么大不了，日光下无新鲜事。

“你没事吧？”她沉着地问道，仍然没有回应。就在基妮准备走开的时候，终于传来一个细小的声音。

“我没事。”那人的声线非常年轻，听不出是男是女。被本能占据的基妮暂时忘记了自己的事情。

“你冷不冷？要不要吃点儿东西？”里面的人似乎犹豫着，停顿了好久，终于再次开口。

“不冷，我挺好的。”这回听起来像是男孩。他又接了一句：“谢谢。”基妮笑了，不管里面是什么人，至少挺有礼貌的。她走开了，继续思索着原来的计划，只是这个小插曲分散了注意力，自杀的冲动被缓和，意志力不如之前那样坚定了。她仍然朝护栏走过去，但心里却在想着小屋里的人。那人是谁？在那里干什么？正当这时，背后却远远有谁向她“哎”了一声。基妮惊讶地转身，看见一个十一二岁的男孩，穿着T恤和破了的牛仔裤，高帮帆布鞋，头发乱蓬蓬的，一双大大的眼睛看着她。即使隔着很远，基妮也能看见那眼睛里明亮甚至闪着光芒的蓝色，映衬在黯淡的浅咖啡色脸庞上。“你有吃的吗？”他开口问。基妮望着这个男孩，讶异于这样的雪天，他居然穿得如此单薄。

“我可以去买点儿。”她答道。离这儿不远就有家麦当劳，她的早餐和晚餐常常在那里解决。

“啊，那算了。”男孩有些失落，靠在棚屋旁冻得瑟瑟发抖。这棚屋是政府财产，不过看来有人忘了上锁，被这孩子当作挡风遮雨和睡觉的地方。

“我可以买完带给你。”基妮提议。男孩迟疑了一下，摇了摇头，再次消失到小屋里去。基妮又回到护栏旁，注视着下面的河水。之前似乎无比正确的决定，这时候开始让她有些为难。她准备回家去，却发现小男孩突然出现在自己身边，他的眼睛湛蓝明亮，头发乌黑。

“我跟你一起去吧，我有钱可以买。”他提议，作为对之前邀请的回应。基妮看着努力忍住不发抖的他，清楚地明白今晚的计划已不再是跳河而死，而是填饱这个男孩的肚子。她脱下派克大衣递过去，但他勇敢地拒绝了，于是二人肩并肩离开了河边。几分钟前，基妮还准备以死来与悲伤做个了断，少有的懦弱在她心里作祟，而现在，她却要和素不相识的小男孩一起吃晚餐。

“从这儿走几百米就有家麦当劳。”她一面说着，一面加快了步伐，这样男孩不会太受冻。他们到餐厅时，他还是难以掩饰地颤抖着。借着明亮的灯光，基妮仔细地打量着这个男孩——她从没见过如此蔚蓝的眼睛，衬托在甜美稚嫩的脸庞上，天真无邪地看着她，仿佛今晚他们的命运注定交会。餐厅里很温暖，男孩在原地跳动让自己暖和起来。基妮想把他环在臂弯里帮他取暖，但她没敢这么做。

“你想点什么呢？”她温柔地问。男孩迟疑了。“去吧，”基妮鼓励他，“快圣诞节了，享受一下。”男孩笑了，要了两个汉堡、一份薯条和一大杯可乐，基妮也要了一个汉堡和一小杯可乐，付了账。他们等了几分钟，食物准备好了，男孩也暖和起来，不再瑟瑟发抖。他一头扎进食物里狼吞虎咽起来，直到第二个汉堡已吃下一半，他才停下来，对基妮表示感谢。

“我本来可以自己付钱。”他有点儿不好意思，基妮点点头。

“我知道你可以，但这次算我请客。”他点头。

她看着男孩，想着他多大了，那双湛蓝的眼睛仍然令她惊异。“你叫什么名字？”基妮问得很小心。

“蓝·威廉姆斯。”他答道，“蓝是真名，不是什么昵称。我妈妈取这个名字是因为我眼睛的颜色。”基妮点头，这听起来很有道理。

“我叫基妮·卡特。”他们握了手。然后基妮问：“你多大了？”男孩狐疑地看着她，顿时有些惊惶。

“十六。”他脱口而出，但基妮看得出来那是谎话，显然是担心她会上报给儿童保护部门，十六岁他们就管不着了。

“你今晚想去收容所吗？棚屋里肯定特别冷，你要是愿意，我可以送你去。”基妮提议。但他不说话，只是一个劲儿地摇头。他的可乐喝完一半，两个汉堡和一大半薯条也吃得干干净净。之前真是饿坏了，看这个样子，似乎是有段时间没吃饭了。

“棚屋挺好的，我有个睡袋，还算暖和。”基妮觉得那不可能，但也不想继续追究。

“你一个人在外面多久了？”基妮猜他是不是离家出走，家人还在找他。但要果真如此，他所逃离的家庭一定比流落街头还要糟，不然他早回去了。

“几个月吧，”蓝说得很含糊，“我不喜欢收容所。那儿好多疯子，对你拳打脚踢还抢你的东西，还有不少病号。”他颇为了解地说道，“我待的那地方安全多了。”基妮点点头，选择相信他的话，她自己也听说过收容所里的暴力行径。“谢谢你请我吃晚饭。”他冲她笑了，看起来比之前还要像个小男孩，怎么也说不上是十六岁。基妮看出来他还没到要刮胡须的年龄——艰难的生活也没有改变他小男孩的样子，虽然聪明伶俐，但依旧是孩子。

“还想吃点儿别的吗？”基妮问。蓝摇摇头，于是两人起身。走之前她又去要了两个巨无霸、一份薯条和一杯可乐，把袋子递给他。“万一等会儿饿了就吃这个吧。”蓝睁大眼睛，接过袋子，眼神里满是感激。两人从餐厅离开，沿来时的路往回走，迅速穿过寒冷的街。雪还在下，但风渐渐停了。他们很快回到了小棚屋，在门口，基妮解开大衣，脱下来给他。

“我不能拿你东西。”蓝表示反对，正打算拒绝，但大衣已经递到他面前。现在基妮穿着两件厚毛衣，站在鹅毛大雪中，感到刺骨的寒冷——可以想见他只穿着单薄的T恤得有多冷。

“我家里还有一件。”基妮向他保证，蓝才感激地慢慢穿上。大衣垫料厚实，很保暖，他看着基妮，露出了笑容。

“谢谢你的晚餐，还有外套。”

“你明天有什么计划？”基妮问道，仿佛他不是躲在小屋里维持生计，反倒社交广泛、行程紧张似的。她还想着那个所谓的睡袋是不是真的存在，“想不想一起吃早饭？或者我给你带点儿什么过来？”

“我会在附近转悠。一般白天我都在外面，这样就没人发现我在这儿。”

“你要是愿意，我可以早上来。”她提议，蓝不解地点了点头。

“你为什么这么做？干吗要在乎我的事？”他又露出怀疑的神色。

“这样不好吗？明天见，蓝。”基妮微笑着挥挥手，朝家的方向走去，而蓝消失到棚屋里，穿着她的大衣，拎着她给的加餐。基妮早已把跳河的念头抛到脑后了，那想法现在已变得荒谬。她微笑着走在雪地上——真是奇妙的偶遇啊，明天再去的时候不知道他还在不在那儿。也许不在吧，但无论是否还能见面，他给基妮的已经远胜从她那儿得到的一切。基妮给他的，只是大衣和晚餐，而如果不是蓝的突然出现，她确信自己现在已躺在冰冷的河底。走进公寓时，想到自己离死亡只有一步之遥，基妮不禁打了个寒战。那一刻似乎一切轻而易举，只要翻越护栏，让水没过身体，就消失无踪。然而，一个名叫蓝、双眼也湛蓝明亮的男孩拯救了她。当晚入睡的时候，基妮想着这个男孩，几个月来第一次得以安睡。多亏了他，她才能捱过这一天，并且活下去。

03

基妮一大早醒来，发现雪已经停了。地面被厚厚的积雪覆盖，天还是灰的。她很快洗完澡，穿好衣服出门，到小棚屋时大约是九点。基妮礼貌地敲了敲门，里面传来还没睡醒的声音，听上去似乎是被她吵醒的。不一会儿，蓝探出头，裹着基妮的大衣，拿着睡袋。

“我把你吵醒了？”基妮有些歉疚地问道，蓝咧嘴，点点头。“想不想去吃早饭？”听到这一问，他露出笑容，把睡袋卷起来随身带着——他不想把睡袋留下来，担心有人闯进小屋拿走。他还有个尼龙运动包，装着他所有的宝贝。两分钟后，蓝准备好了，两人朝麦当劳走去，一进门他就直奔卫生间，出来时头发已经梳过，脸也洗好了。

点完早餐，他们回到餐桌旁坐下，和昨晚是同一张。

“哦对了，圣诞快乐。”基妮说着，两人吃起了早饭。她自己要了咖啡和麦芬蛋糕，蓝要了两个鸡蛋麦满分，配培根和薯条。他胃口很好，和所有正长身体的男孩子一样。

“我不喜欢圣诞节。”蓝喝着加奶油的热可可，轻声说道。

“我也是。”基妮表示同意，神情有些疏离。

“你有孩子吗？”他有些好奇。

“没有。”她给了一个简短的答复。“曾经有过”的信息量太大，这既不是她想说的，也不是他需要知道的。“你爸妈呢？”这时他们已经吃完早餐，基妮一边喝着咖啡，一边问道。她禁不住猜测他为什么会流落街头。

“他们死了。”蓝静静地说，“我五岁的时候我妈就不在了，我爸前几年也死了，不过我也没怎么见过他，我爸不是什么好人，但是我妈很好，她是因为得病。”他小心地看了基妮一眼。“我和姨妈一起生活，她是护士，还有孩子，没工夫管我。”接着他又露出那种怀疑的表情，问基妮，“你是警察？”基妮摇摇头，他相信了。“社工？”

“不是，我是人权工作者。我会去离这儿很远的国家，照顾需要帮助的人。一般都是战争地带或者危险地区，比如非洲、阿富汗、巴基斯坦。人们生病、受伤、被政府残忍对待，我就在那些地方工作，或者在难民营里。和这些人一起工作一段时间之后，我又会去另一个地方。”

“为什么要做这样的事？”蓝听得入迷。对他来说，这样的工作过于艰难。

“因为做起来感觉还不错啊。”

“会不会很危险？”

“有时候吧，不过我觉得值得。我刚在安哥拉待了四个月，那是在非洲西南部，前两天才回来。”

“那你回来干吗？”蓝觉得她的工作很神秘。

“有人接我的班，我就回来了。我工作的组织要求我们每过几个月就换地方。”

“那你喜欢这工作吗？”

“大部分时候挺喜欢的。有时候我也觉得没那么好，不过每次才几个月而已，而且就算害怕或者受不了，慢慢也就习惯了。”

“你赚得多吗？”

基妮笑出声来，“特别少。你必须得热爱这件事才去做它，毕竟大部分时候环境很恶劣，有时候还很吓人。你呢？你在上学吗？”

蓝迟疑了一下才回答：“最近没上了。以前和我姨妈住一块儿的时候，我还是去学校的。现在没时间了，我就找些杂活儿做，如果找得到的话。”基妮点头，想着没有家人也没有钱，他是如何在街头生存下来的。况且他的年龄要是真像她想得那么小，又不想被送进少管所或被国家体系接管，就得躲着不被人上报给儿童保护部门。知道蓝不在上学而是流落街头谋生，这让基妮难过。

他们又聊了一会儿，然后起身离开餐馆。蓝说待会儿等天黑了，他就回棚屋去。在那样的地方过圣诞夜是多么凄凉啊。基妮看着他，心里做了一个决定。

“你愿不愿意去我的公寓坐一会儿？晚上你可以回棚屋，但白天可以待在我那儿，看看电视什么的，反正我今天很闲。”基妮打算晚上去流浪者之家义务准备晚餐，比起自怨自艾地在煎熬中度过节日，去服务他人不失为一个好办法。收到这个邀请，蓝犹豫了一会儿，似乎仍有戒心，或是不明白她为什么对自己这么好，但基妮的某些方面让他颇有好感。若是她的话毫无掺假，那她的确是个好心人。

“那好，我就去一会儿吧。”蓝同意了，两人便一同沿街走着。

“我住的地方离这儿就一个街区。”基妮解释道。不一会儿他们就到了，她打开门，穿过走廊，蓝紧随其后，上电梯，开门，终于抵达公寓。一进门，蓝就四处打量着。看见老旧的家具，光秃秃的墙壁，他有些惊讶，笑着对基妮说：

“我还以为你住得比这好呢。”基妮听到这话大笑起来——这个孩子彬彬有礼却很实在，带着少年特有的真诚。

“是啊，搬到这儿之后都没怎么装修过，因为我总不在家。”基妮解释着，笑容温和。

“我姨妈住在城外的公寓，和三个孩子挤一居室。”基妮猜“城外”指的是哈林区。“她那地方看上去都比这儿强。”说完这话，两人都大笑起来，基妮笑得还更厉害。一个流浪男孩觉得她的公寓很破，这可是最糟糕的评价了。不过看看周围，基妮也没法反驳。

“坐坐那躺椅，可舒服了。”基妮指着椅子，又把电视遥控器递给蓝。他在这儿不会让她有任何不自在，不仅不觉得危险，还多少有些惺惺相惜——他们都无家可归，只是以不同的方式。蓝没有立刻坐下来，而是在公寓里四处走动着。他看见书桌上马克和克里斯的相片，端详了很久，然后回头看向基妮。

“他们是谁？”他能感觉到这两个人对她很重要，而这张照片背后一定有什么故事。基妮听到这个问题，心里一惊，顿觉胸口很闷。过了好久，她才用尽量冷静的语调说：

“我丈夫和儿子。他们三年前去世了，昨天恰好是忌日。”她一边说着，一边努力不让声音颤抖。

蓝沉默了一刻，然后向她点点头，“我为你难过，这真的很让人伤心。”但失去双亲、露宿街头比这更令人悲伤，毕竟基妮还不是真正意义上的无家可归。只不过马克和克里斯的死也同样使她漂泊无依，生活被彻底改写。

“确实很伤心。是因为车祸。所以我现在到处奔波，因为没人在家里等着我。”基妮厌恶自己那引人同情的语气，“不管怎么说，我喜欢我现在做的事，所以也没什么。”她没有告诉蓝的是，曾经他们在洛杉矶有漂亮的房子和精美的家具，她每天精心打扮，而不像现在穿着军用大衣，那时远大的前程如今已被她放弃……都无所谓了，一切往事都已经烟消云散。如今她住在这间狭小的公寓，里面毫不相配的家具都是路边捡来人家不要的，或是从慈善售卖上买来的。这么做仿佛是为发生的一切惩罚自己，披麻蒙灰[1]。但蓝年纪太小了，无法理解这些，所以基妮什么也没说。蓝打开电视机换着频道，她注意到他还瞥了一眼笔记本电脑——别人可能会担心他会偷，但她丝毫没这个想法。看了将近一个小时电视后，蓝问基妮，能不能借用一下电脑，她同意了。

基妮看见他上了几个为流浪青少年建的网站，在这些网站上可以看到别人给自己的留言。蓝什么都没写，但她感觉他似乎在屏幕

1. 披麻蒙灰：《旧约》中多次出现的行为。披上麻衣，把灰撒在身上，以示承认自己的罪，痛改前非。

上寻找什么。

“朋友们在这上面给你留言吗？”基妮饶有兴趣地问道，对于他的世界她一无所知。而他熟悉这些网站如同熟悉纽约的街道一样。

“我姨妈有时候会，”蓝诚实地答道，“她还挺担心我的。”

“你不打电话给她吗？”

蓝摇了摇头，“她要操心的事已经很多了，孩子啊，工作啊……她在医院值夜班，只能把几个孩子丢在家里，以前我晚上会帮她照看一下。”从他的只言片语中可以想见，四个人挤在一居室里得有多艰难。不过至少他们会在网上保持联系，基妮这么想着。

接着蓝又回到电视机前，基妮也查了查自己的邮件，一封也没有。过了一会儿，贝琪打电话来，为昨天没有如约通话而道歉。她本来想打，但实在抽不出时间。

“真是对不起，孩子们太折腾人了，而且爸前天晚上情况不太好，我没有一刻闲下来。他昨天很暴躁，想出门，但我没空带他出去。和孩子们一起待在车里他很紧张，他们说个不停，又把音乐放得很大声。爸在安静又能休息的环境里更好些，不过他晚上有点儿睡不着，我担心他会大半夜跑出去。天黑之后他状态就没那么好了，神志不清，有时候还会发火。好像这叫日落综合征，白天就好得多。”

基妮听姐姐说着这些，发觉自己对父亲的病情一无所知，而贝琪为此承担了太多。她感到愧疚，但这愧疚还没有到让她愿意分担责任的地步，光是听贝琪说就够让她受不了的。

“你今天晚上干吗？”贝琪问，她可不愿知道基妮要孤零零地度过平安夜。

基妮没说自己在路上遇到一个流浪的男孩，请他吃了两顿饭，今天还把他带进公寓来。毕竟她这么做的同时，蓝也陪伴了她。但基妮知道要是说了，贝琪一定会惊恐不已。把无家可归的陌生男孩请到家里去——这样的事绝对会让她从警觉到担忧，最后变成恐惧。基妮自信且确信他不会造成任何伤害。过去这几年，在国外陌生的地方积累了足够的经验，她已变成一个更勇敢也更有冒险精神的人。放在前几年，基妮绝不会做这样的事情，但时过境迁，如今对这种事情她感到自在，况且蓝又是个有礼貌且举止大方的孩子。

基妮只对贝琪说自己计划去流浪者之家准备晚餐，又聊了几分钟，她们挂上电话。到三点左右，两人都饿了，基妮提议吃中国菜，蓝的眼睛瞬间亮了起来。她叫了外卖，点了对他们来说几乎是饕餮大餐的份量，一个小时不到就送来了。两人在餐桌旁那难看又不相称的椅子上坐下来，狼吞虎咽地扫光了所有东西，然后靠在椅背上，撑得动弹不得。蓝又回到躺椅上看电视，过一会儿就睡着了。基妮在公寓里四处走动，收拾下次出门的行李。六点钟，蓝醒过来，发现外面天黑了。他站起来，感激地看着基妮。他们共度了愉快的一天——他的陪伴让基妮感到高兴，给以往冰冷无情的公寓添上一丝温暖。这一天对蓝而言也如天赐的礼物，不必晃荡在宾州车站或是公交站，找个暖和的地方坐一天，再回小棚屋挨过一晚。小棚屋如今就是他的家——已经连续几周如此。他知道有一天被社工发现就得离开，但至少目前在这小屋里过夜还算安全。

“我得走了。”蓝起身，“谢谢招待，不管是食物还是其他事情，今天真的很开心。”他的表情很认真，似乎在为离开而伤心。

“你要去约会吗？”基妮狡黠地一笑。看到蓝要走，她也觉得伤感。

“不是，不过得回去了，不然我怕有人抢我的棚屋住。”他说得仿佛担心有人侵占他的豪宅似的。蓝很明白，这样安全舒适、不会被发现或打扰的地方，并不是街上随随便便就能找到的。

蓝披上基妮的大衣，去厕所回来。她看着他把睡袋夹在腋下，感到一阵心疼。“我们还能见面吗？”蓝伤心地问道。他一直在街上游荡，大多数人都是他生命中的过客。而和基妮在一起，是他几个月来和人相处最长的一段时间。流浪的人会去收容所，或者去其他城市寻找容身地，然后消失无踪。能与他们再次相遇的几率太低了。

“你真的不去收容所过夜吗？”在蓝睡着的时候，基妮上网查到一些还不错的少年收容所，提供床位和免费膳食，甚至还有工作机会，帮助他们和家人重新建立联系——如果愿意的话，但她知道蓝不想。至少那儿有张床，又暖和，可他十分坚决。

“我就待在现在待的地方就行。你今晚准备干吗？”俨然是朋友的语气。

“我会做志愿者，去流浪者之家准备晚餐。以前我也在纽约做过这个，感觉是个过平安夜的好办法。想不想一起去？”蓝摇头：“我已经吃够了。”他确实吃了不少中国菜，说一点儿都不饿。“那明天吃早饭？”基妮问。蓝点点头，出门前再次表示感谢，然后离开了。

换衣服的时候，基妮想着蓝的事。她明白这一晚会很累，得拿着沉重的锅，盛好几百份晚饭——收容所每晚要这样准备几千份——以此来耗尽体力，就不会让自己沉浸在往事中。

基妮打车去西区，抵达之后，她签了到。前两个小时的任务是在厨房端着沉重的锅，每一口锅里都盛满蔬菜、土豆泥或汤，这活儿不仅热得要命，还让人腰酸背痛。之后她就被派到吃饭的地点，备好碗碟，上菜。这一晚聚集在这里的大部分是男人，女人很少，大家都心情不错，互相祝福着圣诞快乐。基妮工作时心里惦记着蓝——他在那棚屋里得多冷啊！结束后，她登记离开，这时已是午夜。流浪者们都走了，志愿者开始把餐桌拼成长条，为早饭做准备。基妮向大家道过圣诞节祝福就离开了，在回家路上去教堂做了午夜弥撒，为马克和克里斯、父亲还有贝琪一家点上蜡烛。凌晨一点，她打车继续沿路回家。一下计程车，基妮突然明白自己要做什么了。

她朝小棚屋走去。路程很短，但夜已深，她得一路提防着不被什么人袭击，尤其是周围暗得根本见不到人影。冷风又刮了起来，刚才计程车司机说因为刮风，气温已经降到零下十度。基妮看见那晚鼓足勇气想翻越的护栏，然后径直走向小屋，轻轻敲了敲门。这个点蓝应该睡了，但声响足够把他从睡梦中唤醒。敲了好几遍后，蓝才应门，听上去睡意蒙胧。

“嗯……怎么了？”

“我想跟你说句话。”基妮尽量让声音传入门内。不出一会儿，蓝把头探出来，门外寒风肆虐，他做了个鬼脸。

“该死，这外面真冷。”他睡眼惺忪地看着基妮，还处在半梦半醒中。

“可不是嘛。你去我家过夜吧，睡沙发上，毕竟是圣诞节，而且我那儿也比这里暖和多了。”

“我没事。”蓝说。他从没想过要借宿，也不想利用她。基妮已经对他太好了，不应该贪得无厌，但她的眼神很坚决。

“我知道你没事，但我希望你和我一起回去，就一个晚上。听说明天会更冷，我可不想你在这儿冻成冰柱，会生病的。”蓝犹豫了一会儿，然后突然像失去了抵抗一般，把门推开，穿戴好，卷起睡袋，和基妮一起朝公寓走去。能在温暖的地方睡觉的诱惑力实在太大了，而且基妮看上去是个好心人。

回到公寓，基妮给蓝在沙发上铺好床单，放上毛毯和两个枕头，这样沙发看起来和床几乎一样——对他来说，这样的待遇已经是几个月以来最好的了。她拿出一套自己的睡衣，告诉他可以去浴室换上。蓝走出来时，好似穿上爸爸睡衣的小孩子。他目不转睛地盯着基妮铺好的床。

“这样行吗？”基妮有些担忧地问。蓝咧嘴笑了。

“开玩笑！这比我那睡袋不知道强到哪儿去了。”他无法理解这一切，无法明白为什么基妮对自己如此慷慨。这超出他的所有想象，但蓝决定享受当下。等他盖好毯子，基妮才关上灯回房间，换好衣服，在床上看了会儿书。奇怪的是，知道公寓里还有另一个人，这让她觉得安心。虽然从房间里看不见外面，但的确有一个人真切存在着。基妮偷偷出去看了一眼，蓝正睡得香甜，她回到床上，嘴角扬起微笑。这个平安夜如此美好，是这些年来最好的一次，而对蓝来说亦是如此。

04

一早，基妮正泡着咖啡，这时蓝踱进厨房，身上还穿着她的睡衣，看起来像《彼得·潘》里失落的男孩[1]。基妮转身看见他，露出笑容。

“睡得好吗？”她问。

“特别香。你早就起来了吗？”

基妮点头，“我时差还没倒过来。你饿吗？”自从两人遇见起，她就不停地在给蓝填肚子，不过看起来他也需要，毕竟正是长身体的时候。

蓝有些不好意思地答道：“稍微有点儿，不过没事，我一般一天只吃一顿。”

“是只去吃一顿，还是只需要吃一顿？”

“都是吧。”

“我做的煎饼还算好吃，家里有现成的材料。要不要吃？”出于怀念，基妮买了这些蛋糕粉回家，但从未用过。最后一次做煎饼

---

1. 失落的男孩（The Lost Boys）：童话《彼得·潘》里永无乡的居民，与他们的首领彼得·潘一起度过了美好的时光。

是给克里斯——她努力不去回忆曾为他烤的那些米奇煎饼，心里明白，自己再也不会把煎饼做成米奇的样子了。

“听起来不错。”蓝欣然接受。冰箱里有黄油和枫糖浆，基妮把材料找出来开始做。等煎饼做好，两人吃完后，基妮打电话给贝琪，祝她和家人圣诞节快乐。接电话的是艾伦，两人聊了一会儿后，贝琪接过电话。

“我是不是该和爸说两句？还是那样会让他更糊涂？”基妮问姐姐。她怀疑父亲已经记不清自己是谁，如果还认得出来，他可能会很伤心，并且要自己过去。基妮不想要这样的结果。

“他今天有点儿神志不清，一直把我当作妈妈，又以为玛姬和莉兹是我俩。别说电话里认不出，就算你来了他也不会明白你是谁的。”

“一定很难对付吧……”基妮立刻为不在场感到歉疚。

“是啊。”贝琪坦诚地说道，“你还好吗？今天有什么安排？”她想着基妮今天将多么难熬，独自沉陷于过去一次次圣诞节的幻影中。

“我大概会和一个朋友一起过吧。”基妮若有所思地说。蓝在浴室的声音传过来——她刚刚告诉他可以洗澡，大楼里有洗衣机和烘干机，一会儿要去把他的衣服洗掉，这样他就有干净衣服穿了。

“我一直以为你在纽约没朋友呢。”贝琪有些疑惑，自己早已不再鼓励妹妹去交际了，反正她从不与人来往，也丝毫没这个意愿，总是声称在工作中见过的人已够多，而且也只在纽约待短短数周，没必要在这儿认识谁。何况自己的现状一言难尽，基妮没兴趣和别人分享故事，更不想博取同情。且不说私事与他人无关，一个不愿敞开心扉的人是不会有朋友的，基妮正是如此，像牡蛎一样把壳紧闭起来。关于马克和克里斯，她这些年来对他人提起的，还不及这两天告诉蓝的多。

“我是没有朋友，这男孩是刚认识的。”基妮说得有些含糊。

“男的？”贝琪震惊了好一会儿。

“不是男人，是个小男孩。”基妮一边说，一边想着自己何必要解释。

“小男孩？什么意思？”

“一个无家可归的孩子，昨天晚上我让他在这儿过夜。”话刚说出口，基妮就意识到说了不该说的。毕竟姐妹俩已经多年没在同一频道上了，姐姐有真正的家与一同生活的家人，有很多风险需要去承担，而自己一无所有，便什么都不在乎。

“你让一个流浪儿在你那儿过夜？”贝琪惊恐万分，“你跟他睡了？”

“当然没有。他还是个孩子，在沙发上睡的。本来他住在我公寓附近一个小棚屋里，纽约只有零下十度，晚上待在那样的地方保不齐会冻死。”虽然蓝年轻且身体强壮，基妮并不认为他真的会冻死，但一切都说不准。

“你疯了吗？要是他趁你睡觉时把你杀了怎么办？”

“他不是那种人。他才十一二岁，是个很可爱的孩子。”

“你又不知道他是什么人或者什么东西呢。说不定他实际年龄比号称的大，还犯了什么罪。”光是想象套着宽松睡衣的蓝是罪犯，基妮就觉得荒谬极了。昨晚她甚至没打算锁上房门——稍稍考虑过一下，但又立马打消了这个念头，反正这个男孩没什么让她害怕的。

“相信我，他是个好孩子，不会伤害人。而且我会努力说服他去少年收容所，这样的天气可不能流落街头。”

“你都让他待在公寓里了，他凭什么会答应去那儿？”

“就因为几周后我要走，没法让他待在这里。”这时蓝出现在她卧室门口，仍穿着那过于宽大的睡衣，手上是基妮说要拿去洗的衣服，“好了，我现在没法跟你细说，得去洗衣服了。打电话过来就是祝你圣诞节快乐，别忘了向艾伦、孩子们还有爸问好。”

“基妮，把那孩子赶出去！”贝琪几乎尖叫起来，“他非把你杀了不可！”

“他不会的，相信我吧。明天再聊，替我给爸一个吻。”一分钟后，基妮挂掉电话。而在电话另一端的帕萨迪那，贝琪惊惶地看着丈夫。

“我妹妹失去理智了。”她几乎要哭出来，“她把一个无家可归的男孩带回了家。”

“我的天，她疯了吧。”艾伦也担心起来，表示强烈反对，“她得回归正常生活啊，在没命之前。”

“可不是吗？不过我又能怎么办？我得防着爸别走丢，或是过马路时别被卡车撞翻。现在我居然还得防止我妹妹被她带回家的流浪儿童谋杀？真该把她关起来。”

“说不定真有那么一天。”艾伦咧咧嘴。他一直担忧基妮会因为丈夫和儿子的死而精神失常，但贝琪说得对，他们对此无能为力。

纽约这头，蓝也有些担忧，“你和谁打电话？”

“我住在加州的姐姐。”基妮说着，接过他手上的衣服，准备放进地下室的洗衣机里。“我以前住在洛杉矶。”她解释道。蓝看着她，有点儿不高兴。

“你马上又要走？”他刚刚听见她在电话里这么说，神色略显伤心——才刚刚遇见面前这个人，现在又即将失去了。

“暂时还不会。”基妮语气镇定。她看见那深邃的蓝眼睛和面庞上，流露着对被抛弃的恐惧。两人在沙发上坐下来。他的头发很干净，穿着睡衣的样子看起来纯洁无瑕。“可能一月份左右走吧，现在还不清楚。不过肯定会回来的，我每次都回来。”基妮微笑着对蓝说。

“要是你死了怎么办？”基妮本想回答“反正没人会想我”，但她从蓝的脸上看出，眼前这个孩子会想念自己，即使两人还几乎不了解彼此。想到她要离开，蓝看起来有些茫然失措。

“我不会死的，做这行两年半了，已经得心应手了。而且我会注意安全，别担心。还是来聊聊今天做什么吧！既然咱们都讨厌圣诞节，那不如做些和节日无关的。你有什么想做的？看电影？打保龄球？你会滑冰吗？”

蓝摇了摇头作为回应，他仍然很担忧，“我以前会和莎琳姨妈一起去打保龄球，在她还没……没那么忙的时候。”

基妮感觉得到，有些事情他没说出口，但她也不想一探究竟。

“想去试试吗？”

“那好吧。”蓝说，又渐渐露出笑容。

“之后我们可以去看电影，再去吃晚饭。”对蓝而言，这简直是天堂的滋味。基妮希望趁他还能和自己待在一起的时候，能让他多度过一些开心的时光。她无法预料之后会发生什么，两人唯一能做的就是享受此时此刻，过一个愉快的圣诞节。原本今天的计划是待在床上看书、写报告，看来是不可能了。这些可以留到之后再做。

一小时后，基妮把烘好的干净衣服从地下室拿上来，不一会儿他们就出发去市区的一条保龄球街——基妮已经打电话确认那儿今天开业。两人谁也不擅长这项运动，无非是让球滚来滚去。之后他们去了电影院。基妮挑了部3D动作片，她觉得蓝会喜欢，结果也正合他的胃口。他从来没看过3D电影，被深深迷住了。电影院出来后，他们去熟食店吃热狗当晚餐，又在小超市买些食物后返回公寓。到家时天色已晚，又开始下起了雪。基妮问蓝，今晚是不是愿意继续睡沙发，而不是回棚屋去，他点点头。她铺好床，让他一个人在那儿看电视，便回到自己的卧室。才刚躺下就接到贝琪的来电。

“你还活着呢？还没被他杀了？”这话半开玩笑半认真。贝琪一整天都担心得要命，觉得是妹妹的精神状态和糟糕的判断力才导致了这样危险的举动。

“没这种事。贝琪，今天是圣诞节，就让他好好休息一下吧。”基妮提供给蓝的，绝不仅仅是短暂的休息，更是共度的快乐时光，两人都开心极了。

“那你明天会让他走吗？”

“我看着办吧，希望可以把他好好安顿下来，他很怕去收容所。”

“得了吧。我可是怕你出人命呢，谁管他怕不怕收容所？他家里人呢？”

“我还不清楚。他父母都不在了，以前是和姨妈一起住，后来好像出了点儿问题。”

“这不关你的事，基妮。全世界无家可归的人有几千万，你总没法管到每一个吧。一个人是治愈不了全世界的破败和创伤的，把自己照顾好就够了。你不如在纽约找份工作吧？我觉得可能是人道主义工作让你产生了圣母情结。与其去和街上的流浪孤儿搭讪，不如过来看望一下你爸。” 贝琪似乎很疲惫，所以基妮没计较这尖酸的语气。

“贝琪，没有人等着我回家，”基妮提醒道，“所以我才能去关心别人的事情。”

“你还有我们啊，搬回洛杉矶吧。”

“不行，那会要了我的命。”基妮难过地说，“我也不想在纽约找个坐办公室的活儿。我喜欢现在的工作，可以实现自我价值。”

“但你不能一辈子都满世界跑啊。况且如果想要有人等你回家，首先你自己得找个地方落脚，而不是待个十分钟就走，也别再去战区和难民营工作了。你得过上真正的生活，基妮，趁现在还有机会。要是这种工作做太久，就没法再安定下来了。”

“可能我不想安定下来吧。”基妮坦率地说。过了一会儿，因为得载小女儿出门去见朋友，贝琪才仁慈地挂了电话，让基妮接下来能在阅读中度过这个夜晚，而蓝一直在客厅里看电视。十点左右，基妮出去看看，发现他已经在沙发上熟睡了，手里还抓着遥控器。她轻轻地拿走遥控器，放在沙发前的皮箱上，给他盖好毯子，关灯，然后回卧室关上门，看书直到深夜。贝琪的话还在基妮的脑海里萦绕，她明白，他们都确信自己把蓝带回家是疯了，可这对她却是正确的决定，解决方案等之后再思考。她想劝蓝向他姨妈报个平安，再帮他找一家照顾周到的收容所。蓝就是基妮眼前的任务，她希望赶在再次出发前，让他过上安稳的生活。一定有什么因由让他俩的轨迹交会，而她确信这就是答案：自己注定要为他找到避风港。她发誓要做到。基妮关上灯，两分钟后便沉沉入睡了。

第二天，基妮给蓝做早饭时，发现他又在登录各种青少年和流浪者的网站，人们会在这些网站上互相留言。她发觉有一条留言令他眉头紧皱，读得比其他留言要仔细得多。基妮把一碟炒蛋放在电脑旁，看清留言是来自一个叫莎琳的人，要蓝打电话过去。他提起过这个名字，很明显是他姨妈。基妮假装没在看，但却仔细地观察着这个网站，准备在他出门后自己登录试试。她想联系上蓝的姨妈，了解更多关于这个孩子的事，也有助于在自己离开纽约前把他安顿好。

早餐后，她问起蓝，今后打算待在哪里。

“你不能回那棚屋，太冷了。何况早晚会有市政府的人来锁上它。”

“我还可以去别的地方。”他不服气地抬起下巴。但当眼神落到基妮身上时，他又变得温和起来，“只是肯定没这儿好。”

“只要我在这儿，你就可以一直和我住。”基妮慷慨地说。在蓝出现之前，她从未意识到自己活在多么煎熬的孤独中，现在她懂了，“只是我下个月就要走，而且得去好一阵儿。在我走之前，咱们一起给你找个好去处吧。”

“不去收容所。”蓝又露出固执的表情。

“有些地方给无家可归的孩子提供长期住宿，看上去还挺不错，而且想来就来，想走就走。”基妮上网查了查，虽然条件不算理想，但提供庇护，食宿不愁，还有法律咨询甚至工作机会——如果他有意愿的话，尽管他还没到合法工作的年龄。

“去收容所就会被活剥，而且那儿的孩子大多数都嗑药。”基妮看得出来，蓝不是其中一员，即使生活艰辛也不染毒品，的确很了不起。

“那总得想出个办法啊，我可没法带你一起走。”她的语气仿佛是已经收养了他一般，下定决心要解决这个问题。而事实上，仅仅是一只羸弱的小鸟偶然停在了她的枝头，暂时依偎着她栖居，一旦她离开，他别无选择只能再次飞走。而基妮只希望到那时，他能另找到一个安全的归宿。

“我只要有个地方住，再有份工作就行。”蓝这么说着。但这个要求在他这个年纪实在不低，毕竟没人会雇十一二岁的小男孩，不论他多么聪明伶俐。除非是在很乱的街区做毒品贩子，不过蓝应该没碰过那种事。

“蓝，你多大了？这次说实话。”基妮语气严肃。蓝踌躇了一会儿，不知道该不该对她说真话，但最终还是交代了。

“十三岁。”他低声说，“不过我能做很多事，我很懂电脑，而且身体还结实。”吃得不够导致他有点瘦，但他很愿意干活儿。

“你上次去学校是什么时候？”基妮担心会不会已经是好几年前的事。

“九月。现在上八年级。”

“那你明年就可以上高中了。”她注视着蓝的眼睛，陷入沉思。要是克里斯还活着，今年该六岁了。她对于十几岁的男孩子毫无经验，除了外甥，但她那时太忙了，没工夫关注他的成长历程。贝琪对孩子了解得多，但关于蓝的事她又无法向姐姐求教。“我们做笔交易，”基妮静静地说，“要是你回去上学，就可以有偿帮我干些杂活儿。”

“什么活儿？”蓝表示怀疑。

“你可以帮我做很多事啊。比如公寓需要定期打扫，我还想改改房子的布置，和我可爱的家具们说再见，换些新的。”基妮朝四周看了看，蓝咧嘴笑了。

“是啊，大概可以把它们都烧了。”两人都笑起来。

“还是别那么极端。我可以安排些差事给你，咱们会有主意的。”

“你会付我多少钱？”他认真地问，基妮又大笑起来。

“看是什么活儿吧，标准最低工资怎么样？”蓝考虑了一会儿，点点头。这听起来不错。

“但是为什么非要上学？我觉得学校很没劲。”

“你要不从学校毕业的话，一辈子都会很没劲。你是个聪明孩子，应该去上学，不然找不到好工作的。至少得去上高中，说不定有一天你还能上大学呢。”

“那之后呢？”

“到时候就看你自己了。不过要不上学的话，以后你就得在麦当劳分装薯条。你值得过上比那更好的生活。”基妮信誓旦旦。

“你怎么知道？”

“相信我，我就是知道。”

“你还根本不了解我呢。”他反诘。

“那倒是，不过我知道你很聪明，只要愿意，你的路一定很长。”基妮清楚，他是个机智又上进的好孩子，只是需要好好休整一段时间罢了，“行不行？我是说回去上学。我可以帮你在这附近的公立学校注册，就说你有一阵儿不在。”简直过了一个世纪，蓝才慢慢地点点头，望着她——他并不为此开心，但还是同意了。

“行，我试试吧。”他妥协道，“不过要是很没劲，蠢蛋又多，或是老师很坏，我就不去了。”

“不行。不管蠢蛋多不多你都要撑到六月，然后等秋季入学去上高中。就这么说定了。”基妮伸出手，等了好一会儿，蓝才终于把手伸出来，两人握了握手。

“好吧。那我什么时候开始给你干活儿？”

“现在就开始怎么样？你可以把碗碟洗掉，用吸尘器把公寓打扫一遍。对了，还需要采购食物。”昨晚刚买的牛奶已经被他喝光，水果也忘了买。“替我去趟超市怎么样？我会列好清单。你有什么想吃的？”基妮从书桌上拿来纸笔，写下几样基础食材，蓝又加上了自己的心愿单：特别甜的早餐谷物、水果蛋糕卷、薯片、曲奇饼、牛肉干、花生酱……总之一切孩子爱吃的零食，以及各种各样的碳酸饮料。“你的牙医肯定会感谢我。”基妮一边听着他报清单，一边翻了个白眼。话一说完她就意识到他可能没有牙医，但没准备问。还是先把紧要的事情做好吧，把蓝送去学校是她现在的首要任务，假如一切顺利——他不再流浪街头，能够安顿下来，重返学校——基妮的任务就圆满结束了。

不一会儿，蓝就出发去超市了，基妮给了他三张二十美元的钞票和购物清单。刚听见电梯关上的声音，她就坐到蓝刚刚用过的电脑前，发现了莎琳给他的留言，日期是前天。她迅速回复，希望对方就是蓝的姨妈——基妮记得打保龄球时他说过她叫莎琳。

“我有关于蓝的消息。他现在很安全，身体健康，有人照顾。请与我电话联系。弗基妮亚·卡特。”她在最后留下了自己的号码。

蓝拎着购物袋回到公寓时，基妮正坐在沙发上，若无其事地看着杂志。他很尽职地把零钱还给她，然后开始记下这次跑腿花费的时间，这样她就可以按钟点付钱了。基妮看着他这么做，笑着点点头表示赞许：“很有条理嘛。”他的字迹工整干净，十分清晰，这令她惊奇。

这天上午，蓝打扫了公寓，帮基妮移动了家具，带着厌恶的表情扔掉了她那枯死的盆栽。下午他们出门闲逛，经过她为他看中的公立学校——虽然距离不远，但还不知道他以后会住在哪里——蓝做了个鬼脸。接着他们走过教堂，他做了个更扭曲的鬼脸，看上去气愤又怨恨。

“你也不喜欢教堂？”基妮很惊异，自己虽说不上虔诚，但仍能感觉到与上帝相通，只是不那么紧密罢了。但蓝的态度很明确。

“我恨神父。”他发出几近怒吼的声音。

“为什么？”基妮希望更了解他一些，但他不太愿意谈论自己。就像一朵花，要耐心等它自己花苞绽放。她不想逼迫，但蓝对神职人员的评论引起了她的兴趣。

“就是讨厌。他们都是混蛋，而且虚伪，假装是好人但根本不是。”

“有些人吧。”基妮静静地说，“但不是所有的神父都坏或者都好，他们也只是普通人啊。”

“他们假装自己是上帝。”蓝似乎满腔怒火。基妮不想伤他的心，就没有继续争论下去。很明显他的矛头指向整个群体。

晚餐后，两人又去看了一部电影，这次不是3D，但他们也很喜欢，在回公寓的路上兴致勃勃地讨论着。基妮已经习惯了和蓝一起走路、聊天，仿佛两人认识的时间比实际要长，而且他既有幽默感，又善于表达。一回到公寓，蓝便问今天帮她干活挣了多少钱。两人合计完，他对数目很满意，开心地冲她笑着，打开了电视。基妮一直看看手机，等着莎琳的回信。目前为止还没有消息，基妮不知道她会不会打过来，但心里期盼着。

这一晚，基妮用电脑工作时，发现蓝又登录过流浪儿童网站。她猜测他可能在找某一个人的留言。

第二天一早，她还没起床，就接到来自莎琳的电话。果真是他的姨妈。

“你是什么人？”莎琳立马发问，“儿童机构的社工？还是警察？”声音里半是怀疑，半是欣慰。基妮把一切都告诉了她，从他们如何相遇，到如今他睡在自己公寓的沙发上。

“你有多久没见过他了？”基妮对莎琳和对蓝的过去都感到好奇，但不知道电话那头的女子会不会把实情告诉自己。对方的声音很悦耳，听上去是个明理的人。

“九月之后就没见过了。我是真的没办法，我有三个孩子，挤在一间小公寓里，连走动都费劲。我的孩子们睡卧室，我睡沙发，蓝就睡地上。一个男孩子这样活下去可不是个办法啊。他妈妈要是知道他无家可归，肯定得伤透心。”她觉得蓝在基妮这儿待着应该是暂时的，基妮自己也这么认为，“而且……他不太喜欢我的男友。”知道基妮不是官方人员，她小心地补充道，“我男人爱喝酒，蓝不喜欢他对我说话的方式，他俩经常吵起来。这孩子很有保护欲，有时候保护欲有点儿过强。他们那次吵得很凶，我男人扇了他一巴掌，蓝就离家出走了。公寓里没法同时住下他俩，哈罗德有时候在这儿过夜，那样的话蓝就得睡在浴缸里，而我们只有那一个厕所。蓝的爸爸和哈罗德很像，以前经常打他和他妈妈。他妈妈真的是个好人，很爱这孩子，一直到她去世。她什么事都为蓝着想，死前唯一担心的就是他今后怎么办。我把他接过来照顾，是对他妈妈的承诺，但我当时只有一个孩子。三个我就真的没办法了，没钱，没地方，也没时间。他得进领养机构，找一个不错的家庭。”

“他好像不太愿意，而且对于收养家庭来说他可能年龄有点儿大。十三岁的孩子可不太好对付。”

“他是个好孩子，又聪明。”他的姨妈怜爱地说，“他妈妈去世对他打击很大，而且他爸爸又从来不在身边，贩毒进了监狱，三年前死了，不过反正蓝也没怎么见过他。我是这孩子唯一的亲人。”这样的境况让基妮感到既难过又心疼。虽说有成千上万的孩子也像他一样，但蓝的身上有种特别的东西牵动了她的心。

“我可以把他安置到流浪青少年收容所，而且他也同意继续回去上学。”基妮满怀希望地说道。

“不管在哪他都待不了多久的。”姨妈的口吻显得颇为确信。蓝是怎样的孩子，她比基妮要明白得多，“他总是会逃，不管在什么地方都一样。有一天他也会从你身边跑掉。就像野兽一样，一旦有人靠得太近就会逃开。我感觉他心里很害怕，或许是觉得我们都会像他爸妈一样死掉。”对基妮来说，这个视角让她对蓝的心境多了几分了解。“但他是个好孩子。”莎琳又说了一遍。

“你想让我劝他来见你吗？”

“他肯定不愿意，而且要是哈罗德在场准会一团糟。让我知道他的下落就好了，我也没法为他做什么。”莎琳几乎已经放弃蓝了，他不仅仅意味着多一张吃饭的嘴，也是她不想面对的麻烦，尤其在男友不乐意的时候。她无条件地向着男友这一边，所以不愿意见蓝也可想而知。他果真是举目无亲，成为彻头彻尾的孤儿了。

“要是给他找到收容所，我就告诉你。过几周我就要走，得好几个月后才能回纽约。走之前我想让他安顿下来。”基妮对蓝的担忧更深了，毕竟他无依无靠，除了她之外连一个朋友也没有。

“你给他安顿在哪儿都没用，他肯定会回到街上，那才是他的地盘。而且我根本不觉得他会回去上学。”在基妮看来如此可悲的命运，他的姨妈却坦然接受，“我在西奈山医院做助理护士，以前想过让他也试试做护工，但他完全不感兴趣，说这工作很肮脏。他总在幻想，觉得自己聪明就能找到好工作。可是咱们都明白聪明远远不够。”

“所以我想让他回去上课。”基妮坚持，“至少他现在答应了。”

“他每次都先答应下来。”莎琳已不抱希望，“别让他伤你的心，”她警告道，“自从他妈妈走后，他对任何人都不会产生感情。大概那时候还太小了。”令基妮讶异的是，莎琳完全接受蓝这辈子注定毁了的事实，任由他去街上自寻出路，一丝力挽狂澜的意愿都没有。而基妮愿意改变他的现状，正如她为那些动荡地区的人们所做的一样，更何况这是个十三岁的聪明孩子，生活在发达的城市与国家。她希望他有这个机会，这是他应得的。

“我会告诉你他在哪儿做什么，在我走之前。”基妮承诺，但蓝的姨妈似乎还不如基妮这么关心这个孩子。莎琳太了解他了，明白他的疏离，也明白他想要挣脱的强烈意愿。

这天早上给蓝准备早餐时，基妮想告诉他已经联系上了他姨妈，但又不敢说出口。她不想让蓝觉得自己和莎琳是同谋，商量好了一起对付他。

“今天去看看收容所怎么样？”吃完早饭后，基妮提议道，发现他的眼神骤然冷淡下来。

“还不如替你工作挣点儿钱呢。”他逃避着这个问题，不愿面对她就要离开的事实——基妮能看出来这令他十分沮丧。但她已下定决心，要在走之前让他重返学校，并能在一个安全的地方安顿下来。她的脑海中只有这件事情。

她自作主张买了上课需要的文具：文件夹、本子、笔、计算器……用袋子装好放在卧室衣柜里，一个字也没有对他提过。

新年前夜，他们一起看电视。时代广场上人山人海，水晶球缓缓落下，蓝看到这一幕兴奋极了，两人都很愉快。

接下来的星期一，基妮陪蓝去他们之前经过的那所学校，和副校长当面谈了谈他的入学事宜。她留下公寓的地址，但没说这只是暂时住所——为了他能进这所学校，她想把一切事情做得尽善尽美。蓝被问到之前在哪里上学，他说自己那时和姨妈住在一起，现在搬走了。学校对于孩子的流动习以为常，没有追问。

“你是他的合法监护人吗？”副校长问基妮。她停顿了一下，才回答道：

“不是，现在监护人还是他姨妈，虽然没住在一起。”

“这样的话，我们需要她在这些表格上签名。”副校长一边说着，把表格递给基妮，“她签完后我们就可以马上让他进八年级。如果九月起就没上学，他得抓紧点儿赶上进度。”蓝有些闷闷不乐。过了一会儿两人离开时，他绝望地看着基妮。

“非去不可吗？”

“没错，而且咱们还得让你姨妈在这些表格上签字。我可以打电话给她吗？”蓝迟疑了很久，最后点了点头。

“嗯，行吧。她也不在乎我上不上学。”

“她肯定在乎。”基妮坚定地说道。虽然明白蓝说的没错，但她说不出口，毕竟他还不知道自己和莎琳通过话，“而且我在乎。蓝，你别无选择，除非你愿意一辈子做最底层的工作。要是连八年级都不读完，就别想找到好工作。”

蓝知道她是对的，只是不想听这些话。这天晚上，他们给莎琳打了电话，她再次提醒基妮他会逃学，但还是同意了签字，只是基妮得今晚把表格送到医院去，她十一点开始值夜班。基妮答应了，走之前她问蓝想不想一起去，他坐在沙发上朝她摇了摇头。

“我就在这儿等着。”他轻声说，仿佛没有什么亲情的羁绊。他被放逐到海里，靠一己之力漂流着。基妮只是不愿看他淹没。即使他们对彼此几乎一无所知，她也暗暗承诺一定要帮蓝渡过难关。正是这样的承诺，让基妮在现在的工作中表现出色。她从不放弃任何人，坚持不停耕耘直到看见收获。她的座右铭是“没有什么不可能”，而她也常常对蓝说起这句话。他连亲人也不愿见，仿佛自己不配活在世上的孤独心境令基妮心疼。她怀疑与哈罗德争吵的最后一幕很不愉快，比莎琳说得还要糟糕，所以蓝才会如此不情愿见面。

基妮如约前往西奈山医院，见到了穿着助理护士服的莎琳。她是个漂亮的非裔美国人，三十五岁左右，和基妮年纪相仿。两人聊天时，莎琳随口提起蓝的父亲是白人，同样有一双摄人心魄的蓝眼睛，父母的结合使他拥有了浅咖色的皮肤。她俩一致同意他是个漂亮的男孩子。

“谢谢你为他做的事。”莎琳签完字，叹了口气，“希望他别让你失望。”

“也许他会吧，”基妮很现实地说道，“他要是逃学，我就把他拽回去。在这场战斗上我不打算认输。”

“为什么？你干吗这么关心他呢？”莎琳满脸困惑。基妮是白人，住在不错的区域，似乎也有份好工作，在遇见蓝之前一定过着优渥的生活。她为什么要关心这个男孩子？莎琳怎么也想不通。

“他的人生应该有更好的机会。”基妮很坚定，“对每个人而言都是这样，一些人总是比另一些人幸运。他和所有人一样，有过上好生活的权利。他年纪还小，这是有可能的，只是需要有人信任他，推他一把。你有自己的孩子要关心，我孤身一人，可以花些精力在蓝身上。”说这话时，基妮的眼神里似乎弥漫着深深的痛苦，莎琳看不透，但也没有追问下去，只说蓝真的很幸运。而基妮明白，他只有到现在才称得上幸运。正如为他人所做的那样，她希望能使他的人生剧情反转，不再流落街头，躺在工具棚屋的睡袋里无人问津。她想给他一个为更好的生活奋斗的机会。

莎琳再次感谢，于是基妮离开医院，从第五大道打车回家。蓝正在公寓里等着她。

在计程车里她的手机响了。基妮以为是蓝，屏幕上却显示是贝琪来电。

“你在哪儿呢？”贝琪听上去很疲倦，她那儿是晚上九点，又度过了漫长的一天，在父亲和三个孩子周围忙得团团转。

“我在回公寓路上，刚见了个人，有些文件要签字。”

“是什么事？”贝琪既好奇又有些担心。

“蓝的事情。今天帮他在学校注册，明天就该重新上课了。”基妮用胜利的语气说道。

“你和这孩子之间是怎么了？”贝琪听上去很愤怒。两周前这个男孩才进入基妮的生活，然后突然之间，她的一切都以他为中心了。

“贝琪，机会面前人人平等。有时需要举全城之力才能得到这个机会，那我也在其中帮他一把。再说实际上，除了有个没工夫管他也没地方给他住的姨妈，他目前只能靠我了。我习惯了打击官僚主义，像堂吉诃德一样大战风车。这孩子需要一个相信他的人，现在暂时由我承担这个角色。”

“有你一起并肩作战，他也够幸运的。我就是不明白你干吗要这么做。有什么意义呢？过几周你就要去地球的另一头，在难民营里挨造反军的枪子儿，那时他十有八九又该回到街上游荡了。你总是选些必败的战斗啊。”贝琪语气尖刻，她一心想要基妮过上平凡的生活。

“确实赢不了，”基妮静静地说，没有否认姐姐的话，“但总得有人去做，说不定有时候也能赢一次。”这时车已在公寓门口停下，她便挂了电话。刚一进家门，蓝转过头看着她，仿佛担心了一个世纪。

“所以她签了吗？”他问。基妮点点头，一边把大衣挂起来。

“签了，还让我向你转达她很爱你。”这不全是真话。莎琳从没说过这个字眼。“你明天去上学。”基妮说得很坚决。蓝翻了个白眼，瞪着她。

“非得去吗？”基妮也回瞪了一眼，告诉他不去不行。蓝哼了一声，然后钻进浴室刷牙，完全是个十三岁的小男孩。

第二天的早晨平淡无奇，基妮做完早饭，把买好的文具用品递给蓝。他收拾好东西，两人便朝学校走去。一路上蓝没说一句话，基妮猜他是不是有点紧张。走到校门口拐角处，她祝他今天愉快，然后看着蓝消失在教学楼里。她知道，说不定一转身他又会溜出来，但她已经尽力引导他往正确的方向去，接下来的路只能靠他自己走，就像她在难民营里照顾的那些孩子一样，不过这次有些不同。出于一些自己也说不清的缘由，基妮十分在乎这个孩子。从看见他冲进小棚屋那晚到今天早晨，他在她心中已经有了份量。三年前，她对自己发誓，这辈子不会再爱任何人。而她隐隐觉得，蓝在母亲去世时也做了同样的决定。现在他们走到了一起，两个迷失的灵魂找到彼此，并肩奋力地朝岸边游去。当她回到公寓，开始打开电脑工作时，异样的感觉涌上来。过去这些天，她一直把工作放在一旁，但明天要去办公室，接着很快就得离开了。至少蓝正走向正轨，回到了学校。现在，基妮在走之前唯一要做的，就是给他找一个容身之处。

05

到达人权紧急救援会办公室时，有两项任务正等着基妮选择。一个在印度北部，那里的少女被亲生父亲贩卖为奴，当地的一个救助中心给她们提供庇护——前提是她们能逃出来。这些十岁出头的女孩子中有许多被严重虐待。另一个在阿富汗的山区，是基妮曾经工作过的难民营，她对那个地区很熟悉，在那儿工作危险重重，让人筋疲力尽，但收获也更多。基妮更倾向于后者，因为这种工作她已经做过很多次了。去那儿的危险显而易见，但救援会给工作者们提供最大限度的保护，从营地到项目全是军事化管理，也只将他们派往有红十字会和国际援助驻扎的地区，所以基妮知道自己一定不会独自战斗，尤其是在动乱地区。在人权工作者被派去执行任务的国家，人们大多对他们所做的人道主义工作和对当地民众高效的援助充满敬意。基妮从未觉得自己在哪个国家受到排斥。虽然条件艰苦，有时伴随着风险，但对于执行任务来说却再好不过，基妮正是因此选择成为救援会的一员。

“你还没打算放弃这苦差事？”基妮的主管埃兰·沃伯格问道，眼神锐利，“大多数人只能坚持一年，然后就失去了热情。你已经坚持三年了，而且一直都选最困难的任务。”

“我喜欢挑战。”基妮静静答道，承认埃兰所说。她总是欣然接受最难的委派，从未有过例外，纽约办公室里人尽皆知。迄今为止，她在工作中没有出现过任何瑕疵，无可指摘，她也依旧不愿放慢脚步。谈话快结束时，两人达成一致意见——去阿富汗，而救援会希望基妮两周内就出发。离开办公室时基妮思索着，想要帮蓝找到容身之处，留给自己的时间已经所剩无几。

一回到家，基妮又上网把收容所查了一遍，选出三家不错的，趁蓝还没从学校回家通通预约，全都定在这周。基妮想在走之前把收尾工作做完，如果处理妥当，那么在纽约的短暂间隙就算是大获成功，时间没有白白浪费。

蓝在学校过得很顺利，尽管才刚上了两天课。每天晚上，他就在公寓的餐桌上写作业。虽然他嘴上说无论课程还是老师都很没劲，但还没有要逃学的迹象——并非如他姨妈预测的那样。只是下定论还为时过早。基妮担心的是，现在自己还在这儿，所以蓝暂且会乖乖待着，但一旦她离开纽约，蓝或许马上就不去上课了。毕竟目前为止课上的一切都无法提起他的兴趣，据他说都是些早就知道的东西，基妮也觉得可能是这样。比起大多数这个年纪的孩子，蓝不仅聪明成熟，而且兴趣也广泛得多，他对世上发生的事件了如指掌，也对音乐充满热爱。公立学校的系统不够完善，没有足够的资金将这些加入通识课程中，它迎合的是对每一个人都普遍适用的宗旨，而非最大限度地发挥个人的能力。这周结束时，蓝通过了天赋课程计划的测试，被准许参加特别课程。

基妮没提去阿富汗的事，计划过两天看过收容所之后再告诉他。到周末过完，她已经访遍所有收容所，其中一家似乎是完美的选择。他们面向的都是十一至二十三岁的青少年，其中也有人通过法律援助和家人重新建立了联系，不过屈指可数。大部分人都像蓝一样来自破碎的家庭，父母有些去世，有些消失或锒铛入狱。这家收容所鼓励每个人上学，也帮助他们找兼职或全职工作，法律咨询和医护服务一应俱全。房间可以拎包入住，最多能住半年。他们施行降低危害干预的模式，这意味着有一些人仍在吸毒，只是行为要合乎法度，减少剂量，而且不能在收容所内吸，这样的计划现实且可行。收容所给蓝准备好了空床，但前提是他自己愿意去住，毕竟不会有人逼他。那是个宿舍床位，有五个和他年龄相仿的男孩同住，还提供一日三餐。整个项目都是免费的，由私人基金会和政府补贴赞助。这对蓝来说简直是量身定制。

基妮把蓝的情况和负责人说了，包括他们俩如何相识。负责人是一位和基妮年纪差不多的女性。她说蓝实在是幸运，能得到基妮这样的良师益友。

“我马上就要离开三个月左右，回来之后他可以继续跟我待在一起，但这段时间内我希望他能在这里住下来。”基妮满怀希望。

“那得看他的想法了。”负责人安·欧文用充满哲理的口吻说道，“一切都基于自愿，要是他不想的话，还有很多孩子等着要住进来呢。”

基妮点点头，希望蓝会决定住下来，而不是回到街上谋生。当然，他总是可以选择后者，而且莎琳也说过，他宁愿如此也不想被条条框框所限。蓝已经独立生活很长时间了，但“休斯顿街”——

这是收容所的名字——的孩子们都是如此。从那儿回来后，基妮告诉了蓝。他看起来闷闷不乐。

“我不想在那儿待着。”他愤愤地说道。

“你不能回棚屋去。那里提供吃住，还有许多其他孩子，都和你差不多大或者比你大一点，可以一起玩。生病了也有人照顾。蓝，你得识时务，别去街上冒险，那样的生活烂到家了，你也不是不明白。”

“但是在街上我想做什么就做什么。”蓝执拗地说。

“没错，比如挨饿受冻啊，被抢劫啊，或者被人撕成碎片。要我说那可再明智不过了。”她不比他笨，清楚流落街头意味着什么，“我四月底就回来，到时候你要是愿意，可以再来这里住，但前提是你得坚持到那一天。”这对两人来说都是漫长的煎熬，而且蓝仍担心她再也不会回来。“至少周六和我一起去看看再做决定，选择哪条路是你的自由。”基妮提醒道。不管怎样，决定权在他自己手中，没人能逼迫他。虽然那儿肯定比不上基妮的公寓，但他在公寓里也没住多久，而比起棚屋和他流落街头住过的其他地方，收容所要好上太多。基妮禁不住猜测他能不能长期住下去，甚至他是否曾在任何地方长期逗留。目前为止，蓝的生活都是独立而无拘无束的。

周六去“休斯顿街”的路上，蓝就像脚底灌了铅一样，简直要手脚并用才爬上主楼那坑坑洼洼的阶梯。他们在同一街区有三幢楼，一幢为女性而设，另外两幢住着男性——他们用性别称呼在这儿的孩子们。两人四处看了看，蓝一言不发，有几个住客向他招手，他也装作没看见。之后，他们和住宿顾问朱利奥·费尔南德斯谈了谈话，他温和友善，提供了很多信息，而蓝一直默默听着，面色铁青，像是快要哭出来了。

“蓝，你想什么时候搬进来？”朱利奥问得直截了当。

“我不想。”蓝的回答很直率，甚至有些粗鲁。

“那可太糟了。我们现在有个床位留给你，但不会一直留着，毕竟需求量很大。”这里离地铁站也很近，几分钟就能到学校。朱利奥和基妮聊着硬件设施，这时蓝却不知道跑到哪儿去了。没过多久，基妮听到有人在放古典钢琴曲，她觉得这儿挺有追求，但没太留意，直到朱利奥突然不再说话，眼睛直直地盯着她身后。基妮转身看去，惊讶得下巴都要掉了——那是蓝在弹钢琴。他神情专注，不一会儿又转为爵士乐继续弹奏。那两人注视着他，但他完全没发现，自顾自弹着，沉浸在另一个世界中。

“天赋真高啊。”朱利奥轻声对她说，基妮仍然一动不动地盯着。蓝从没说过他会弹钢琴，他的姨妈也没提过。他只说自己喜欢音乐，谁知竟能将琴键驾驭得如此纯熟。一些住客也驻足聆听，弹奏结束后好几个人还鼓起了掌。蓝把老旧立式钢琴的琴盖合上，走回朱利奥和基妮身旁。与听到他弹奏的人相比，他自己对刚刚发生的一切显得无动于衷。

“我得什么时候搬进来？”他问基妮。

“不是非得搬进来。”朱利奥插话，“任何不想做的事情都不用去做。这儿不是监狱，对于很多和你差不多大的孩子来说，这里是他们的家，他们愿意住在这里，每个人都是自己做出选择的。我们不接受法庭的任务。”这里可以容纳下四百四十位住客，任何一天或一晚都可以来住，大部分时候都住得满满当当。

“你什么时候走？”蓝向基妮问道，脸上挂着悲伤的表情。

“十天之后。你最好能下周搬过来，在我走之前，这样我还有几天时间看看你过得怎么样。你来了这儿咱们也一样可以见面。”基妮想尽量说些鼓励的话，但蓝仍郁郁寡欢。

“好吧，我下周来。”他面无表情地说，似乎不带一丝感情。确认下周有床位给他之后，两人对朱利奥表达了感谢，然后离开。刚一迈出大楼基妮就转过头，惊异地看着蓝。

“你从来没说过自己会弹钢琴。”她仍在为他的精湛琴艺而震撼。他有着超乎寻常的才能，而基妮根本无法想象他是怎样学会的。

“我不会啊，就是随便乱弹。”蓝耸耸肩。

“那可不是乱弹。蓝，那是真正的才华，你识谱吗？”她这么一说，让蓝非常惊讶。

“多多少少吧，自学的。我也就会一点儿。”

“你的‘会一点儿’可厉害得不得了，不只是我，所有人都惊呆了。”听到这，蓝露出了笑容。基妮没有问他觉得收容所如何，她能看出来，况且既然他已经同意去了，也就没必要再挑起话头。但是他方才的钢琴声在她心里留下了深刻印象。蓝有不可忽视的才华，而若是自学成才的话那就更不一般。他是一个复杂的多面体，而基妮才刚刚开始发觉。“你在哪儿学会弹的？”在回去的地铁上，她问道。

“我姨妈去的教堂有架钢琴在地下室，那儿的神父同意让我弹。”他说着，却拉下脸来，基妮发觉他的眼神有些奇怪，“不过他是个混蛋，所以后来我就没去了。现在的话，哪里有钢琴我就去弹弹，有时候去乐器店，一直弹到被赶出来为止。”基妮想着，这样引人瞩目的才能，为什么他的姨妈却对此只字未提呢？蓝过了一会儿解释道：“她不知道。”

“你弹得这么好，为什么没告诉她？她也从来没听过你弹琴吗？”

“那个神父说要是有人知道他让我在那儿弹，他就有麻烦了，所以我们得保密。就这样，我没告诉任何人。”过了一会儿，他又补充道，“我妈妈以前是唱诗班的，也在教堂弹管风琴。有时候她演奏时我就坐在旁边，不过她也没教过我弹，我只是看着。我想管风琴我大概也能弹吧。”基妮觉得，蓝的母亲一定也颇具才华，养育出了音乐天赋如此高的孩子。

吃过晚餐后，基妮突然冒出一个主意，于是她问蓝：“你明年秋天上高中，申请音乐艺术学校怎么样？拉瓜迪亚艺术高中是公立学校，你要是有兴趣，我可以替你查查。”

“他们怎么会要我？”蓝忧伤地说。他仍在为要搬进收容所而沮丧，虽然基妮觉得那儿并不差。

“因为你有了不起的才华啊。”基妮给他打气，“你知道自学能弹成那样有多难得吗？”她已经彻底被蓝折服。

“吉他我也会弹。”蓝含混地说。基妮笑出声来。

“蓝·威廉姆斯，你还有什么本领瞒着我吗？”

“没了，就这些。”他又变回一个孩子，“不过我敢打赌能学会架子鼓。我没打过，但是一直很想试试。”基妮咧嘴笑了，夜晚的时间慢慢过去，蓝也高兴了起来。他递给基妮一串清单，上面整整齐齐地列着他替她干活儿应得的钱，记录得很用心。基妮如约付款，蓝满意极了。最重要的是，他为她即将离开而无比难过，又十分牵挂她的安危，基妮能感觉得到。“你要是回不来了怎么办？”他恐慌地问道。

“我一定会回来的，”基妮静静地说，“相信我。我从来没受过伤，而且每次都会回来。”之前她已经向他保证过了，但蓝还是担忧不已。他的世界就是如此，不断失去一个又一个人。

“你最好能回来。”蓝脸色阴沉地说道。这晚在他睡觉前，基妮给了他一个拥抱。有时候他活脱脱是个孩子，但有时候却懂得超越年龄的种种生活常识，对于这个年纪的孩子来说，他经历了太多。

搬进“休斯顿街”的这天来得太快，两人都这么觉得。离开前一天，蓝在商店买了花送给基妮，用的是自己的钱。帮他搬家的时候，她心情沉重，但明白这是正确的事情。以往每次去执行任务，基妮都求之不得，而这是第一次，她为自己离开纽约而感到伤心。

他们打车去市内，蓝一路上沉默无言。基妮给他买了几件T恤、几条牛仔裤、学习用品和书包。他垂头丧气地走上了台阶。基妮在即将离开宿舍时，做了一件他意想不到的事情——她送给他一台笔记本电脑当作礼物。看见电脑时，蓝的眼珠差点要掉出来。

“你得给我发邮件，保持联系。”基妮严肃地说，“你过得好我才放心。”蓝点点头，一时竟无言以对，只能将双臂环住她的脖子，给了她一个拥抱，她看见他的眼中泛出泪水。从没有谁如此对待他，但她乐意之至。这将会是对他很重要的工具，更何况她已再没有其他可以去溺爱的人了。基妮允诺这周末会去探望他，在她出发之前，到时候一起出去吃晚饭。

最后见面的这天，蓝看起来无比悲伤。整整一周，他们不在彼此身边，尽管视频通话了几次，而且两人都觉得很愉快，但失去一个人对蓝而言太寻常了，即使只是短短数月，多少安慰的话也无法使他确信她会回来。五岁时母亲的离世，和曾经失去的一切使他恐惧，无法相信能与基妮再次相见。父母死去，而姨妈选择离开——每个人都抛弃了他。

周日晚上，基妮向蓝道别，在“休斯顿街”的大门口台阶上，她紧紧地拥抱了他，然后回家收拾行李，第二天一早就要前往喀布尔。她承诺会尽可能给他多发邮件，虽然在边区村落里多半没有信号，但不那么偏僻的地方还能连上网。基妮说完保持联络便离开了。难过的泪水从蓝的眼中汹涌而出，而基妮坐地铁回家，也一路流着泪。

这晚贝琪打电话来告别——她在说不该说的话上很有一套。基妮已经因为与蓝告别而心痛，这段共度的时光和不期而至的友谊，对她和蓝来说都是难得的礼物，她希望回来后能够接续下去。她还查了拉瓜迪亚艺术高中的资料，打算回来后说服他申请。

她给学校打过电话，得知若要明年入学，今年秋冬便要申请，竞选会在十一月和十二月举行。离申请截止日期已经过去两个月，录取通知这个月就要发布，这样一来蓝已经错过了时间。基妮说明了他的特殊情况，他们答复道，由于是有特殊困难的个案，或许可以开特例单独评选一次，特别是假如他真的如同她所说那样天赋异禀。她不在的这段时间内，他们愿意争取破例，也会和她保持联系。基妮不想让蓝失望，所以还没有对他说。

“谢天谢地，你可算是把那孩子弄出去了。”听到基妮说蓝在收容所，贝琪这样答道，“我还以为你永远摆脱不掉了呢，算你走运，没被他杀了。”

“你知道自己说的都是些什么话吗？”基妮愤怒的语气掩饰了刚刚和蓝告别的悲伤。失去他人的滋味她同样再清楚不过。

“总之你不能再做这么疯狂的事了，哪天谁要了你的命，也不会有人惊讶。而且你没来看望爸爸。”贝琪的语气明显带着责备。

“下次去，我保证。”基妮难过地说，对贝琪的刻薄话暂时卸下了铠甲，“只是对我来说真的很不容易。”

“照顾他更不容易，”贝琪直言不讳，“而且他状况越来越差，下次可能就太迟了，到时候说不定根本不知道你是谁。他有时候连我都认不出来，这还是他每天见得到的人。这周他又走丢了一回，然后昨天洗完澡没穿衣服就出来了。基妮，我没法永远照料下去，咱们得赶紧想出其他办法。这对艾伦和孩子们也很艰难。”这些话确实没错，基妮不禁为没有帮上忙而愧疚万分。

“等我回来咱们再商量吧。”

“等多久？三个月？你开玩笑吗？他情况恶化的速度一天比一天快，要是在你回来前他死了，你就后悔去吧。”姐姐的话击中了她，仿佛肚子上挨了一拳。

“希望他不会吧。”基妮难过地说。此刻她感到自己是世界上最差劲的女儿和妹妹。作为妻子和母亲，她已经觉得自己糟糕透顶，没发现马克喝酒过量就让他开车。而现在或许即将错失和父亲说再见的机会，她也只能将所有失去的一一承受下来。这样看来，在失去丈夫和儿子后，她和蓝的际遇多少有些相像。

“行了，我只希望至少那流浪男孩的事儿就这么过去了，免去一个不必要的烦恼。”基妮没答话，贝琪也说够了。挂掉电话后，基妮很伤心，开始想念蓝，希望离开后他能过得好好的。他已经重返校园，又安顿在“休斯顿街”——她做了所有力所能及的事情，而能不能坚持全靠他自己。等她回来后，两人可以为他的将来及秋季高中入学做打算。

这晚，她惦记着蓝的事情，几乎一夜未眠。第二天一早她出发前，他发来视频通话，两人看上去都很悲伤。他再次为笔记本电脑而感谢了她——这礼物真是棒极了。睡觉时，他把它压在枕头下，后来还放在两腿间，生怕有人拿走，即使在学校也从来不让它离开自己的视线。

“我们很快又会见面的，蓝。”基妮温柔地说。他们的视线在屏幕上交会。

“你得保证会回来！”他皱起眉头看着她，渐渐又转为笑容。基妮知道当自己远在异乡时，会一直将这笑容铭记于心。她又看向屏幕，他没有再说话，点下关闭视频的图标，消失不见了。

06

和以往执行任务常走的路线一样，基妮先从纽约飞到伦敦稍作停留。希思罗机场的巨大与混乱令她厌恶却又备感熟悉。中转等待时，她和蓝视频了一会儿。正好是学校的休息时间，他们只聊了几分钟。之后的几个小时她在椅子上打了个盹儿，然后搭上去喀布尔的班机。基妮几乎睡了一路，接着转机到阿富汗东部的贾拉拉巴德，救援会的工作者会在那儿接她，然后驱车翻越兴都库什山，穿过印巴边境小镇阿萨达巴德，最终到达库纳尔河畔的一个村庄，营地就驻扎在此。

难民营的情况比她印象中更加严峻。之前整整五年，这里在没有“无国界医生组织”的帮助下运行着，但他们后来重新在此驻扎，所以目前尚有不错的医疗援助，只是营地比她上次来要拥挤了不少。有限的物资储备，无处不在的状况，加上得尽量满足每个人的需求，难民营的气氛令工作者们备感压力。不过救援会总是尽力高效运作着——在那些实实在在的战争区域——而且已经保持了三十年。

基妮的司机是一个二十岁出头的年轻人，正在写关于这个难民营的硕士论文。他叫菲利普，在普林斯顿大学读书，脑子里满是新奇的理论和幼稚的理想，说着他们该做什么和不该做什么。基妮耐心地听他滔滔不绝地谈论着，她比他经验丰富得多，对于能够达成的事情也现实得多。虽然不想让他泄气，但她明白他的大多数建议就算能实现，也至少得等二十年。阿富汗形势严峻已不是一两年了。妇女们遭受着超乎想象的虐待，而每十个儿童中就会有一个死去。

快到营地时，基妮听见远处传来交火的声音。开车的小伙子告诉她，贾拉拉巴德城里的难民营情况还糟。整座城市有超过四十个营地，大多是土棚屋和简陋木屋。营地中饥馑肆虐，对儿童造成的伤害最大，许多家庭因躲避省内战乱来到这里，却死于食物匮乏和难民营里不正规的医疗救助。说不上哪一种更糟。

将近三年的前线工作让基妮明白，有时候只要能帮助人们度过眼下的难关就够了，而不用去给他们指一条新生活的明路，或是奢求改变世界。她已习惯于照顾重伤的妇女和肢体残缺的儿童，还有些孩子或因可怕的疾病、或是小病但无药可医而濒临死亡。有时这些人只是因为经受太多苦难而无法继续活下去。基妮的工作就是尽可能地支援他们，提供他们所需。

从卡车上下来，她感到一阵巨大的慰藉渗透了全身。在这个除了人命和最基本的生存技能之外都无足轻重的地方，一切都下降到人类的生命与尊严的价值。所有她经历过的其他事，都在到达的那一刻消失无踪。基妮觉得自己被人需要，能够发挥作用，也至少能为改变他人的生活做出努力，不管结果是否尽如人意。

孩子们穿梭在营地里，没比衣衫褴褛强多少。这儿冷得刺骨，他们却光着脚或只穿着塑料凉鞋。当地妇女们都穿着罩袍。落地贾拉拉巴德时基妮也套上了一件，以免对任何人不敬或是在营地里引起麻烦。这已不是她第一次遮住头部、穿上罩袍工作与生活。在漫长的飞行中，她几次想起蓝，可一旦开始面对任务，蓝就被置之脑后了。能为他做的都做了，现在她肩负更重要的使命，需要清醒的头脑来专注于眼前的工作。这个国家陷于持续的内战中，她从菲利普那儿了解到很多暴动者就住在不远的山洞里，这并不令她惊讶。

营地的边缘有一座医疗站，受伤的居民被源源不断地送往这里。死亡率高得惊人，被送来时他们已经伤得太重，由于之前没有得到任何治疗，伤口多半早已溃烂。物资由直升机空运过来，每月一次，得想方设法在有限的供应中撑到下一次补给。“无国界医生组织”定期来处理一些更严重的疾病，而其他时候，工作者们只能尽量利用现有条件进行救助。

基妮和菲利普是营地里为数不多的非医疗人员。在以往类似的任务中，她曾被派去手术帐篷里端着盛有令人作呕的医用敷料的碗，拿着满是血迹的破布。在那里工作得有个强大的胃，还有一副能干重活儿的坚实臂膀——通常是给运来的物资和设备的卡车卸货。但最重要的，还是爱心与奉献精神。她无法改变他们的生存状况或是整个国家的现实，但或多或少可以让他们过得更舒服些，给他们带去慰藉与希望。甘愿和他们生活在难民营里，一同置身于危险中——基妮用行动证明了他们对她有多重要。

两个小女孩手牵着手，目不转睛地看着基妮。当她穿过营地去主帐篷时，她们露出了笑容。这里的设备与物资都是旧军队剩下来的，但派得上用场，对他们颇有帮助。基妮穿着沉重的军队衣物、粗糙的靴子和男士派克大衣。天冷极了，今天早些时候还下过雪。她在衣服外面又套了一件罩袍，脱下罩袍，臂章就显示出她的人权工作者身份，上面印有人权紧急救援会的标志。营地里还有两个人戴着红十字会的臂章，救援会和他们密切合作。

基妮前去报到，向一个红发英国男人做了自我介绍。他很魁梧，蓄着大胡子，坐在主帐篷里的临时书桌前，被移动暖炉围着。他是这个营地的负责人，名叫鲁伯特·麦金托什，是退役英国军官。鲁伯特是基妮上次来之后新上任的，已在前线工作多年，以能力出众见称。基妮见到他很愉快。

“我听说过你的事，”他一边与基妮握手，一边说，“你有不怕死的名声。但我得警告你，我不想看到任何事故发生，要尽可能避开，我认为保持这个原则比较好。”他严肃地看了她一眼，然后咧嘴笑了，“不得不说，这装束真是迷人啊。”基妮也笑起来。她穿着登山靴，罩袍盖住了厚重的衣服。鲁伯特听人说她非常漂亮，但穿成这般模样实在不容易看出来——她还在罩袍底下戴了羊毛帽子。他们的穿着由天气和要干的活儿决定，仅此而已。

鲁伯特介绍了他们迄今为止重点着手的任务。一些妇女儿童来到难民营，他们拒绝回家乡继续罹受非人的虐待，而这让当地人很不高兴。但他们迟早要回去的。他告诉基妮，前两天在附近的村庄，有一个遭到强奸的妇女被施以石刑。由于“引诱”袭击者，她承受非议直至被投石而死。而那个男人竟能够逍遥法外，得以返乡。这样的情形他们见过很多次了。

“你会骑马和骡子吗？”鲁伯特问道，基妮点头。她已经注意到一些马和骡子拴在圈地里，去没有道路的山里时，它们就能派上用场。基妮以往去这种山区执行任务时也骑过。

“骑得还挺好。”

“那就行。”

基妮和其他人在军用帐篷里会合，发现他们来自许多不同的国家——法国、英国、意大利、加拿大、德国、美国——不同机构组织的人权工作者聚在一起，齐心协力。纷杂的国籍让营地生活更加丰富，大家都用带着口音的英语交流。基妮还会说一点法语。

不出她所料，食物既难吃又少得可怜。经历了漫长的旅途，基妮疲累得险些要栽进盘子里睡着。

“去睡会儿吧。”鲁伯特说着，拍了拍她的肩。一个德国女子领基妮去她们的帐篷。她分到一张简易床，一个帐篷里总共六张，就像蓝在“休斯顿街”的宿舍一样。这样粗茶淡饭、回归原始的生活让她自在，也使其他一切事情都变得透彻明晰，个人的苦恼不复存在。从第一次来到这里基妮就意识到这一点。由于过于疲倦，她刚一钻进简易小床上的睡袋，连衣服都没脱便倒头大睡，一直到第二天黎明才醒来。

第二天，基妮被委派的任务是在营地帐篷里记录迄今为止发生的儿童案件，有一个翻译人员提供帮助。按照规定他们从不介入地方政治，所以过去一年内没有任何暴动者来干涉他们。但那些人任何时候都可能翻脸，工作者们对这一点心知肚明。

一周后，基妮和其他工作者们一起进山，骑着骡子，沿着峭壁的羊肠小道盘曲而上，寻找需要援助或带下山救治的人。为此他们牵上了两匹没有载人的骡子，最后将一个六岁男孩和他十九岁的母亲带了下来。小男孩在火灾中被严重烧伤，容貌全毁，而他年轻的妈妈还另外育有五个孩子，和她自己的母亲一起待在山上的小屋里。她的丈夫和父亲都不愿她离开村子，最终为了孩子才做出让步。她严严实实地蒙起面纱，一路上垂着眼，一言不发。回到难民营，她立刻融入了当地妇女群体中。

每天，基妮从清晨忙到午夜，好在丝毫嗅不到危险的气息。这里的人对他们没有敌意，而营地里妇女和孩子的数量则在持续增加。大约一个月后，她坐上卡车前往库纳尔省的首府——阿萨达巴德，同行的还有一个德国女子、一个意大利男子和一个法国修女。鲁伯特要基妮在阿萨达巴德发几封邮件，因为营地没有网络信号。那里的红十字会办公室可以上网，基妮就带着鲁伯特的联系名单和要发送的报告去了。他们给她安排了桌子和电脑，其他人在城里四处走走。发送完鲁伯特的邮件后，基妮决定不去和其他人一起吃午饭，想留下来查看一下自己的邮件。

有三封邮件来自贝琪，告知父亲日渐恶化的病情，让她有空打电话过去。基妮来阿富汗已经六周，而贝琪最后的邮件是两周前。她最终放弃尝试联系，仿佛被基妮的沉默惹恼了，尽管收不到邮件这件事基妮在走之前已经提醒过她了。接着有一封来自“休斯顿街”的邮件，是朱利奥·费尔南德斯发的，还有一封蓝的邮件，日期是三天前。基妮决定先看蓝的，很快打开了邮件。自从来这里后她一直惦记着他，但大多数时候她被更沉重的事情占据着，日程排得满满当当。

蓝的邮件以道歉作为开头，基妮一眼就明白了后面的内容会是什么。他写道，“休斯顿街”的人都很善良，但制度实在让人厌烦。他对其他孩子没什么感情——有些还不错，可有一个室友想要偷他的电脑。晚上吵得没法睡觉，就像住在动物园里，蓝这样写道，所以来告诉她自己已经离开了。虽然他不知道要去哪里，但一定会没事，还说希望她快些平安归来，不要受到任何伤害。

读完这封后，基妮看见还有一封学校的邮件通知，说在她走之后蓝已经旷课两周了。最后一封来自朱利奥·费尔南德斯的邮件写着，虽然他们极力挽留，但蓝去意已决。他不太遵守规矩，还是习惯来街上的那一套，这对他们来说不是新鲜事，但毕竟有悖于他们对住客的要求。这样一来，蓝就应了莎琳的预言，既逃离了收容所，又逃离了学校。基妮现在完全不知道他在哪儿，也不能为此做出任何行动。而且她还会继续在这儿待上六周，通讯如此不便（在营地里则是丝毫不可能），她对此束手无策。在这儿可追寻不到他的行踪。

她先回复了蓝的邮件，希望他一切都好，特意强调自己没事，又央求他回收容所和学校去。她还提醒道，自己四月底就回去，希望回到公寓能见到他。她尽力宽慰自己，毕竟他已经在没有她的情况下活了十三年，再露宿街头六个星期也不会有事的，她确信无疑，只是感到沮丧。他没有成功地坚持下来，尤其是学校，基妮感到很失望，同时决定回去之后再看看自己能做些什么。蓝又孤身一人了，靠着一点儿小聪明活下去，就像从前一样。基妮明白他对街头生活了如指掌。

基妮回复了朱利奥，对他做出的努力表示感谢，并说自己一回去便会再次联络。她给学校回信，问是否能把蓝的情况记录为请假，并保证他回学校之后会把功课补上。这全是假话，可基妮还能怎么做？她又给贝琪回邮件，说营地里没有任何通讯手段，除了紧急情况使用的无线电，波段还不长。这封邮件很简短，接着她用红十字办公室的电话给贝琪打了过去。响第二声时，贝琪接起电话。

“你到底在哪儿？”她问，听起来很担心。

“在阿富汗，你知道的。营地这儿没法发邮件。这是我到这儿之后第一次进城，大概也不会再来了。爸怎么样？”基妮很害怕得到他已经去世的答复。

“他好些了。医生正尝试一种新的疗法，似乎有点效果。他更清醒了，至少上午是这样，晚上还跟以前一样糊涂。不过现在我们每晚给他服一片安眠药，这样我就不用担心晚上睡觉时他会起床出去游荡。”几个月来，贝琪都因为这件事难以合眼。

“啊，真是松了口气。”基妮有一阵子很恐慌，听到贝琪所说让她好受不少。

“我真希望你能回来，过过合情合理的生活。你现在的工作太疯狂了，尤其爸的状况还是这样。要是他真的恶化得很严重，或者死了，我都没地方找你去。”

“你有我在当地红十字会的紧急联系电话。走之前我给了你。”基妮提醒道，“要是有紧急情况，他们会派人去营地找我。没有的话，我六周之后就回家了。”

“你不能一直做下去，基妮。你三十六岁了，不是参加什么童子军的孩子，可以无牵无挂。不能一直是我做决定，你也得参与进来。”

“我跟你说了，回国后我会去洛杉矶的。”

“这话你说了快三年。”

基妮没告诉姐姐，自己在这儿比在洛杉矶有用得多。她感觉到这里才是自己现在想待的地方。

“我没法跟你聊太久，现在用的是红十字会的座机。替我给爸一个吻。”

“照顾好自己，基妮。别挨枪子儿也别死掉，这是我们的请求。”

“我会尽量注意的。你在洛杉矶挨子弹的可能性比我在这儿高。营地里很和平。”

“那好。爱你。”

“我也爱你。”基妮回应道。姐姐有时让她抓狂。她无法想象过上贝琪那样的生活，或是回到自己从前那样。那意味着结婚、养育孩子、住在帕萨迪那。从前基妮还和马克在一起的时候，贝琪觉得他们的婚姻生活肤浅浮华。而现在她觉得妹妹疯了。两人的生活从来没有平行或重合过，连遥相呼应也没有，贝琪从未赞同过她所做的事情。认识到这一点，贝琪的话就没那么伤人了。在基妮心目中，贝琪永远是那个投反对票的姐姐，从童年时期起就是如此。

挂上电话后，基妮打印了鲁伯特收到的邮件，然后就去和其他人会合，他们正在附近的餐馆解决午饭。食物从卖相到气味都糟糕透顶，她为自己没吃午餐而去红十字会办公室处理邮件感到庆幸。

“你们都点的什么菜？伤寒特供餐吗？”基妮皱起鼻子，冲着他们的食物做了个鬼脸。午饭快结束时，她和大伙儿一起喝了茶，然后在镇上四处走走，接着便回到卡车，驱车返回营地。

基妮把鲁伯特的邮件带给他，两人坐下聊了一会儿。天气仍然和她来时一样冷，一到晚上简直要把人冻僵。这里的三月还是冬天。他们谈到目前面临的医疗问题，鲁伯特说他们过几天得再上一次山，想让基妮和他一起去，因为他很欣赏她与当地人打交道的方式，而且她尤其擅长和孩子相处，总是非常温暖友善地对待他们。

“总有一天，你也该有个自己的孩子。”他露出温暖的笑容。鲁伯特虽然已婚，但以耽于女色出名，在英格兰有一个几乎不见面的妻子。他对基妮的过往一无所知，所以话音刚落，就被她僵住的表情吓了一跳。

“我……实际上有过一个小男孩。”基妮吞吞吐吐地说，“他死于一场车祸，和我丈夫一起。”是我的错，她这么想着，但没有说出口。

“真的很抱歉，”鲁伯特显得羞愧难当，“我竟然说了这么蠢的话。我完全不知情，还以为你是那种美国单身女性，四十岁前都会把结婚生孩子抛在脑后。现在这种人很多。”

“没关系。”她带着愉悦的笑容看着他。这些话总是很难说出口，她讨厌说出来时自己惹人同情的样子，也讨厌这些话暗示的悲剧。但否认马克和克里斯的存在似乎也不应该。这让基妮和鲁伯特觉得他们彼此间知之甚少，对于对方从事这份工作的缘由几乎一无所知。鲁伯特年轻时从医学院辍学，如今结了婚，一年只愿意见妻子几次。

“你大概没有别的孩子吧？”他脸上流露出真诚的同情。基妮摇了摇头。

“所以我才投身到这种工作里去，可以帮助他人，而不是待在家里自怨自艾。”

“你真是位勇敢的女性。”他钦佩地说。

回忆瞬间涌进基妮的脑海中。忌日那天她望着桥下的东河，唯一阻止她的，是那晚遇见了蓝。从那时起生活的一切都变了样，她长久以来终于第一次看见希望的存在。如今，基妮也想帮助蓝。

“并非总是很勇敢。”基妮诚实地说，“也有很艰难的时候，不过在这儿我没工夫想那些。”

鲁伯特点点头，然后送基妮回帐篷集居地的中央。他心里有数，即使是罩袍加上好几层厚重的衣服，也掩盖不了她的美丽。自从基妮来到这里他就一直注意着她。但基妮从别人那里听说了他的名声，所以非常谨慎，不去招惹是非，毕竟鲁伯特是已婚之人。再说她也不希望生活被这种事纠缠不清。她来这儿是工作的。

营地里的人们来了又去，时而有新成员加入，给这里的生活增添一点意思。日内瓦的人权高级委员会派来一个代表团，又来了一队德国医生，他们在这儿受到热烈欢迎。基妮和他们一起骑着马和骡子上山。他们接生了一个婴儿，给一些生病的孩子做了检查，把其中两个和他们的母亲接回营地做进一步治疗。

按计划还有两周离开时，基妮和营地医疗队的其他人再次进山。目前为止一切都很顺利，接班的人再过一周就会从纽约办公室过来。她轻松地和恩佐聊着天，他是来自意大利的年轻医生，上周刚抵达这里。一行人骑着马和骡子，沿着岩石满布的陡峭小路爬上去，这时基妮和恩佐聊起了回家后所有想吃的东西，因为这里的食物不仅少还难以下咽。他们通过了一个难走的弯道，又经过一个传闻有暴动者藏身的岩洞旁。两人正在为一件事大笑，附近突然爆出一声枪响，基妮的马一跃而起。

基妮紧紧攥住马的鬃毛，祈祷它不要越过小路的边缘，坠入峭壁深渊，但马已经受了惊。身边的意大利人努力拉住缰绳想要帮她，这时又传来一声枪响，这次更近了。基妮立刻朝领队看了一眼，他打手势让所有人原路返回。正当他示意时，恩佐向前倒在了马背上，后脑勺被子弹击穿，脑浆迸出。基妮看他时，他已经死了。

德国医疗队的一个人迅速拉住恩佐的马的缰绳，让其他人原路下山，他们的队伍紧随其后。枪声没有再响起，而恩佐成了他们这儿近一年来的第一个伤亡人员。所有人马不停蹄地赶回了营地。一个男人把恩佐失去生命的躯体从马背上放下来。一路上他们都小心不让他掉下来，每个人都为他的突然离世而震惊至极。

没过多久，队伍全员在鲁伯特的帐篷里集合，讨论今晚要采取什么安全措施。没人觉得回营地的路上被人跟踪，大家估计这次只是碰巧遇上枪击，不过对恩佐来说就太不幸了。他的尸体裹在苫布里放上卡车，将要运往镇上，由红十字会送返意大利。

鲁伯特告诫所有人千万要小心，并安排营地的男性成员轮流值夜班。他们通过无线电与当局取得联系，当地警局承诺会派出警力。营地里弥漫着紧张的气氛，而基妮和其他人还得尽量不惊扰到妇女和孩子们。氛围由轻松自信一瞬间变为警觉与恐惧。她再次意识到这份工作危机四伏，风险不容小觑。

之后，鲁伯特把基妮叫去他的帐篷里。他坐在临时的办公桌前，脸上阴云密布。

“我会让你和其他一部分女性下周回家。刚刚听说，昨晚不远处还埋伏着另一个狙击手。我想形势大概要再次恶化了。”基妮知道接替她的那名工作者是男性，而鲁伯特一直照顾保护着所有人，无论男女。在必要时，他总是高效而专业。“只有把你们这些女孩子送回家我才安心。你来了两个半月，这次任务马上就要结束了。你在这儿尽到了职责，时间已经够长了。”在过去的两个月里，营地比以往运行得都要顺畅，其中有基妮的功劳。

“我愿意继续留下来，”基妮静静地说，“不再进山就行了。”暴动者和反对派武装分子极少会从岩洞出来下山。

“我知道你愿意。你总是这样。但，是时候回家了。”他很坚决。基妮看出争论毫无意义，对方心意已决，于是她向他道谢离开。这有点儿像军队，必须绝对服从指示。鲁伯特管理营地的方式相当军事化，看得出他是退役军官，习惯了他人服从命令。基妮回到自己的帐篷，告诉其他女性她们即将被送回家。鲁伯特让男性都留下来，把尽可能多的女性送出营地，他觉得她们留下来是不对的。基妮把消息告诉她们时，所有人都松了口气，只有基妮一个人表示出留下来的意愿。要是他刚刚同意了，她真的会这么做。

恩佐的死给整个营地蒙上一层阴影，持续了好几天。没有再出事故，但鲁伯特仍执意要送女性工作者们回家。由于即将有人接替，基妮成为名单上的头号人物。接班人到达的那天，鲁伯特又让所有的女性到他的帐篷里集合。

“你们明天就要走了。”他静静地说，“有不少流言说这里的暴力局势要升级。事实上，我想我们会把营地挪到别的地方去，不过你们都不在这里了。”他感谢了她们的优秀表现。其他人离开帐篷后，他又单独和基妮聊了一小会儿。“很高兴能和你共事，”他说，“你还没来的时候，我就听到对你很高的评价，但实际情况远远超出我的想象。”他微笑地看着她，“你真是个勇敢的女人，工作也做得出色极了。”这是很高的赞许，因为他自己就颇有能力，“希望你回去之后一切顺利，也希望我们以后能在像这样疯狂的地方再见面。肯定有些地方没这么艰苦。”鲁伯特自己总是更愿意去挑战高难度的任务，他怀念在战斗中肾上腺素飙升的感觉，从来不担心自己置身危险中。他是一名真正的战士，所以也同样敬佩基妮这一点。她无惧一切。即使在恩佐中弹身亡时，她也没有惊慌。返回营地的一路上，她坚强沉稳，在另一侧帮助同伴将恩佐的尸体固定在马背上。对于自己可能中弹这一点，她从不担心。

“你会在纽约待一段时间吗？”鲁伯特问基妮，在她去收拾行李前闲聊几句。

“我从来都待不了多久。”她微笑着对他说，“和你一样，这里才是我想待的地方，做这工作能让我活跃起来。在纽约太无聊了。”

“没错，不过你得承认，在那儿没人会从山洞里朝你开枪。”

两人都明白，这样的危险与他们所在的地区密不可分，也是工作的一部分。

这晚，大家在乱糟糟的帐篷里吃了一顿欢乐而不吵闹的晚餐。第二天，鲁伯特到场送她们离开。除了基妮还有五名女性：两个里昂来的法国女孩，六周前通过一个法国机构一起到这里，一个英国女孩，两个德国人。走之前，基妮和照顾过的妇女儿童一一道别，而车刚从营地里开出，她已经开始怀念这段愉快而随和的同志情谊。六名女性一路畅聊到阿萨达巴德，再到贾拉拉巴德乘飞机。只有两个法国女孩对离开感到欣慰，德国和英国女人都和基妮一样伤感。她们明白，回到正常的生活会十分艰难。

聊天时大家发觉基妮做这一行已经三年了。她们从没听说过有人实地工作过这么久。实地工作是基妮唯一接受的方式。在纽约坐办公室是她最不愿意的。奋斗在第一线已经成了她的生活。

直到结束从贾拉拉巴德出发的航行，落地喀布尔机场时，基妮才开始重新考虑她在纽约的生活。按往常，回到那孤单的公寓和根本不存在的生活简直是噩梦。但这一次，她等不及要回到纽约了。她要找到蓝。她盼望着回家那天他会出现在公寓门口。如果没有的话，她会想尽所有办法找他，翻遍整座城市也要知道他的下落。基妮担心，若是再也见不到他该怎么办？这时她产生了一种诡异的恐慌感，犹如一阵大浪袭来。她明白自己一定会垮掉。无论用什么方法，一定要找到他。

在喀布尔的机场，基妮拨了视频通话给蓝，没有应答，飞机起飞前又给他发了封邮件。伦敦转机期间她再次尝试联系，但他既没有回应视频请求，也不见邮件回复，不知人在何处，蓝只是保持着沉默。基妮想，他是不是又回到了棚屋？现在是四月初，不会太冷，所以她并不为此慌张。但她仍想尽快找到他，问问他过得如何，又为什么要逃学。找到他之后，基妮要履行和贝琪的约定，去洛杉矶看望父亲。

回纽约的航班上，基妮想着蓝的事情渐渐入睡，醒来时仍在想着。她在脑海中勾勒出他的面貌，从淘气的眼神到严肃的脸色。落地时她已完全清醒。回到公寓后，她放下行李后立即出门朝棚屋走去。但他不在那里。市政府收回了这间棚屋，门上挂着锁。失去棚屋这个可能选项后，基妮便对他的去向毫无头绪了。

第二天，她没吃早餐就赶往“休斯顿街”，与朱利奥·费尔南德斯见面。他说蓝始终没能调整适应过来，最终回到了街上。也有其他孩子会这么做，他们熟悉那样的生活，对有些人来说那种生活还更好对付些，即使有风险，即使并不舒适。他祝基妮好运，希望她能找到蓝。

她又给他的姨妈打了电话，莎琳也不知道他的去向。自从基妮走后她就没有过他的消息，而且有七个月没和他说过一句话了。她再次提醒基妮，蓝会跑掉，这是她曾经警告过的。

基妮到其他的收容所寻找，也去了据说是流浪儿经常聚集玩耍的地方，以及各个青少年活动中心。到这周结束时，她终于放弃了，只能等待——或许他会出现在公寓门口。她发了好几封邮件告诉蓝自己回来了，但所有的邮件都石沉大海。她也在流浪儿童网站上给他留了言，以防万一他的电脑丢了或着被偷。其他的就无能为力了。当基妮去救援会办公室交报告时，她感到很难过。他们十分清楚发生的那起狙击事件，为基妮平安归来而欣慰。贝琪也一样，她从新闻里听说了这件事。新的疗法让父亲的病情持续好转，但姐妹俩都知道这只是暂时的缓刑而已。总有一天他的身体又将恶化，这种治疗只不过是将阿尔茨海默症控制一段时期罢了。基妮曾提议等她回纽约后和父亲通话聊几句，但贝琪说他在电话里仍旧很糊涂。

回来已经十天，基妮拖着步子，漫无目的地在公寓附近晃荡，想着是不是可能再遇见蓝。办公室打来电话，说需要她去华盛顿，出席参议院关于阿富汗妇女状况的听证会，她刚刚从那儿回来，所以被他们当作发言的最佳人选。通常基妮总是会为此热情高涨，但在对蓝的搜寻无果后，她提不起兴致。她再次失去了一个在乎的人，虽然他只短暂地在她的生命中停留了一会儿，却占据了她心中的一席之地。基妮为遍寻不到而沮丧，只希望他一切都好，不管身在何处都不要受到伤害，或是落入更糟的境地。

听证会在下周举行，基妮整个周末都在准备她针对阿富汗妇女困境的发言。尽管有许多人权组织到过那里，改变仍然微乎其微。要改变当地陋习几乎不可能，因为违反风俗的惩戒极其严厉，常常以死亡告终。她将报告两起被男性实施犯罪的妇女遭投石致死的案例。在需要改变的例子中，当地文化首当其冲。但这是一场他们还从未赢过且在很多年内可能都不会胜利的战役。

演讲定于周一下午，在附属委员会的人权听证会上进行。还有另外两个发言者，基妮最后出场。她计划乘“阿西乐”特快列车去华盛顿，这样就能在午后抵达。

基妮出发去宾州火车站，一身深蓝色西装和高跟鞋与以往的装扮全然不同。她拎着公文包，里面是演讲稿和笔记本电脑——为了能在南下的列车上再最后润色一下。正准备上火车时，她恰巧转身，看见一群孩子们跑过她身旁。他们跳下月台，穿过铁轨，到达隧道里的一截断路。基妮能看见另外一些孩子带着睡袋在那儿露营。那是个危险地带，如果他们穿错铁道就糟了，但孩子们东躲西闪，机灵得很，车站保安都没见到他们。

突然，在他们之中，基妮看见了一个熟悉的身影。他穿着他们初次相遇时她给的旧大衣，四处张望着以免被人看见。基妮跳下月台，差点儿绊倒。她匆忙穿过铁轨，喊了一声他的名字。

蓝听到有人叫他，转过身。发现是她时，他的表情活像见到鬼一般。那表情向基妮说明了一切——他从不相信她真的会回来。蓝以为自己再也不会见到她，而现在，她却叫着自己的名字，踩着高跟鞋，费劲地穿过铁轨。他呆立在原地，随后缓缓地朝她走来。终于，两人面对面站在轨道旁，蓝一脸茫然。见没有火车开过来，基妮鞋跟不稳，跟着他一路跑到轨道旁，气喘吁吁。

“我到处找你找了两周。”基妮激动地看着他，那明亮的蓝色眼眸和她视线交会，“你去哪儿了？”

“就这儿。”他回答得很简短，朝聚集在月台上的同伴们挥挥手。这群流浪儿童都生活在一起。

“你干吗要离开‘休斯顿街’，还从学校辍学？”

“我不喜欢那儿，而且学校很蠢。”

基妮想说他也很蠢，如果他以为这辈子能靠没完成的八年级学历过活。但她没说。蓝明白她在想什么。

“你这是做傻事，”她生气地说，“还有，你怎么不回邮件告诉我你在哪儿？你的笔记本电脑还在吗？”

“还在。我以为你会生我的气。”他看起来有些羞怯。

“我确实生你的气，但不代表我不关心你。”基妮听见站内播报她所乘列车的最后登车通知，她不能在这里多待，但至少现在知道了他的下落，“我得走了，要去华盛顿，今天晚上很晚才能回来。明天来我公寓，咱们到时候聊。”

“反正我不会回那里的。”他固执地说，基妮不知道他指的是学校还是“休斯顿街”，但没时间和他讨论了。她最后看了他一眼，伸出双臂给他一个拥抱，他也回以拥抱。

“过来见我吧，我不会吼你的。”她让他放心，蓝点点头。于是基妮穿过轨道离开，回到月台上时转身向他挥手，他也挥挥手，然后她以最快速度冲向列车，在关门的那一刻上了车。火车缓缓驶离车站，基妮看见蓝和其他孩子一起在隧道里有说有笑，这是她很陌生而他却再熟悉不过的生活。自从她离开纽约，他回到街头已经两个多月了，这对于他这个年龄的孩子而言是很长的一段时间。基妮不知道蓝会不会去公寓。或许他已经决定，不愿参与到她的生命中来。

列车开始提速，这时基妮发觉自己浑身乱糟糟的。她的外套纽扣开了，还刮花了一只鞋。她读着演讲稿，努力让自己平静下来，但心仍在扑通扑通地跳动。她为找到蓝而欢欣雀跃，满脑子只有他的事情。

07

邀请基妮在国际人权附属委员会上发言的参议员，安排了专车在华盛顿联合车站接她。时间刚好够在路上吃个三明治。基妮也想听其他演讲者的发言，到达后她被引入大楼，大家正翘首以盼。她在观众席就座。前两个发言者的报告都是有关施与非洲与中东妇女的暴行，基妮深受触动。大会主席宣布中场休息，她趁这段时间去打理头发、涂抹口红。

接着轮到她上场。基妮走向一个面对全体委员会的演讲台，观众席位于一个升起的平台上。她照着准备好的演讲稿，报告了阿富汗地区妇女权益的极度困境。她所说的并非新鲜事，但传达的力量直击人心，抛出的一个个例证令在场的所有人心情沉重。基妮的演讲持续了四十五分钟，结束时，全场鸦雀无声，每个人都在努力地从她的发言中平复过来。

出色地完成一件事的感觉很不错，以至于有那么一瞬间，她想起了在电视台享受记者生涯的日子。她已经把那些技能抛弃埋葬，彻头彻尾变为了另一个人，一个前往动乱地区、在当地的艰苦条件下生活、致力于治愈世间不幸的人。但现在这短短几十分钟内，穿着深蓝色西装和高跟鞋的她又重新进入了全然不同的世界。走下演讲台时，基妮感觉很好，但又为蓝没能亲临现场而遗憾——若是能目睹全程，见证参议院如何激动不已，他应该也会受到感染。而且在参议院听证会上发言对于基妮也不是家常便饭。这次演讲甚至连她自己都被打动了。

附属委员会主席向她致谢，基妮回到座位上。几分钟后，主席感谢所有人的到场，随后观众陆续散去。离开演讲厅时，有几个新闻摄影记者拍下了她的照片。专车正在大楼门口等着接她回火车站，之后便是乘“阿西拉”特快返回纽约的旅程。

基妮在列车上睡了过去，回到公寓已是晚上十点。度过了筋疲力尽的一天，她沐浴后爬上床，脑海中梳理了发生的一切，想着明天蓝是否会出现。恐怕不会吧，基妮想，而如果他不来，自己是应该再去火车站找他谈谈，还是任由他去？他有权过自己想过的生活，她无法强迫他选择更好的。最终决策权在他手上。

第二天一早，基妮喝着咖啡，在网上看新闻。楼下的门铃骤然响起。她正读着《纽约时报》封面版，是关于她昨天的演讲，一切进行得很顺利。基妮朝对讲机走去，期盼着按铃的是蓝——果真传来他的声音。基妮激动万分地打开楼下的门。不一会儿他就乘电梯上来，她等在门口。他身上仍是她的派克大衣，人长高了，也比三个月前稍微成熟了些。重返街头的生活使他褪去了几分男孩气息，更像个大人了。蓝踌躇了一会儿，基妮招呼他坐下——在他以前睡觉的那张沙发上。蓝脱下大衣，坐下来，基妮看得出他在这儿有些不自在。

“你吃过了吗？”他点点头，基妮不知道这是不是真话，但没有坚持。“这段时间过得怎么样？”她礼貌地问道，想从他的眼神里找出真相。流落街头一定很不容易。她看见他带着书包，觉得电脑应该在里面，毕竟他没有地方存放贵重物品，只能随身带着。

“我还行，”蓝安静地答道，“我在报纸上看到了，有个人权工作者在阿富汗被狙击手枪杀，还好不是你。”他诚恳地说。

“我当时和他在一起。他是个很好的人。”基妮说着，回忆起恩佐，“我们中有些人被提前遣送回来，就是因为这件事。我回来快两周了，一直在找你。”她的视线与他交会，蓝马上躲开了目光，不愿被她注视着。

“我没事，”他又说了一遍，“‘休斯顿街’待着不舒服，有些孩子很招人烦。”

“要是你当初坚持待下去就好了。那学校呢？你现在打算怎么办？你知道我怎么想的。”

蓝点点头。“我不知道怎么办。老师都不在乎我们写没写作业。每天只是坐在那儿浪费时间，感觉很傻。”

“我知道学校是给人这种感觉，重点是你得去上学。”蓝几乎要发出抱怨的呻吟，但心里明白她说得没错。

“我想回来。”再次遇上基妮的目光时，他轻声说，声音小到几乎听不见。

“回来和我一起住吗？”基妮显得无比惊讶。她以为他已经放弃见面，他却来了。

他点点头，用更清楚的声音说：“我本来以为你再也不会回来了，所以我干什么都没关系。”

“当然有关系，”她给他打了一针强心剂，“我不是说过一定会回来吗？”他耸耸肩作为回答。

“我之前不相信。所有人都说他们会回来，但最后都没回来。”他也害怕过基妮遭遇不幸，便干脆放弃期待，回归到街上。

“要是回来和我住，你准备做什么？总不能只是坐在这儿看电视、玩电脑游戏吧？”

“我不知道。”蓝垂下头，过了一会儿又抬起眼睛看着她。

“你要是在这儿住，就必须回学校去，再也不准旷课。一个月之后我又要走，到那时我希望你去收容所住，这样我才放心，知道你没有冒着危险流落街头。蓝，你可以回来，前提是我们得在这些事上达成一致意见，你也得坚持履行承诺。我可不想你懒散地躺在我的沙发上无所事事，就因为你觉得学校无聊，懒得去上课。”

“我讨厌那儿，收容所和学校都讨厌。但你让我去就去吧。”

“让你去学校的必须是你自己。我没法像警察一样追在你后面跑，也不想那么做。如果我非逼你去这儿或者那儿，最后你还是会跑掉。你得发自内心地想抵达终点。而且如果我们现在结盟了，我就不希望我走之后你又回到街上闲逛。那样的话我得担心死，就像这次一样，何况在那种偏僻的地方我也拿你没辙。所以我必须确信你做事靠谱，说好要做的就一定会去做，就像我说过一定会回来一样。”蓝郑重地点点头，基妮看得出来，这回他明白她是认真的。她想要帮他一把，也愿意他搬来和自己住，这一切她都乐意之至，但绝不是在离开纽约后他又会逃学的前提下。他必须成为更值得信赖的人。“所以你觉得怎么样？”

“我觉得我肯定会讨厌回去上学，也讨厌去‘休斯顿街’

住。”蓝一本正经地说道，随即又朝她咧嘴笑了，“不过为了你我会去的，因为你是个好人，我不想给你惹麻烦。现在我可以回来住了吗？”

看着那张写满感激的脸，基妮禁不住微笑起来，眼眶湿润。他在这个世界上只有她了。蓝不见的那段时间里，她以为失去了他，而现在她有了个主意。

“你可以回来，但不能再睡沙发上了。”

“那没事儿，”他很实际地说，“我在姨妈家就睡地板上，她男朋友在的时候我得睡浴缸里。他是个混蛋。”他额外加了一句，这是蓝第一次提起这个人。而之前基妮对他的了解仅限于莎琳的一面之辞。“我可以在这儿打地铺。”

“我想说的可不是这个。”她朝蓝招招手，带他去了次卧，这里自从基妮搬来起便堆满了没拆封的纸箱，“交给你一个任务，还是付最低工资，咱们重新装修这个房间，把箱子都拆掉，给你好好布置一个卧室，你在这儿时就可以住。怎么样？”蓝难以置信地看着基妮，眼睛闪闪发亮，好像过圣诞节的孩子。

“我从来没有过自己的卧室，”他怯怯地轻声说道，“妈妈还在的时候我都没有过。我们睡在一张床上，不过那时我还小……我们什么时候开工？”他的眼神里满是催促和兴奋。

“嗯，我想想啊。”基妮装作在思考的样子，“我已经看了报纸，也洗了澡，超市一会儿再去……不然就现在开始吧？”蓝兴奋地叫了出来，伸出双臂环住她。基妮问他东西在哪儿，蓝说小行李箱和睡袋在火车站的朋友那儿，随时可以去取。

“不如先一起吃个早饭庆祝一下，然后去拿你的东西，再回来开始干活？明天咱们可以出门给你买床和梳妆台，还有其他需要的。”基妮打算去宜家，或者她知道市区有个地方卖的家具不错，价钱也合适，也想给自己的一些家什更新换代。公寓陈旧的样子让她有些厌倦，这些搬来纽约时没花几个钱置办的家具，也撑到第三个年头了。突然之间，基妮想让这里变得更温暖，更像他们的家。

这是四月宜人的一天，他们沿街朝麦当劳走去，世界在两人眼里美好极了——基妮找到了蓝，而蓝即将拥有这辈子第一个属于自己的卧室，双方的愿望都已成真。一起吃着蛋麦满分时，基妮说了说阿富汗难民营的情况，然后又提到艺术音乐高中的事情。

“你想要我查一查吗？秋季的申请去年九月就截止了，预选会你也赶不上。不过我走之前跟他们聊过，如果你对这件事是认真的，他们可能愿意开个特例，同意你现在申请。这是件大事，要是他们破例接受你，你就必须对此负起责任，不能辍学或者逃课。我会为你担保。”基妮郑重其事地说道，而蓝被深深打动了，“如果他们同意申请，你需要参加预选会，这对你应该不成问题。说不定你会喜欢上学校，毕竟音乐是你自己热爱的事。”

“要是可以每天弹钢琴，我肯定喜欢。”蓝一边说着，一边往嘴里塞着松饼。他狼吞虎咽的样子，仿佛三个月没见过吃的。

早餐过后，两人坐地铁去宾州火车站。基妮跟在蓝身后下了阶梯，在月台上等他，蓝则去隧道的平台那儿找朋友们。他们晚上在那儿过夜，但现在没人，只有一个男孩子，看上去十六岁左右。基妮看见蓝取完行李，又和那个孩子聊了一会儿。他告诉过她，这个团体里没有女孩，大家整个冬天都在这个平台上过夜。这儿没人打搅，冬天待着也够可以了。过了一会儿，他回到基妮身旁，夹着睡袋。睡袋看上去又破又脏，基妮便提议买个新的。买完后他飞奔回车站，把之前的睡袋给了那个男孩，对方感激地接了过去。蓝的举动让基妮很感动。

接着他们便回到公寓，正式开工。基妮打开房间顶灯，端详着箱子上的标记。之前一直懒得费心，而现在她才猛然察觉出其中的感伤。有些箱子上标着“婴儿照片”，一个写着“婚礼”。剩下的箱子贝琪没有贴标签，基妮先打开了这些，吃惊地发现里面有她、克里斯和马克的照片，放在银色相框里；一些以前客厅里的小摆设，其中有些是结婚礼物；几个毛绒靠垫和一个羊绒沙发罩。这些都是贝琪觉得她说不定还能用得上的。箱子里有一套精美的古董玳瑁梳妆用具，是马克送她的生日礼物，几本皮面装帧的书，是她送他的。另一个箱子里，躺着克里斯的泰迪熊和他最喜欢的玩具，打开箱子时基妮几乎要窒息，连忙合上。即使到现在，有些东西仍然刺痛着她，无法面对。前厅里有个闲置的橱柜，基妮准备把用不上的东西放进那里，或是纯粹为了怀旧而保存下来，比如婴儿照片和婚礼相册。至于剩余的许多东西，她很高兴能让它们重见天日。贝琪挑选得很好。

到了午后，他们已经将房间收拾得差不多了。基妮想添置一个书架，用来置放爱看的书。她还拿出几张带银色相框的照片，挂在客厅各处，她感到自己又能和它们一起生活了。蓝那生气勃勃的存在，缓解了她望向照片时涌起的孤独与悲伤。蓝小心地把相框一一拿起，端详着马克和克里斯的脸庞，仿佛在努力透过照片了解他们。

“他真的很可爱。”蓝柔声说道，将克里斯的照片轻轻放回她的书桌上。

“是啊，他是很可爱。”泪水在基妮眼里打转，她背过身去。蓝拍了拍她的肩膀，基妮转过身冲他笑笑，泪水顺着她的脸颊滚落，“谢谢。我没事，只是有时候真的很想他们。所以才总是跑到像阿富汗和非洲那样要命的地方去。在那些地方我就想不起这些事了。”蓝点点头，似乎对此再了解不过。辍学、逃跑，他也有自己的方式来逃避记忆。他俩都明白，一个人不管跑得多远多快，都无法彻底摆脱痛苦的纠缠。它总是在不远处等着，仅需某个声音、某种气味或是某段记忆，一瞬间便能回到脑海中。

基妮看了眼手表，觉得今天还有时间进城。她大概知道他们需要什么，也量好了房间的尺寸，有足够的空间放下单人床、书桌、梳妆台和一把椅子。她自己想要的是书架，其他的东西就到店之后边看边买。她准备去的店在下东区一带。

“一会儿咱们怎么把买的东西弄回去？”蓝担忧地问道。

“他们会送。”基妮微笑着，一本正经地回答道，蓝笑出了声。从箱子的回忆里走出来很不容易，他不愿意看她流泪。不过见到一些旧物似乎让基妮挺高兴。

一到店里，两人就忙不迭地挑起了新家具。基妮看中一个古董模样的书架，可以放在客厅里，又给自己买了张新书桌，换掉那张难看的。公寓里那张餐桌还算过得去，于是她买了四把相衬的椅子，还有一把皮质的来和客厅那张躺椅配套。今天的主角是一张深灰色法兰绒面的沙发，因为是样品所以打了折。从装修比佛利山庄的房子以后，基妮还是第一次如此大肆采购家具。虽然无法和那时相比，但和她如今的生活正相宜。接着他们给蓝挑选卧室的家具。他呆呆地站着，仿佛四周的一切使他动弹不得。

“你喜欢什么样的？旧式还是现代？白色还是木纹？”蓝受宠若惊的样子触动了她的心。他迅速被一套颇有男子气概的家具吸引过去——书桌、衣柜、床头架，全部漆成深蓝色。之后他又看中一把红色皮椅，脸上按捺不住高兴。基妮帮他挑了几盏灯和一小块红色装饰地毯，正好和椅子配套。这些全部加在一起，几乎像个大人的房间了，但又差那么一点儿。正适合他这个年纪的男孩。

基妮的箱子里有些印刷品和海报，是以前放在厨房里的，她准备重新把它们挂起来。而贝琪帮她抢救出来的皮毛靠枕放在新沙发上再好不过。米色和灰色将成为客厅的主色调，而她的卧室还是保持原样，因为家具都是纯白色，质量也没问题。基妮还在箱子里找出一块白色蒙古羊皮地毯，准备铺在卧室里。这样一来，整个公寓的档次瞬间得到提升。她全部付完款，安排第二天送达，宜家还会有偿帮她拖走不需要的东西——大部分现有的家具都在其中。这一天的工作圆满完成。

结束了购物之旅，他们去中国城一家基妮喜欢的餐馆吃了顿美味的晚餐，然后回到公寓。到家后，蓝本来想在电视上看一部电影，但基妮提醒明天得去学校。他先是哼了一声，看到她的眼神后很快举手投降。

“好吧好吧，我知道了。”

这晚，蓝准备去沙发上睡觉，但基妮已帮他铺好床，让他和沙发吻别——明天从学校回来时它就不复存在了。

早上离开时，蓝拖着沉重的步伐，磨磨蹭蹭地出了门。基妮按照指示打印出拉瓜迪亚艺术高中的申请表，一边等着家具送来。她仔细读了申请表，再次确认预选环节是必需的。截止日期都过去好几个月了，但如果他们真的同意他申请并参加预选，那就还有机会。校长与基妮通话时说过，能否为他破例只是时机问题，不过如果在测试或预选中表现糟糕，他们绝不会网开一面。他必须合格，和其他人一样，基妮认为这合情合理。她把表格放在桌上，给莎琳写了封邮件，告诉她蓝现在又和自己待在一起。

家具刚一送到，基妮就忙活起来，一会儿告诉他们该放在哪里，一会儿又看着他们把旧家具搬走。一切就绪后，整体效果就像施了魔法一般。搬运人员离开后，基妮把皮毛靠枕放在灰色沙发上，看起来合适极了，又把羊皮地毯铺在卧室里，在沙发上添几个天鹅绒靠垫，把柔软的马海毛米色靠垫摆在皮椅上。她又找出一些相片，有父母的、贝琪的、马克和克里斯的，分别摆放在公寓各处，再挂上几幅摄影作品和海报。那只当作咖啡桌用、贴满旅行贴纸的铁皮箱看上去仍然不错，基妮在上面搁了几本杂志。四张崭新的餐椅可以说是巨大的飞跃。最后她把自己的书塞满了书柜。

接着基妮开始整理蓝的卧室。那套深蓝色家具漂亮极了，红色的地毯和椅子则恰到好处地添上一抹亮色。她在房间里挂上三幅鲜艳的海报，将灯具连上插座，铺好床。到下午时分，整个公寓已经完全变了模样。

蓝从学校回到家，基妮给他开了门，他惊异地睁大了眼睛。

“嚯！这是谁的豪宅啊？这不就像电视里那种装修节目吗？人们把家留给设计师来改造得漂漂亮亮的，回去一看到新家的样子都会哭出来。”

“谢谢你这么说，蓝。”他的话打动了基妮。接着他冲进自己的卧室，结果房间里没有传来一丝声响。基妮去看了一眼，只见他定定地站在卧室中央，难以置信地看着这一切——她挂的海报看上去棒极了，灯全部亮着，床已经铺好，干净的床单、毛毯和床罩在等着他。蓝转过身看着基妮。

“为什么你要为我做这些事？”突然间，他意识到她已经为自己做了太多。和家具店里看到的完全不同，这一切让他觉得像一个家，而他和基妮一起生活在这里——至少目前如此。

“蓝，这是你应得的。”基妮温柔地说道，轻轻拍了拍他的肩，就像他昨天安慰她时一样，“你值得拥有精彩的人生。”对基妮而言，蓝给她的生活带来了无限的提升，如今她也有了真正的家，而不仅仅是一间供她在旅程间短暂歇息的公寓，里面满是难看又不搭的家具。用了三年时间，基妮才终于打开那些装满熟悉回忆的箱子，全因为蓝给她力量与鼓励。虽然有些物件仍刺痛着她，但一些照片已重新摆出来，并不至于令她难以承受。基妮准备好了，要和它们一起生活下去。

晚餐是两人一起准备的，基妮在餐桌上摆好蜡烛，逐一点亮。之后，她把拉瓜迪亚的申请表递给蓝看，他瞥了一眼，显得局促不安。

“我觉得我进不了。”他翻阅着，看上去有些灰心。

“这个决定不如留给他们来做吧？”基妮冷静地回答。这天下午她又向学校确认过，他们同意让蓝申请并推迟参加预选。这个机会非同一般。但在这件事上她不会强迫他，也不想给他太大压力。晚饭后蓝还得写作业，基妮一边洗碗，一边想着自从他踏入自己的生活，一切发生了多么翻天覆地的变化。在厨房擦干手时，她朝客厅望去，蓝正在餐桌前埋头看书。客厅里的新家具无可挑剔，有一种舒服自在的气氛。正欣赏时，蓝抬起头瞟了一眼，冲她微笑。

“你看什么呢？”他问，瞬间有些难为情。

“这地方看起来挺好，不是吗？”能有人一起聊天、分享，一起做点什么，真是太好了。他们在彼此最合适的时机相遇。自从平安夜前夜那个糟糕的忌日以来，基妮再也没起过自杀的念头。如今熟悉的东西摆满了公寓，还有一个男孩不仅需要她，更需要一次人生的转机，一次幸运的突围。基妮一心希望自己能成为这个转机。仅仅这个念头就足以让她的人生有意义。

基妮把毛巾挂回厨房的架子上，关上灯。蓝继续写作业。这晚他第一次躺在自己的床上，睡在自己的卧室里。当基妮正要迷迷糊糊地进入梦乡时，突然听见蓝咚咚敲墙的声音，她以为出了什么事，赶紧跳下床来，这时听见他大喊：

“谢谢你，基妮！”

基妮笑了，坐回床沿。“不客气。做个好梦！”她大声回应，然后微笑着躺回了床上。

08

为了找出以前的成绩单，以及拿到推荐信，基妮和蓝花了不少时间，好不容易才填好拉瓜迪亚秋季入学的申请表，附上一篇文章，陈述入学对他的意义。第二天，基妮亲自把材料交到行政办公室。蓝的预选会定在下周，他紧张极了。基妮担心他会慌乱，想尽办法给他加油打气，也承诺那天会陪他一起去。她打电话给蓝现在的副校长，为他找了一切可能的借口，又说明了他的家庭情况。她提到申请拉瓜迪亚艺术高中的事情，几乎是恳求他助蓝一臂之力。副校长说，鉴于蓝的出勤率实在太低，这让他很为难，但他承认蓝的成绩不错，也有能力，于是最终为蓝写了一封强有力的推荐信。他对基妮说，只要蓝能在期末考试中保持出色的成绩，交上没完成的论文，那他六月就能顺利毕业。基妮向蓝强调这件事的重要性，因为这是去拉瓜迪亚的必经之路，而那个学校可比正常高中有趣得多。

两人聊着这件事，一边沿街走着，基妮问蓝还欠着哪几篇学期论文没交。突然之间她成了一个少年的代理母亲——从这个身份要承担的责任上来说——虽然只能算是兼职，因为她才认识他四个半月，其间还有三个月不在，但在这件事上，他俩都仍在学习和探索的阶段。

这时，他们路过一座教堂，基妮像往常一样停下脚步。她总是爱为克里斯和马克点上蜡烛，而蓝总是耐心在外面等着，他自己是一步也不会踏进教堂的。当她走出来时，蓝显得很烦躁。

“干吗要这么做？这除了送钱给神父之外没有别的用处，而且这群人都是骗子和坏蛋。他们根本不需要这些钱。”他的话有些刺耳。

“这样让我安心，”基妮简短地答道，“我不是向神父祷告。点蜡烛对我是一种安慰，我从小就这么做。”蓝没有答话。两人继续走着，基妮决定鼓起勇气问他为什么厌恶神父、教会和一切与信仰有关的事情。蓝的愤怒显而易见，他对神父的憎恨已经到了偏激的地步。基妮知道他妈妈生前是唱诗班成员，所以宗教于他应该并不陌生。

“蓝，你为什么这么讨厌神父？”

“就是讨厌。他们是坏人，而且还让所有人都觉得他们很好，但事实不是这样。”

“比如谁呢？”他在这件事上的执拗让基妮开始好奇，“你小时候认识哪个很坏的神父吗？”她猜想是不是和他母亲的死有某种关联。

“嗯，泰迪神父。”蓝答道，他脸上的怒气令基妮一惊，“是我姨妈去的教堂的神父。他以前会在地下室和我玩。”基妮听到这话差点儿没跌倒。她尽量保持不动声色，不让自己显得恐慌。

“‘和你玩’是什么意思？”基妮刻意用随便问问的语气，脑海中的红灯闪烁不已。蓝向她提起这件事，意味着对她的信任。

“他亲了我。”蓝回答道，他直直地看着她，那富有穿透力的蓝色双眸直抵她的灵魂，“也让我亲他，说是上帝的旨意让我那么做。”

“那时候你多大？”

“我不清楚……那是我妈妈去世之后，可能九或十岁吧。教堂地下室里有架钢琴，是为教会活动准备的，他同意我弹，但是如果我告诉别人他就会有麻烦，所以必须保密。我不能告诉别人他让我去那里。有时候我弹一整个下午，他就会让我亲他。那时我为了弹琴，简直什么该死的事都做了。有时候他会和我一起坐在琴凳上，有一次他亲了我的脖子，然后接着又……呃……做了什么……我本来不同意，但他说如果我不让他那么做，就不能再去弹了。”基妮坚持听到这儿，几乎要昏厥过去。他所描述的场景仿佛就在眼前，令她恶心至极。她想问他一个至关重要的问题，但不知道怎样委婉地说出口才不致使他难堪。

“他有没有……你有没有和他做那件事？”基妮问道，尽力显得平和且不带任何偏见，但她心里对那个神父燃起了熊熊怒火——竟能对蓝做出这种事，竟能如此凌辱一个孩子！

蓝摇摇头，“没，我没做。我觉得他想，但在他下手前我就没再去过了。他只摸了我，不止一次……就是……那里……在我弹琴的时候还把手伸进我的裤子里。他说他不想那么做，但是我弹得太好，引诱了他。他说错都在我，而且要是告诉别人，我就会因为引诱神父什么的惹上大麻烦。他还说我甚至可能会进监狱，像我爸爸一样。我被他吓着了。

“我并不想引诱他，也不想在上帝那儿惹麻烦，更不想进监狱，所以就再也没去弹琴。教堂礼拜结束之后他悄悄跟我说要我回去，但我没听他的。以前周日做完礼拜，他会去看望我姨妈。我姨妈觉得这世上没有谁比他更好了，还说他是个圣徒。”

“你跟姨妈说过他对你做的事吗？”

“我试着提过一次……我跟她说神父亲了我，姨妈说我是个骗子，还说我会因为说了泰迪神父的坏话而下地狱。不是进监狱就是下地狱，剩下的事情我没再跟她提过一句，反正她不会相信我。这件事我没告诉过任何人，除了你。”蓝感觉得到基妮多么信任自己，终于把背负了四年的秘密吐露了出来，这让他舒坦许多。

“你很清楚他做得不对吧？蓝，你明白吗，错的是他，你没做错任何事情。你根本没有‘引诱’他。他的行为很恶心，还要把自己的罪过推到你身上。”

“嗯，我知道，”蓝盯着她的眼睛说道，看起来又像个孩子了，“所以我才说神父都是骗子和坏蛋。我想他让我弹钢琴就是为了做那种事。”他说得完全正确，基妮很清楚。那是为引诱一个无辜孩子而设的丑恶阴谋，玷污了那予人信任的神职，而且将影响这个男孩的一生。真是骇人听闻。她唯一庆幸的是蓝没有被强奸——教堂地下室没有别人，这对他来说轻而易举。她又想到，这个教区的其他男孩可能也不见得走运。谢天谢地，钢琴的吸引力还不足以使蓝允许那个神父进一步侵犯自己——蓝是这么说的。但愿这话是真的。

“蓝，他是个可恶的人。做这种事情是会进监狱的。”

“他们才不会让泰迪神父进监狱呢。大家都很爱戴他，莎琳也是。他每周日来我都会出门，我不想靠近他。莎琳去做礼拜我就说自己病了，过了一阵儿她就不问了，让我待在家里。从那之后我再也没进过教堂，以后也不会。他是个恶心的老家伙。”回忆起这件事让他不寒而栗。

“我很难过，蓝。”然后基妮又补充道，“这件事没人知情，是不对的——要是他对别人也这么做呢？”

“很有可能。吉米·埃瓦尔德也说过很讨厌他。我从来没问过他原因，但猜得出来。他当时十二岁，是祭台助手[1]。他妈妈很爱戴泰迪神父，每个人都是。他妈妈给泰迪神父做蛋糕。莎琳总是给他钱，即便她需要这些钱来养孩子。他真是个坏人。” 在蓝刚刚告诉她那些事之后，这样的评价显得过于轻描淡写了。

回公寓的路上，基妮默默不语，思索着蓝的话。她不想继续追问，那只会让他更加沮丧，或是为告诉她而难为情。但想到幼小的蓝被神父猥亵，她的内心受到了强烈震动。这种事情虽然在报纸上见过，但她怎么也想不到竟会发生在自己认识的人身上。蓝是多么脆弱啊，母亲去世，父亲入狱，而姨妈被险恶的神父蒙在鼓里。难怪他坚决不去教堂。而同时，她也为他向自己吐露秘密而深深感动。基妮想做点儿什么，只觉得无从下手，也不知这样做好不好。她但愿蓝已经把全部事实都告诉了自己，他也没有被那个神父鸡奸。想到这个可能性，让基妮为蓝难受不已。她真的希望这没有发

---

1. 祭台助手：举行弥撒时协助神父的侍者。

生。他说出的一切已经足够可怕，可能给他留下不可磨灭的心理创伤。这个可怜的孩子经历了如此多的磨难，而现在他对她的信任成了更加宝贵的赠礼。

基妮做了晚餐，吃完后，蓝开始写剩下的期末论文，有关广告对看电视儿童的影响，是社会科学课布置的作业。基妮假装在看书，满脑子都是他下午说的有关“泰迪神父”的一切。蓝在教堂的地下室，弹着钢琴，神父把手伸进他的裤子里，责备他“引诱”自己，又以监狱来恐吓他……这些念头在她的脑海中挥之不去。

当晚基妮难以成眠，那些思绪不断侵袭着她。蓝没有再提起此事，基妮猜测他会不会也同样被这些念头纠缠，会不会因此做噩梦。谈起这件事时他虽然愤怒，却也格外冷静。

第二天上午蓝去学校后，基妮站在公寓的窗前，陷入沉思。她想打电话给一个人，和他聊聊这件事——凯文·卡拉汉，她过去在电视台时的老朋友，他们相识多年，关系十分亲密。但就像与其他人一样，在马克和克里斯死后基妮便断了和他的联系，独自搬来纽约。她不想和过去有任何瓜葛，而且他们也三年多没说过一句话了。现在，她迫不及待想要打电话给他。作为业界最好的调查记者，在这种事情上怎么做，别人如何处理，要经过哪些流程，他比谁都清楚。对于可能给蓝造成的负面影响，他应该也了解。基妮不想做任何会伤害蓝的事情，但在这件事上正义受到了绝对侵犯，这个神父竟如此凌辱一个孩子，这让她想要替蓝讨个公道。她不知道这么做对不对，在进一步了解前，她不想向蓝提起。

基妮等到纽约的正午时分，这时是洛杉矶早上九点，她知道凯文会在这个时候抵达办公室，除非外出搜集新闻素材。犯罪事件是他的专长，而基妮隐约觉得他在神父猥亵儿童问题上也掌握着最新情报。凯文和马克曾经是非常要好的朋友，和他聊天难免会让她情绪激动。基妮的手颤抖着，凯文接起电话，她听见熟悉的声音。

“凯文？我是基妮。”她的声音因为情绪而沙哑，电话那头停顿了很久。

“哪个基妮？”他没听出她的声音，何况过了这么多年，他怎么也想不到会接到她的电话。

“基妮·卡特。你可真行，把我给忘了。”她调侃道。凯文明白过来对方是谁，大叫了一声。

“你可真行，三年都没打电话来，我的电话、邮件、短信也通通不回！”将近一年，凯文努力想联系上她，最终放弃了。他联系她姐姐询问她的下落，贝琪告诉他基妮已经变成行尸走肉，不和人说话，断绝所有联系，为人权紧急救援会工作，全世界的危险地带都飞遍了，就是为了去送死——贝琪是这么认为的。听到这些凯文很难过，也钦佩她的所作所为。他给她写了许多邮件，一周年忌日时还特地写了一封，但她从没回过，他自那之后便再没写过。凯文想着要是基妮打算和他说话，会主动打电话来。就连这个幻想他也早已放弃，而现在她突然出现了。

“对不起。”基妮歉疚地说。再次听见他的声音让她感慨万千，仿佛电话那头是马克一般，他们曾经关系那么好——这也解释了基妮为何从来不回复他。不过这一次不同，她这么做是为了蓝。“三年来我都在努力忘掉过去的自己，目前为止还是挺有效的。”基妮坦诚地说。她已不再是妻子和母亲，而在她看来，失去这两个身份便失去了一切。如今她只是一个人权工作者，被送到世界上最凄凉的地方，片刻不停。她感觉过去的自己早已消失，如今的她只是过去的鬼魂。“不过我很想你，”基妮静静地说，“有时候站在某个山顶，我会想起你，希望你过得很好。我去过许多难以想象的地方，以前怎么也想不到自己能做这种事，但现在它让我的人生有了意义。”再没有其他事情给她的生活带来意义，直到遇见蓝。“你肯定认不出我了。三年来我从来没化过妆，也没打理过头发。”参议院听证会那次除外，还穿上了高跟鞋。其他时候基妮看起来就像个搭车客，但她毫不在意。

“那真是太可惜了，”他遗憾地说，“那时你总是很漂亮。不过我打赌现在也一样。”

“不一样了，凯文。”她的话饱含深情，“一切都变样了，不过既来之则安之吧。”她已经做了最好的选择，也帮助了他人。凯文是少数能理解她的人之一，而贝琪不同，她觉得妹妹是个解不开的谜。或许一直以来贝琪都是这么想的，基妮开始觉得。

“你过得还好吗？”凯文温柔地问，“你方不方便视频？但我大概会哭出来。我也很想你。过去咱们仨在一起的日子已经不再了。”他有过不少风流韵事，和好些女人同居过，但一直没结婚。这时基妮意识到，他已是四十四岁的年纪了。

“我还行，”她答道，“你还没结婚吗？”

“没，我觉得是错过了机会吧。我太习惯这样的状态了。不过女孩们倒是越来越年轻，上一任才二十二岁，是另一个频道的天气预报员，刚从南加州大学毕业。”凯文相貌俊朗，令女孩难以抗拒。基妮和马克以前经常为此打趣他。“所以是什么事让你从天而降？”他终于问道，“难不成只是打声招呼？”凯文对基妮的了解远不止如此，他猜她打电话是有原因的。基妮总是极其专业且专注，甚至在大家玩乐时也是这样。

“我现在的情况有点微妙，”基妮向他坦承，“我有一个非正式收养的孩子……呃，也不算。几个月前我们遇到了彼此，大概可以说我现在在指导[1]他吧。他是个流浪男孩，孤儿，十三岁了。现在和我住在一起，几个月前也这样住过一阵儿。我姐姐觉得我疯了，但他是个了不起的孩子，特别聪明。我在努力帮他走上正轨，让他进高中。我不太常待在纽约，总是被人权紧急救援会派出去三四个月，然后回来待上一个月等新的任务，接着又出发。我想趁自己在这里的时候，尽量为他做点儿什么。他真的是个非常好的孩子。”

凯文等着基妮说下去，她的话引起了他的兴趣。他想象不到她会接纳一个无家可归的少年，转念又想，若有机会再去照顾一个人，是否也能拯救她自己？基妮曾经是多么了不起的妻子和母亲啊，但她人生的航行自那之后便失了方向。

“昨天我们聊天时，他说了件事让我震惊。这种事我们最近几

---

1. 导师或指导者（mentor）制度是美国的一种文化。导师作为非家庭成员的成年人，付出时间和精力，在学习和个人生活等方面协助青少年面对在学校、家庭、社区所遇到的困难，与青少年建立亲切、友爱及正面的关系，带给青少年新体验，同时又能为他们提供情绪上的支持。

年在新闻上都见过，不是什么新鲜事，但这孩子我很在乎。他九岁的时候被一个神父猥亵，就像电影里那样，比电影更糟的是它是真实发生的。在阴暗的地下室里，那神父名义上是同意他练琴，实际上是诱惑他去教堂的借口，还跟他说这件事得保密，不然会有麻烦。他弹钢琴的时候，那神父就坐在他身边，亲他，把手伸进他裤子里，然后指控他'引诱'神父，把所有的错都推在这孩子头上，还威胁他说出去就会进监狱。这话对男孩来说份量很重，因为他爸爸当时就在监狱里，他妈妈那时已经去世。更可怕的是，他姨妈把那神父当作圣徒。这孩子跟她说过，但她完全听不进去。"他俩都知道，这个故事再典型不过，在新闻上屡见不鲜。

"天哪，我最恨这种家伙，"凯文的语气很愤怒，"这件事在我听来更可怕，因为我是天主教徒，从小到大认识很多很好的神父。做这种事情的神父就是教会屁股上的脓疮。我厌恶他们，这群人给整个教会带来了坏名声。教会应该剥夺他们的神职，扔进监狱，而不是保护他们。"这种事情在电视上不算新鲜，他们的罪行受到上级和独立教会的包庇。基妮一开始就凭直觉知道，凯文是倾听此事的正确人选，而她也能藉此和他重新说上话。"他有没有强奸那孩子？"凯文问。他对这件事深感兴趣，也为能和她聊天而高兴。

"我觉得没有。蓝说没有，但是谁知道呢？说不定他压抑在心里，他那时候太小了。"

"你应该带他去看看心理医生，听听他们怎么说。可能用催眠会唤起些什么。如果这孩子幸运的话，至多就是亲了一下，以及把手放进裤裆。这是彻底冒犯信任，更别说对儿童实施犯罪和性侵了。”凯文的反应和基妮一样强烈，而和他聊这件事让她感到慰藉。她的感受得到了认同。

“我不知道该怎么做，凯文，或者说不知道从何下手。我应该跟谁说？找谁解决？还是说就这样算了？如果我们对那个神父提起诉讼，会不会对蓝产生更坏的影响？对性侵者难道不该进行严惩？我整晚都在想这些。”

“我猜蓝就是那孩子？”

“是的，他有双不可思议的蓝眼睛。”

“你也是。”凯文温柔地说。他过去就对她动心，但绝不会越雷池半步，毕竟基妮是他最好朋友的妻子。现在她不再是了，凯文仍然觉得她是一片禁区。即使过去三年多，对她展开追求仍像是对马克的不敬。“实话说，我不知道程序是怎样的，”他承认道，“跟所有人一样，我听说过这样的故事，但没有更多的了解。不如让我查一查？这样也让我有理由再跟你说上话。”

“我不会再跟你玩消失了，”基妮轻声地说，“我现在好点儿了，不过再过几周又要回到前线，我刚从阿富汗回来。”

“天哪，不会是那个人权工作者几周前被狙击手枪杀的地方吧？”

“我当时正和他一起骑马进山。那人被枪击中时，他的马紧挨着我的马。我们在同一个营地工作。”

“基妮，这是件严重的事，别冒那样的生命危险。”她的话让凯文很沉痛。他明白，要是马克知道她处在这样的境地，一定会认为她疯了。

“我还能做什么呢？”基妮诚实地说，“至少这让我的生活有目标也有意义，而且派得上用场。”

“你似乎为这个流浪的孩子付出了很多，如果你遇害就没法帮他了。”

“他也是这么说的。但我热爱我的事业。”

凯文了解人性，他有种不祥的感觉：基妮冒生命危险是刻意而为，甚至可能是自杀式的。他知道贝琪也这么想。这种现象并不少见，有时会以悲剧告终。

“之后再聊这个吧，”凯文很实际地说，“我帮你查查神父的那件事。你知道他现在还在那个教区吗？”

“听到这个故事我都愣了，根本没想到要问。我可以去调查一下，或者问蓝。他不一定知道，因为从那之后他就没去过教堂了。”

“就算是出于好奇，你可以查查清楚这家伙会不会还在那儿，或者被调走了。说不定有人投诉过他，那样的情报就很有利。”

“蓝说还有一个男孩子很讨厌那神父，觉得他也对那个孩子做了同样的事。那个男孩年纪更大些，当时十二岁。”

“掌握好这些信息，我去查查报道类似事件的程序。然后你那孩子必须自愿这么做，这是当然。有很多受害者更愿意永远躲在阴影中，不说一句怨言，所以这些家伙才能逃脱惩罚。所有人都害怕找麻烦，或者说，有些人害怕——谢天谢地不再是‘所有人’了。我一有消息就给你打电话。哦还有，记得调查那个神父的行踪。”

“我会的，”基妮允诺，“凯文，谢谢你。真的，和你聊天真是太好了。”

“这回我不会让你再消失了，”他警告她，“就算你逃到阿富汗去。不过我还是不希望你去。肯定有些事情可以在这里做，一样可以让你发挥作用，而不用绕半个地球去那些可能遇害的地方。”

“这里真的没有。我去的那些地方急需我们这些工作者。”

“我从没想过你会变成特蕾莎修女。那时你在电视里多么耀眼啊。”她和马克当时的确是有线新闻的金牌拍档，如今她却骑着骡子在阿富汗奔波。他怎么也想象不出这个场景，基妮似乎全副身心都奉献给了这项事业，这正是令他忧虑的。凯文想努力让她脱身，假如他有这个能力的话。但他明白基妮有多么执拗，他恐怕自己绝无可能说动她。听她说话，仿佛她在完成一件神圣的使命，在这个男孩的事情上也同样如此。凯文很钦佩她为蓝所付出的一切，也认为她去查清楚这件事情是正确的。这个男孩应有绝地反击的一天，恶人将受到惩罚送进监狱。凯文希望基妮会跟进这件事。“我一有消息就联系你。在那之前，照顾好自己，别出岔子。”

“会的，我保证。”挂上电话时，基妮心情舒畅多了。打电话给他果然没错。

这晚她一个字也没对蓝提起。在得到详细信息之前，基妮还不想让他知道。她想知道泰迪神父姓什么，是否还在那儿，但她觉得只要自己机灵点儿，这些情报应该都可以从教区得到。她想亲眼见见他。

躺在床上时，基妮仍在想这件事。电话响了，是贝琪。她很少这么晚打电话来，因为这时候正是加州的晚餐时间，她应该正忙着给丈夫和孩子做饭。

“出什么事了吗？”

“爸今天摔了一跤，把手臂摔断了。”贝琪痛苦地说道，“他又走丢了一次。我觉得那药效已经过了。我们带他去医院的时候，他完全认不出我，到现在还是。上午可能好些吧，白天有阳光。不过基妮，你必须得来了。爸肯定没法一直这么撑下去，他的情况越来越差。你现在不来，下次回家我觉得他应该就不在了，不然就是完全神志不清。现在即使他认不出你是谁，至少还有清醒的时刻。”贝琪听起来很绝望，基妮为此感到自责。

“对不起，贝琪。我会尽我所能。这个周末我说不定可以过去。”基妮迅速想了一下。她不想把蓝从学校拽出来，不想影响他六月毕业。不过她还没告诉贝琪他又和自己住在一起了。而且把蓝送到“休斯顿街”去过周末也不是个好主意——没多久她就又要离开很长一段时间了。“如果我过去的话，”基妮说，“我得带上一个人。”

电话另一头，她的姐姐惊讶不已。“你和谁在一起吗？”基妮一个字也没对她说起过。

“是，但不是你想的那样。是蓝又回来和我一起住了。我看看能不能把他弄进一所特别的高中去。事实上，下周他就要去那所学校参加预选会和面试，所以这周末行得通。”

“我的天，怎么又是那家伙？看在上帝的分上，你脑子里在想什么？流浪儿童根本就不该进你的公寓，更别说你的生活了。”

“他很乖的。”

“你在抚养他吗？”贝琪怎么也无法理解基妮的所作所为。妹妹像是已经疯了。

“没有，我在指导他。不过我在纽约的期间他就和我住。”这个概念在贝琪听来完全陌生，她根本无法理解。基妮做的事情里，没有一件是她能理解的。不过贝琪没有精力想这个，有父亲要照顾就已经够麻烦了。而且至少基妮已经同意来洛杉矶。这是个久未兑现的诺言，贝琪很高兴自己终于说服了妹妹。

“我不想给你施加压力，”基妮很尊重地说道，“尤其是我们还是两个人。我们会去住宾馆。”

“我们这儿还有一间客房，这孩子可以睡查理的房间，如果他举止规矩的话。”贝琪口中，蓝像是个野蛮人。基妮忍住没有发作。

“他很有礼貌，我觉得你会喜欢他的。”至少她希望如此。基妮打算等蓝周五下午放学后出发，然后乘周日晚上的红眼航班回来，好让蓝赶得上周一早上的课。这只是一次短途旅行。“我会把航班信息发给你。”她对贝琪说，过了一会儿两人挂上电话。

之后基妮陷入了沉思，想着见到父亲那样的身体状况会是多么伤心。而且这将是三年半以来第一次与贝琪和她的家人见面，基妮有些紧张。她期盼着一切顺利。

第二天早上她跟蓝说了，他为能去加州而兴高采烈。基妮说明了这次旅程的原因，她的父亲病了，而且年事已高，不过他很期待见到贝琪和她的孩子们。蓝对整件事十分乐观，这也使基妮感到振奋。等他去上学后，她突然想起要给他的姨妈打个电话。莎琳恰巧在家，电话铃刚响一声就接了起来。基妮说明了她要去洛杉矶，准备带上蓝一起。

“你可以为我在信上签个字吗？”基妮问她，“他是未成年人，我没有他的监护权。如果飞机上有人向我要什么文件，我不想被人以为我绑架了他。”

“没问题。”莎琳很乐意地说，于是她们约了这晚在西奈山医院见面，和上次要入学许可签字一样。基妮替莎琳草拟了一封信，两分钟她们就在咖啡店解决了这件事。

然后，莎琳看着她，仍然无法理解基妮为什么要为蓝做这些，但她真的很好心。她怀疑基妮是个孤独的女子，所以才能接纳蓝进入她的公寓和生活。

“他表现怎么样？”两人一起走出去时，莎琳问道。

“好极了。”基妮答道，带着信心满满的笑容，“六月份他就要从八年级毕业了。”

“前提是他能坚持下去。”莎琳补充道，这是出于经验的言论。她完全无法相信蓝能在学校待得住。

“他会的。”基妮看起来毫不怀疑，然后两人都笑起来。她迫切想问泰迪神父姓什么，但不想引起莎琳的怀疑，便只是像聊家常一样问起她的教区，莎琳自豪地说是圣方济各。为了掩饰自己的行踪和对这件事的兴趣，基妮对她说自己还没带蓝去过教堂，不过肯定有一天会去的。

“别指望了，”莎琳说得很坦白，“他讨厌去教堂，我最后放弃了。”基妮想着她还记不记得蓝提过那个神父亲了他。似乎莎琳只是把这当作一个幼稚的谎言，置之脑后了。

基妮再次为签字道谢，然后莎琳回去上班，基妮打车回到公寓，这时蓝正要上床睡觉。她拿出他明天要带的旅行衣物。基妮给蓝新买了一条牛仔裤、一条卡其工装裤、三件衬衫、薄风衣、新的匡威高帮帆布鞋，还有内裤和袜子。她想要最大限度地为他争取贝琪的好感，虽然只有新帆布鞋肯定不够——要赢得姐姐的支持还需要很多努力。不过基妮相信到了洛杉矶，蓝会在和她家人相处时表现得很乖，不卑不亢。蓝为基妮父亲的病而难过，但这趟旅途仍然令他激动万分。

“睡个好觉。”基妮说。等蓝躺下后，她弯下腰给了他一个吻。她刚刚又检查了一遍他的行李箱，需要的东西都整理妥当，包括新睡衣。

“我爱你，基妮。”她亲吻他时，蓝轻声说道。基妮对他微笑，听到这几个字心里一震。已经太久没有人对她说过这句话了，尤其从一个孩子口中说出。

“我也爱你。”基妮微笑着回应道，关上灯，回到自己的卧室收拾行李。她只希望旅途一切顺利。

09

星期五下午，基妮乘计程车去学校接蓝，然后两人直奔机场。早上她和贝琪通过电话，听说父亲白天状况好了些。她的手提包里放着莎琳的准许信。到机场托运完行李后，两人便往里走。基妮提议早点儿过安检，然后买几本杂志在飞机上看。

“机场里可以买杂志吗？”蓝惊奇地问道。这时基妮才意识到，蓝还没去过机场，没飞去过任何一个地方。他从未离开过纽约，对机场的全部认知都来自电影和电视中。

“什么都买得到。”基妮微笑着对他说。排队过安检时，她告诉他得把口袋里的硬币拿出来，解下腰带，脱掉鞋子。蓝把笔记本电脑放进塑料筐，基妮也放好，又把她的钱包和鞋放进另一个筐里，两人穿过安检门，重新收拾好行李。整个过程让蓝着迷，他仔细观察着每个细节。只是他们时间有限，这让基妮有些难过。她本来很乐意带他在洛杉矶四处看看。这座城市承载的记忆使她多少对重访有些恐惧，但她尽量把关注点放在蓝身上。

他们逛了书店，她买了本简装书留着旅途中看，给蓝买了几本杂志。两人又买了口香糖和糖果，还在纪念品店逗留了一会儿。上了一下午的课，蓝有些饿了，于是他们去买热狗，还没到登机口他就解决掉了。基妮从来没有在登机前感到这么充实过，因为蓝不想错过任何事物。登机入座后，他显得激动万分。基妮让他坐靠窗的位置，可以看看窗外的景象。两人把手提行李放进头顶的行李舱后，蓝转过头，紧张地看着她。

“不会坠机吧？”他焦虑地问道。

“应该不会。”基妮微笑地看着他，答道，“想想有那么多架飞机现在正在起飞、降落或者在空中飞行，全世界有成千上万。你上次听说坠机是什么时候？”她问他。

“不记得了。”

“可不是嘛。所以我想咱们不会有事的。”蓝看上去放了心。基妮让他系好安全带。听说飞机上提供电影和餐饮，他兴奋极了。

“我想要什么都可以点吗？”他问基妮。

“他们会提供几种选择，你可以从里面挑，不过想吃汉堡和薯条就得等落地之后了。”看着他对所有事物感到新奇的样子，基妮的心被触动了。喷气式飞机准备起飞时，蓝兴奋不已，飞机离地时他一点儿也不害怕。他朝窗外张望了一会儿，然后看起了杂志。过了一阵儿，机舱内开始分发视频小屏幕，他接过去，选好自己想看的电影。基妮也照做，两人分别戴上耳机。一切的新鲜劲让他喜欢得不得了。接过菜单时他挑了自己想吃的，一边吃一边看电影，之后便睡了过去。基妮给他盖上毯子。没人要求出示那封准许信，问她为什么会和他一起出行，也没人问起他们的关系。

飞机在洛杉矶降落前，基妮把蓝叫醒，好让他能从空中俯瞰这座城市。底下灯火通明，还有许多泳池，飞机着地时颠簸了两下，然后一路沿滑道驶近航站楼……这一切都令他着迷。至此，蓝结束了人生的第一次飞行。基妮朝他咧咧嘴。她差点忘了他们来这儿的原因——或许这会是自己见父亲的最后一面。虽然过去这么长时间，她却有种终于到家的感觉。此刻基妮才意识到，洛杉矶是她永远的家。

“欢迎来到洛杉矶。”基妮说道，两人挤进过道里的人群，排队下飞机。不出一会儿他们就在航站楼里等着提取行李了。她向姐姐交代了他们会在机场租车，不用来接。站在租赁柜台前，基妮想着，希望贝琪和她的家人会好好待蓝。她可不想他在这儿受罪，或是和贝琪的孩子相处得不自在。蓝的人生经历与他们毫无共同点。他们是个典型的城郊家庭，有父亲、母亲、大房子、游泳池、两辆车和三个孩子。这个家庭从未经历过任何不顺。孩子们在学校表现优秀，最大的孩子查理刚被加州大学洛杉矶分校录取，最小的莉兹和蓝年纪一般大。基妮想象不出她姐姐的孩子和蓝有任何相似之处，只希望他们至少能以礼相待。

机场的租车公司给她安排了一辆崭新的SUV，这让蓝很开心。他们驶上高速，开向帕萨迪那。从纽约出发时是下午五点，也就是洛杉矶晚上八点，正是人们赶回家或是外出就餐的时间，不过也有人在这样一个周五的夜晚仍在加班。交通状况比任何时候都糟，气温也高达27摄氏度。蓝一路上都高兴得不得了，把嘴咧得大大的。

“谢谢你带上我，”他羞涩地看着她说，“我还以为你这周末会把我留在‘休斯顿街’呢。”但她没有，这让他兴奋且感动。

“我觉得你在这儿会玩得开心，虽然我得花时间陪我爸爸。不过他很多时候都在睡觉，那样我们就可以开车稍微逛逛，我带你看看洛杉矶。”基妮说。只有比佛利山庄除外。她一步也不想靠近那里，不想见到他们曾生活过的街道。那三年前起便已远远逃离的生活，她一点也不愿记起。

“你住这儿时做什么工作？”蓝饶有兴趣地问道。他从不过问她以往的人生，因为他明白这是个敏感话题。如果不是基妮先提起，他绝不会谈论关于马克和克里斯的事情，而她也的确极少提到，除了随口提起突然想起的某件事，或是他俩谁曾经说过的话。

“我是电视播报员。”她回答道。他们在车流中缓缓前行。

“在电视上那种吗？”基妮点点头，他惊呆了，“哇！你当时是明星啊！你是坐在桌子前的那种，还是站在暴雨里，伞被吹翻，声音都听不见了的那种？”基妮大笑起来。在她听来，他这样的描述再贴切不过了。

“两种都是吧。有时候我临时接替，坐在桌子前面，和马克一起。他是那种每天都坐在桌子前面的。有时候我就顶着暴雨报道事件。幸好这儿不太下雨。”她对他微笑。

“做这个好玩吗？”

基妮想了想，然后点点头，“嗯，大多数时候吧。和马克一起有趣极了。我们出门时人们会认出他，特别激动。”

“你后来怎么就不做了呢？”她说话时，蓝看着她的脸，基妮也回看着他。

“他不在，做这个就没意思了。我没有再回去过，自从……我在姐姐家住了一阵儿，然后走了，后来开始去世界各地，为人权紧急救援会工作。”

“上电视的话可没人会枪杀你。有一天你应该回那里去。”良久，基妮没有答话，接着她只是摇了摇头作为回答。对她来说，那一切都结束了，她也是这么希望的。没有了马克，她不可能继续从事这项工作——每个人都为她悲伤，这会令人难以承受。而如今她从事的工作，却能让她每一次都踏上崭新的旅程。

下了阿罗约·塞科公园大道的出口，进入帕萨迪那，离上高速已经过去一小时。基妮一路沿着绿树成荫的街道开下去，两侧都是漂亮的房屋，然后开上一个小山坡，转入车道，来到一幢石砌的漂亮大房子前，房子一侧是一个很大的游泳池。大门为他们俩敞开。基妮早已不记得这幢房子有多大，现在看上去它正适合贝琪一家。他们一路朝上开时，一条黑色拉布拉多叫了起来，蓝觉得它的吠声是对他们的欢迎。

“这儿简直像电影里一样！”蓝惊叹于眼前的房子、水池，还有狗。他们刚一下车，贝琪便出来迎接，她一点儿也没变，这让基妮欣慰。贝琪穿着条纹T恤、牛仔裤和人字拖。基妮看见她仔细地把蓝打量了一番，然后冷淡地对他笑笑。贝琪不认可他出现在基妮的生活里，也丝毫不掩饰这一点。不过幸好蓝似乎完全没有察觉，他正忙不迭地看着眼前的景象。

贝琪的金发比她妹妹的要颜色深些，随意地盘在头顶，用发夹固定住。和往常一样，她没有化妆，看上去和基妮上次见她时没有分别。上大学时她要漂亮些，但有了查理后她胖了十几斤，也懒得减回去，每天穿着没有区别的休闲服和人字拖，她管这叫工作装。

贝琪太忙于照顾孩子们了，如今还得加上她的父亲。

狗跟着他们进了屋子。他们从后门进来，走到厨房，三个孩子正在餐桌前吃晚饭。他们吃的是意面、一大份沙拉和鸡翅。基妮看得出来，蓝又饿了。他害羞地走进厨房，看见贝琪的孩子们时，他迟疑了一下。玛姬第一个站起来，给了她姨妈一个大大的拥抱，说自己见到她开心得不得了，然后基妮向她介绍了蓝。她不知道贝琪怎么向大家解释他的来历的，只是介绍他是“蓝·威廉姆斯”，没有说他们的关系，也没有说他和她一起住在纽约。然后查理走过来拥抱她，和蓝握了握手。基妮惊异地发觉外甥竟然长这么高了——甚至比他的爸爸还高，超过一米九了。接着莉兹走向他们，给了基妮的脸颊一个飞吻，然后坦率地看着蓝。他们一样高，年纪也一样大，莉兹的金发又长又直，像她的姨妈一样。

“嗨，我是莉兹。”她给了蓝一个大大的笑容，露出牙套，这让她显得比他要小一点，不过少女的身形已经显现。她穿着粉色T恤和白色短裤。蓝看着她，一时有些眼花缭乱。“你要不要坐下来和我们一起吃？”莉兹的邀请似乎让他松了口气。他局促地站在那儿，看向基妮，等她的批准。她点点头让他坐下，莉兹给他拿来盘子和一杯可乐。玛姬和查理开始问起蓝这趟旅程怎么样，他们一个十四岁，一个十八岁，看上去更像大人了。蓝很快就自在起来，莉兹一直说个不停，他便自己盛了些意面和鸡翅。

“爸在哪儿？”基妮向贝琪低声问道。

“他在楼上，睡了。一般都是八点左右睡。”现在快九点了。“我给了他一些缓解疼痛的药。今天他手臂很疼，我觉得是那石膏让他昨天一晚上都不好受。他天刚蒙蒙亮就起床了，每天都这样。艾伦马上到家，他每天上完班去打网球。”待在这里让基妮感到异样：一切都几乎没有变过。他们做的事情还是她离开时的那些，同样的房子，甚至狗也是同一只，还认得出她来。孩子们倒是长大了，其他的都保持着原样。这既叫人安心，但也让她更加感到格格不入。基妮的人生轨迹在过去的这三年内已经与他们偏离太多，她感觉自己就像刚从火星返回地球。这时贝琪端来了两杯酒，递给基妮一杯。

把孩子们留在厨房后，姐妹俩踱进家庭活动室，坐了下来。他们只在圣诞节和感恩节才会用到客厅，其他时候都聚在厨房里。家庭活动室里有一台巨大的平板电视，挂在壁炉上方，用来看周一晚上的橄榄球赛、周末的运动赛事，以及各种季后赛。他们一家都痴迷于运动。贝琪和艾伦打网球打得好极了，基妮则不然，不过马克打得不错，以前偶尔会和他们一起玩玩。孩子们也加入了各种运动队：篮球、足球、棒球、女排……查理还是他所在高中游泳队的队长。他六月就将以荣誉学位毕业。他们中没有谁曾有过任何失意，甚至连不理想的成绩也没有过。贝琪十分为此自豪，也为查理将进入加州大学洛杉矶分校而骄傲。

“他长得很好看。”贝琪承认，她指的是蓝，基妮明白。

“是啊，而且还聪明。想想他经历的那些事，加上几乎没有得到任何人的帮助，真的很了不起。如果我能把他送进那所高中，对他来说应该棒极了。”贝琪仍然不明白基妮为什么这么做，但她不得不承认蓝刚来就表现得很有礼貌。和她握手时，他感谢她允许自己前来拜访。姐妹俩回到厨房时，他和莉兹正聊着音乐，他们喜欢同一支乐队。莉兹给蓝看YouTube上的视频——这家人放了台电脑在厨房里——两人笑得很开心，看上去找到了共同话题。然后查理跟大家说他要出门，他的妈妈让他开车小心点。他真的是个大人了。玛姬也会开车，不过她还没有自己的车，得借她妈妈的开。

莉兹邀请蓝去楼下的娱乐室，他们和玛姬一起玩起了电子游戏。蓝待得很自在。然后艾伦进了门，上来便对基妮过分热情地嘘寒问暖起来。他很高兴见到她，虽然说她变得太瘦了。基妮的脸庞比以前更瘦长且棱角分明，越来越不像贝琪。

"咱们晚饭吃什么？"艾伦说着，一边给自己倒了杯酒，"我饿得不行了。"他穿着网球运动服，看起来仍然是个英俊的男人。

"沙拉和扇贝。"贝琪简短地答道，然后立刻将三只贝壳放进微波炉，这是今天下午从市场买来的。有贝琪在，所有事情都进行得迅速又井井有条。她做的扇贝肉美味极了，艾伦又给他们每个人斟了些酒。

"我很高兴你终于来了。"他直截了当地对基妮说道，"过去这几年你姐姐真的很不容易。你走得真是时候。"他说得好像基妮是故意逃避责任，而不是因为失去了丈夫和儿子。艾伦的话语中有一丝忿恨，基妮立马就察觉到了。她想象得到照顾父亲的压力有多大，他和他们住在一起，病情急剧恶化，把他们的生活弄得混乱不堪。基妮知道这对孩子们也是种折磨。

晚饭后，她帮贝琪打扫了厨房，两人回到家庭活动室，和艾伦一起坐下来。他们听见某处传来音乐声，当基妮意识到它来自哪里时，她露出了微笑。

“哇，这张唱片太棒了，亲爱的，你刚买的吗？”艾伦说道，贝琪一脸茫然。听起来是一张流行歌曲集锦。

“不是啊，我不知道这是什么。肯定是莉兹在楼下的音响里放的。”

“来吧，我带你们去看。”基妮说着，一边招呼他俩起身。他们跟着基妮下楼，到娱乐室一看，蓝正弹着他们为聚会准备的那架钢琴。他弹了莉兹让他弹的所有曲子，中间还穿插了一首莫扎特，逗得莉兹发笑，之后又突然变为布吉伍吉爵士乐。他们从未见过这样技艺精湛的一双手弹奏钢琴。

“他这是在哪儿学的？”贝琪惊叹道。这时蓝弹起一首优美的贝多芬作品，紧接着又回到莉兹的流行歌。她的嘴咧得大大的，喜欢得不得了。

“他自学的，”基妮回答姐姐的话，十分为他骄傲，“他还会弹吉他，作曲、识谱都没问题。他刚刚申请了纽约的音乐艺术高中，拉瓜迪亚，希望能被录取。音乐是他的动力，加上他有着不可思议的才华。”

“天哪，他真是个神童。查理上了五年的钢琴课，只学会弹音阶和‘筷子’[1]。他从来不练习。”艾伦评论道。看着蓝弹琴让基妮想起泰迪神父在教堂地下室的那件事。她决定不去想它。蓝正在

---

1. 指《筷子华尔兹》（*Chopsticks Waltz*）。为英国钢琴家Euphemia Allen所写，因其只需要两根手指便可弹奏，如同使用筷子一般，故得名。

尽情享受音乐，他和莉兹一拍即合，好像是从小一起长大似的。莉兹也为他折服，但艾伦和贝琪更甚。不仅音乐才华毋庸置疑，他也是个讨人喜欢的孩子。蓝弹了一个小时，玩得很尽兴，然后就跟莉兹一起上楼，在大屏幕前看电影，大人们仍待在楼下，坐在舒服的沙发上。

他们的整套房子都是为舒适而打造的。不像基妮以前在比佛利山庄的房子，贝琪家一点儿也没有那种高雅，不过对于他们在帕萨迪那的生活来说正合适，比她与马克的随性得多。他们的生活总是更加光鲜亮丽，房子也是如此。马克以前是个大人物，赚了不少钱。

“贝琪跟我说了你为他做的事情，”艾伦说，他指的是蓝，“我觉得这值得钦佩，基妮，但别忘了他是什么人，从哪儿来的。你得小心啊。”艾伦总是给基妮一种自以为是的印象，而说这话时他惹恼了她。贝琪在一旁点头赞同。

“你是说你担心他会偷东西？”两人都点点头，完全不以他们所说所想为耻。

“他每天上学前我都会检查口袋。”基妮率真地说道，为他们的言论和狭隘深感震惊。

“难以相信你居然让他待在你的公寓里。你干吗不送他去收容所？他在那儿很可能会快活得多。”她的姐夫完全不明白自己在说些什么，也根本不了解收容所的状况。他根本就没见过流浪者收容所，也没见过住在里面的人。

“在收容所里每天都会挨打、被抢或者被打劫，女性会被强奸。”基妮冷静地说，“我给他找了家很不错的少年收容所，我不在纽约的时候他就待在那里。”如果他不逃跑的话，基妮默默在心里补充了一句。她厌恶他们充满优越感的样子，还有随意揣测一个素不相识的男孩，不论他实际上多么聪明有才能，举止多么得当。他们已经对蓝作出了评判，基于他们无忧无虑居住在郊区的那少得可怜的经验。幸运的是，他们的孩子们思想要开放得多，莉兹和玛姬都和他玩得很愉快。蓝对于查理来说年纪还是太小，他不太感兴趣，所以去找女朋友了。

基妮转移了话题，接着讨论的中心变成了她的人权工作，这也是贝琪夫妇极力反对的。夫妻俩觉得这对女人来说，或者是对任何人来说都太危险，但她热爱这项为世界做贡献的事业。贝琪和艾伦并未承认她从事与众不同的事业是多么勇敢和有冒险精神，相反却告诉她，要是再不放弃满世界奔波在难民营里的生活，就再也别想找个新丈夫了。他们对她说，是时候走出幸存者愧疚的阴影了。

“我不想再找一个丈夫。我仍然爱马克，而且大概一直会吧。”基妮静静地说。

“我想他不会赞成你现在做的事情，基妮。”艾伦严肃地说，基妮觉得这样说很失礼。

“可能不会吧，”她承认道，“不过他会觉得这挺有意思的。再说他也没给我留下什么选择。没有他，没有克里斯，我不能下半辈子都坐在比佛利山庄的空房子里哭哭啼啼。现在这样好得多。”

“我们还是希望你能尽快放弃。”他代表贝琪说话，她没有异议，一边喝着今晚的第四杯酒。基妮感到惊讶，贝琪以前不会喝这么多。“那你接下来要去哪里？”艾伦问道，“有消息吗？”

“还不确定，可能印度或者非洲吧。去哪儿我都乐意。”艾伦露出吃惊的表情，贝琪摇了摇头。

“你到底明不明白这有多危险？”他说得好像基妮对此一无所知。

“我明白，”基妮对艾伦微笑道，“所以他们把我派过去，因为那些地方有很多问题需要人权工作者的帮助。”对此她至今无意退缩。艾伦很可能是对的——马克会震惊于她所做的事情。不过这比起长眠于东河要好得多，像她不久前考虑过的那样。而且蓝来到了她的生活中，如今的一切都比之前那三年要美好。贝琪和艾伦都不明白那究竟是怎样的一场悲剧，也不知道怎样才能走出来。基妮希望他们永远不知道，这是为了他们好。但他们不知道如何站在她的立场上，也不知道她每天怎样才有勇气起床。他们完全没有概念。

三人在楼下坐了一会儿，然后艾伦便上楼去卧室看网球赛了。贝琪带基妮去客房让她收拾行李。蓝和查理一起睡。

“你说他应该不会拿什么东西吧？”贝琪不怀好意地问道。自十四岁起，基妮第一次想给她一记耳光。

“贝琪，这种话你怎么说得出口？”她想说：“你以为自己是谁？”但咽了回去。他们怎么会变得如此狭隘市侩，只因为蓝无家可归就认定他是小偷？这很悲哀。“不会的，他不会拿任何东西，”她答道，“他从来没拿过我的东西。”而基妮也希望他不会打破先例，那样的话他们绝不会让她姑息。不过她对蓝并不担心。

姐妹俩亲吻并互道晚安，然后基妮开始把东西从行李箱里拿出来，这是一间鲜花装饰的漂亮客房。过了一会儿蓝探头进来，他正准备去上床睡觉。莉兹带他看了他的卧室。

“今天晚上玩得很开心。”他微笑地看着她，而基妮却说不上开心，姐姐和姐夫让她沮丧极了，“我真的很喜欢莉兹，玛姬人也很好。”

“她们都是好孩子，”基妮表示同意，“也许我们可以向查理借一件旧的游泳衣。我忘了给你买。”

“那可太棒了。”蓝说。他觉得自己好像不在人世，到了天堂，而这天堂就是帕萨迪那。基妮亲吻了他并道晚安，然后他便消失在走廊里，进了查理的房间。基妮轻轻关上门，想着她的父亲。她知道，看着他衰退的样子是很难接受的。

即使近几个月贝琪已经把一切都告诉了她，父亲憔悴的样子和空洞的眼神仍让基妮措手不及。第二天早上在餐桌前，她坐在父亲身旁给他喂早餐——因为他一条胳膊还打着石膏，况且他也失去了自己吃饭的兴趣。她给他喂了一碗燕麦片，吃完后，他转过头看着基妮。

“我认识你，对吗？”他虚弱地说道。

“是的，你认识我。爸，我是基妮。”他点点头，似乎在脑子里处理着这句话，然后他对她露出笑容。

“你长得很像你妈妈。”他的声音忽然正常了些，基妮能从他的眼睛里看出来，他认出了自己，她的眼泪立刻涌了出来。“你之前都去哪儿了？”他问她。

“我离开了好久，现在住在纽约。”比起向父亲解释阿富汗的情况，这么说容易些。

“我和你妈妈以前会去那儿旅游。”他看上去陷入了对往事的回忆，基妮点点头。父亲说得没错——她的确长得像母亲，比贝琪更像些。“我很累了。”父亲向大家宣布，他看上去也确实累了。想起基妮是谁已经耗费了他极大的精力。不过有时，他会先记起一些事情，然后又迅速地忘记。

“爸，你想不想上楼躺着？”贝琪问。她清楚他的固定生活轨迹，基妮却不甚了解，他总是在早饭后小憩一会儿，因为起床太早。

“嗯，想。”他说着，颤颤巍巍地站起来，离开餐桌。两个女儿扶他上楼，帮他在床上坐下。他伸直四肢躺平，然后看向基妮。“玛格丽特？”他轻声说道。这是她母亲的名字。基妮只是点点头，强忍住眼泪。此刻她意识到，自己本该早点过来，虽然之前有那么几分钟他还是认出了她。接着父亲闭上眼睛，没过一会儿便睡着了，轻轻地打着鼾。贝琪动作很轻地帮他翻身，让他侧躺不至于噎着。然后姐妹俩离开了父亲的卧室，回到楼下。

“他不会有事吧？”基妮问道，语气充满担忧。她终于意识到贝琪一直在与什么做斗争，照顾他是一件重大的责任。父亲任何时候都可能会噎住、跌倒、受伤或死掉。要是天气好，他可能会自己走出房子被车撞，或是走丢，记不住自己的名字，也记不住回家的路。他需要全天候的监护，而贝琪已经做了整整两年。

“现在暂时没事，”贝琪让她放宽心，“不过不会持续多久。我很高兴你这周末来了。”

“我也是。”基妮说着，将手臂环住她，“谢谢你照顾他。换了我，即使住在这里也做不到。只有特别的人才能做到。”而贝琪一直尽心尽力地做着，基妮为此很感激。

“我也做不到你做的，”贝琪哭着说道，“我会吓得屁滚尿流。”两人大笑起来，然后加入了餐桌前的孩子们。他们生机勃勃。查理提议带大家去魔术山[1]一日游。

“喜欢过山车吗？”基妮问蓝。他点点头，眼神里写满了兴奋。

“爱死了。我在康尼岛游乐场坐过。”

“这里的可大得多。”她提醒道。

“太好了。”他咧嘴笑。

孩子们过了一会儿便出发了。查理借给蓝一件游泳衣，可以玩水滑梯。基妮给了蓝一些钱。姐妹俩打扫了厨房，然后基妮给两人分别沏了咖啡。她希望贝琪不再说蓝的难听话，引起不愉快。贝琪没有。几分钟后，艾伦拿着网球拍进来，他穿着短裤和网球鞋，拿了一个香蕉准备出门，说自己去比赛要迟到了。

“在爸的事情上他做得很好。”艾伦离开后，两人喝着咖啡，贝琪这么说道。

“对你们大家来说一定都很不容易。现在因为来了这儿，我明白多了。”基妮同情地说，“你真的很了不起。”甚至比她之前所意识到的还更了不起。

---

1. 魔术山：即六旗魔术山（Six Flags Magic Mountain），位于洛杉矶北部的大型主题公园。

“白天我请了个女工来帮忙。如果不请的话，我就彻底被困在这里了。看着他衰弱下去真让人伤心。”向妹妹说出这些话让贝琪终于松了口气。而基妮脑子里却在想，被狙击手的子弹击中要比失去理智、慢慢死去的命运好得多。她的父亲曾经是那么智慧而富有生命力，如今，看见他的样子令她心碎。而且也看得出来他时日无多。还好至少大部分时候他没有遭受多少痛苦，除了最近摔断的胳膊。他看起来一片茫然。“孩子们真的对他很好，即使有时候认不出他们是谁，爸也很享受和他们待在一起。有时候这可比我强，”她朝基妮咧咧嘴，“我认得出他们，他们还是把我折磨疯了。不过他们是好孩子。”基妮想说蓝也是，但没说出口。他不是家庭的一员。但她已经不能再拿克里斯来夸耀了，还有他那些三岁孩子的胜利。见到贝琪的孩子们让她发觉自己有多么想念那时候。那段时光是无可取代的。

请来照顾父亲的女工在中午时分到了，于是贝琪问基妮想不想出去吃午饭，基妮觉得不错。她们去了附近的一间小餐厅，闲聊了一阵，然后回到家，坐在游泳池旁。艾伦在网球俱乐部解决了午饭，而孩子们直到下午很晚才回来——他们在魔术山可玩疯了。蓝说他有两回差点儿都吐了，可见过山车坐得有多过瘾。回家后他们纷纷跳进游泳池，过了一会儿，查理的女友也过来加入了大家。

这晚艾伦准备了烧烤，星期六经常如此，而贝琪又喝了不少。晚餐前，基妮上楼坐在父亲身边待了一会儿，不过他从头到尾都沉沉地睡着。贝琪决定不叫他起来吃晚饭，她说他只会很糊涂。他的意识一天天减退下去，他们却无能为力。药物治疗已经对他不起作用了。单是看着他的样子就让基妮伤心极了，蓝也替她难过。他看得出来，这让她陷入了对往事的回忆。

大家在后院坐着，直到午夜才纷纷去睡觉。基妮躺在黑暗里，想着每一个人。和家人待在一起温暖却有些辛酸，她在他们之中像个局外人。她的人生轨迹和他们的全然不同，而且他们说的话背后总是隐藏着不赞成的暗流。即使没有说出口，基妮也能感觉得到。这种感觉很孤独，她觉得自己被放逐了。

凌晨两点左右，她终于得以入睡，第二天一大早便起来泡了一杯咖啡。才刚刚坐下来准备喝，她便接到了凯文·卡拉汉的电话。他以为她在纽约，那里现在是上午十一点半，却惊讶地听见她说自己在洛杉矶。他赶紧为自己这么早打电话而道歉。

“你在这儿做什么呢？”

“我周末过来看望我爸。他得了阿尔茨海默症，而且我很久没见到他，自从……”她的声音渐弱下去，凯文很明白。

“我很难过，基妮。很久以前我见过他一面。他人特别好，也很帅气。”

“没错。”基妮表示同意。紧接着凯文直奔主题。

“我收集到了些情报。我打电话给警察部门的一个朋友，女性，她是负责性犯罪的警督。这件事大致需要双管齐下。首先你得去警察那儿，他们会展开调查，然后你得对付总教区[1]和教会那

---

1. 总教区（Archdiocese）：天主教的一种行政管理区域。数个教区会集中成为一个教省，从其中选出一个最重要的教区，设为总教区，即教省的首府。

边。不过如果警方对调查结果满意，相信蓝说的是真话，那么他们会帮你搞定教会。往往对同一个神父的举报会有好几起，所以说不定他们手上已经有些关于这个猥亵蓝的混蛋的线索。这些人大多会在一段时间内猥亵多个孩子。他们有接触小孩的绝对优势，这些恶心的家伙就是利用了这一点。

“你要做的第一件事就是打电话给虐待儿童部门，他们会开展调查。他们隶属于曼哈顿区地方检察院。虐待儿童部门处理这些有关神父的调查，所以你和蓝得去那儿一趟，然后就开始滚雪球。不管怎么说，你们暂时还不用面对总教区那些愤怒的老神父，警察会帮你搞定。还有，看来教会对掩饰行为采取强硬反对态度，所以说不定你能争取到总教区的坦诚合作。这肯定值得一试，接着我也会马上把这家伙的事情报道出来。得把他毁了，想想他对这孩子做的事情，十有八九还有别的孩子。我一会儿就把虐待儿童部门的电话发给你。”

“哇！”基妮惊叹于他这么快就了解到这些，“真有你的，卡拉汉。我很佩服。”不过她早就知道他的厉害，不然也不会打电话给他了。她十分尊敬他作为记者的职业素养。

“现在你准备怎么办？”

“我得先和蓝说说这件事。我们要找律师吗？”

“要，但暂时还不用。现在首先要联系警方调查。如果认为这个案子可以，他们就会提起公诉，就像在任何性犯罪案件中一样。如果他们决定不起诉，你可以对总教区提起民事诉讼，不过那样案子就弱得多了。最好能争取让虐待儿童部门去地方检察院指控他，你也可以同时提起民事诉讼。”

“我在想这会给蓝造成多大的心理创伤。”基妮慎重地说。

“大概不会比他所经受的多。而且说不定如果有人去追究那家伙，证明这孩子说的是真话，会让他心里舒坦些。要是没人相信受害者，或者都默不作声，情况会更糟。事情往往一开始都是这样。这种情况披露得太多，梵蒂冈给教会下达的指示通常都是合作，而不是保护作恶者。放在以前，他们总是把这些人从一个教会挪到另一个教会，掩饰他们的行径。”

“你认识处理这种事的律师吗？”

“不认识，不过我可以找找。我敢肯定有些律师擅长这个。给我几天时间搞定。”凯文已经出色地完成了帮她收集情报的任务。和基妮一样，他也对发生在蓝身上的事情感到愤怒，这让她很感动。“你会在这儿待多久？”

“今晚就走，坐红眼航班回纽约。我们周五来的。我得让蓝回家，他不能缺课，不然六月没法毕业。”

“有你当队友，他真是个幸运的孩子。”凯文钦佩地说道。

“我也很幸运有他作伴。”基妮柔声答道。

“有空一起吃午饭吗？还是你忙着和家人在一起，脱不开身？”

“我得陪陪我爸——我们来就是为了他。不过我应该能出来喝杯咖啡。问题是我在帕萨迪那，不在城里。”

“你愿意的话，我到你那边去。我知道有个可颂和卡布其诺都很棒的地方。怎么样？我会很高兴与你见面。”

“我也是。”基妮诚恳地说道，她也很感激他帮自己搜集的信息，而且如此迅速。

“现在八点半。我十点半和你会合怎么样？”他说了餐厅的名字——离贝琪的住所只有几个街区。

“我会去的。”她答道。半小时后贝琪走进厨房，基妮和她说了，“我不会去很久。就是和他见面待一会儿，叙叙旧。”

“当然没问题，”贝琪善解人意地说道，“你想把他带到家里来吗？我肯定欢迎。”

“我还是在餐厅和他见面吧。那样他没法待太久，我就可以早点回来。爸今天怎么样？”

“差不多还是那样。他早上不想起床。我会等露西过来，看看她有没有办法让他起床。她比我在行，而且爸也听她的。我可能太惯着他了，每当累了或者心情不好，他就直接对我说不。”

过了一会儿，基妮去看望父亲，十点一刻便出门去和凯文见面。她对蓝说自己要出去见个朋友，他正和莉兹玩得起劲，完全不介意。和贝琪的孩子们待在一起让他感到自在极了，孩子们喜欢他，也热情地招待他，这让基妮感动。

她走进餐厅的时候恰好是十点半，凯文已经在那儿了。找不到他是不可能的，他比餐厅里的人都至少高出十厘米。一见到基妮，凯文便伸出双臂给了她一个拥抱。

“见到你真好。”凯文的声音饱含深情。他没有告诉基妮的是，他仍然每天都会想念马克，盼望能再联络上他。他依旧不敢相信马克离开了。

两人聊了半小时关于凯文的工作，最近约会的女孩子，基妮最近和接下来在救援会的旅程。紧接着话题便转移到了蓝。

“我真的希望你对这家伙提起诉讼。”他对她说，看得出来他是认真的。

“我很想，”基妮诚实地说，“但是我要把决定权交给蓝。如果他觉得做不来，我也不想逼他。对他来说，在法庭上再次面对那个神父，需要很大的勇气。”

“如果他不这么做，会后悔一辈子的。总要有人站出来阻止这种家伙。教会不能只是一直把他们调到不同的教区来保护他们。”基妮同意他的话。之后两人又聊起了别的事，凯文看上去的确很高兴见到她。“你要是能经常来就好了。”他依依不舍地说道。他也真的很想念她。

“来纽约的话打电话给我。”基妮说。凯文给两人的咖啡买单后，他们起身离开。基妮得回贝琪家去，她想在晚上走之前，再陪陪姐姐和父亲。

凯文送她到她的车门旁，他承诺会找到一个对蓝的案子有丰富经验的律师，到时候打电话告诉她。说完，他拥抱了她很久。“照顾好自己，基妮。他不会想你冒着生命危险去那种地方的。”基妮的眼里噙着泪水，点点头，一时说不出话。

“我不知道还有什么能做的，凯文。一切都不在了。至少现在还有蓝。或许我可以给他的人生带来些变化。”这是她如今唯一的念想。

“我敢肯定你已经给他带来很多改变了。”他安慰道。他们彼此的情感都在这一刻被触动。

"或许在这件事上我们能帮他。这样对他以后也好。"

"和律师聊聊吧，然后从虐待儿童部门开始着手。我的朋友说他们很棒。"基妮再次谢过他，又过了几分钟，两人道别，她开车回家。见到他真是太好了，她为自己的久别而感到抱歉，毕竟一直没有做好心理准备，直到今天。蓝成了她与凯文再次见面的催化剂。

他们在游泳池旁度过了整个下午。父亲几乎一天都在沉睡，连露西也没法叫醒他。短短醒来的时候，基妮陪了他一会儿。但这一次他不知道她是谁，认不出自己的女儿，甚至没有把她错认为她的母亲。他的样子令基妮难过。她和蓝在晚餐后离开，这时父亲仍在熟睡。基妮轻轻地亲吻了他的脸颊，然后静静地走出卧室，两行热泪从她的双颊滚落。她怀疑自己还能否再次见到他，同时庆幸自己终于来见他了。贝琪的坚持是正确的。

两人开车离开时，艾伦、贝琪和孩子们站在房子外，朝他们挥手告别。去机场的路上基妮很安静，而蓝感到哀伤。他从未像一个正常家庭一样度过周末，有父亲、母亲和孩子们，大家其乐融融，互相关心。没有人吸毒，没有人打架，也没有任何他们认识的人进监狱。这个家庭拥有他想要的一切，甚至后院还有游泳池。对蓝来说，这就像美梦成真一样。这个童话般的周末，是他被赐予的礼物。

"我喜欢你的家人，基妮。"蓝柔声说道。

"我也喜欢，有时候。"她对他微笑，"其他时候他们让我有点儿抓狂，我姐姐也有点难相处，不过她是出于好心。"他们最终和蓝打成了一片，甚至艾伦也和他在游泳池玩水球游戏。经过这个周末，他们对蓝的了解越来越多，对他背景的偏见逐渐融解消散。连贝琪也说他是个好孩子，她是真心的。蓝和莉兹约定每天互相发短信，用基妮的手机——直到她走之前。基妮打算给他买一台自己的手机，但还在计划中。莉兹盼着蓝早点回去，或者她自己去纽约拜访姨妈，这样也能和他见面。基妮还答应会再回洛杉矶，尽管她并不认为自己能再次在那里生活。

深夜航班起飞时，机舱很暗，蓝拉起基妮的手，紧紧握住。

“谢谢你，这是我生命中最棒的周末。”他对她说，然后头靠回椅背，半个小时后便睡着了。基妮给他盖上毯子，自己也睡了过去。飞机一路朝东边飞去。基妮已经做了力所能及的：她见到了父亲。蹑手蹑脚地走出房门前，她悄悄在他耳边说了再见。

10

周一早上六点一刻，二人落地肯尼迪机场。他们打车进市区，很快便到了公寓门口，这时刚过七点。蓝去洗了个澡，基妮给他准备好早餐，吃完后他准时出发前往学校。这天上午有一场考试，基妮帮他做好了准备。明天还有拉瓜迪亚艺术高中的采访和预选。眼前是忙碌的一周。基妮得去人权紧急救援会办公室，商讨下一次任务。早上九点，她拨通了圣方济各教堂的电话，打听泰迪神父的消息。她为不知道他的姓而道歉，说自己几年前搬走了，但现在又住回了附近，想再见他一面。基妮说他人很好，给了她很多忠告。电话那头的年轻神父立马明白了她指的是谁，显得很愉快，说他确实是个了不起的神父，也是个伟大的人。

"不过，很抱歉地告诉你，他去年被调到芝加哥去了。如果你愿意，这里每个人都乐意和你聊聊。"他热心地说道。

"非常感谢，"基妮说着，为向神父撒谎感到一丝愧疚，但她有正当的理由，"我会尽快找时间过来的。你知不知道怎样能联系上他？我只想打声招呼，告诉他自从最后一次见他之后都发生了什么变化。"

"当然没问题，"电话里的神父善良地说道，"他在芝加哥的圣安妮教堂，他听到你的消息保管会高兴。我们这儿大家都很想念他。”

“十分感谢您。”基妮挂上了电话。她想亲自见他一面。芝加哥坐飞机可以当天往返。侵犯蓝的到底是怎样一个人，基妮想心里有个数。她相信蓝，所以更想见识一下泰迪神父有多么假惺惺。

接着基妮去人权紧急救援会办公室，花了一个上午和埃兰·沃伯格讨论下一个任务。这次看来是印度，不过还没有定下来。她预计六月初离开，所以还有好几周时间来最终决定去哪里。叙利亚原本也有可能，但现在那里太危险了。埃兰说，可能他们只会把她派去两个月，比以往要短。在危险系数更高的区域，救援会正致力于让人员流动更频繁，缩短任务时间，这正合基妮心意——因为蓝的缘故。由于下一次任务未定，不用提前读报告，于是她空手离开了办公室，有了更多时间和蓝相处。

晚上，两人聊了聊第二天的预选会。蓝准备弹一首肖邦，也在学校的钢琴上花了点时间练习。万一他们要求弹些即兴曲目，他脑海里也有些准备。他既兴奋又害怕，莉兹发短信到基妮手机上，告诉蓝她很想念他，希望他到家一切都好。收到她的消息蓝很开心，给她发过去几首可以从iTunes下载的歌。

基妮收到凯文的邮件，里面有一个律师的名字。凯文让她先打电话给自己，这样可以告诉她一些关于那个律师的信息。基妮一回到房间便打了过去——她不想蓝听到他们之间的对话，在明天的面试之前，基妮不希望他的注意力被分散。

“他就是你要找的人。”凯文接起电话，对基妮说道，“曾经是耶稣会神父，教会法是他的专长，在梵蒂冈的司法办公室待了四年。这种案件正是他擅长的，昨天我和两个律师谈了谈，他们都说他是最好的，而且就在纽约。”他的名字是安德鲁·奥康纳，凯文有他的办公室电话、邮箱和手机号码。“有进展就告诉我。你已经给虐待儿童部门打过电话了吗？”

“明天我会带蓝去，等音乐艺术高中的预选会结束之后。这周我们有很多事情要做。”

“有消息通知我。”凯文说，听上去他很忙碌，不一会儿两人便挂了电话。需要的都已经到齐，警方的介绍信和律师都有了，基妮还想周四去芝加哥，见见泰迪神父。多亏凯文，一切都有条不紊地进行着。

第二天早餐时蓝很紧张。基妮陪他坐地铁去拉瓜迪亚艺术高中。学校位于林肯中心[1]内，他们走进那幢建筑时，蓝看上去有些焦虑。这是个引人瞩目的地方，成群结队的学生穿行在大厅中，在去上课的路上谈笑着。仅仅是来到这里就够让人兴奋的了。学校四处的布告板上都贴着告示，是为特别活动举办的竞选会。

基妮和蓝朝前台走去，说他们是来参加面试和预选会的。接待员起初一脸讶异，因为每年的这个时候从来都没有面试或预选。她打过电话给行政办公室后，对他们露出了温和的笑容。

“过一会儿我会叫你们。”她说道，两人便坐下来等。蓝看起

1. 林肯中心：即林肯表演艺术中心，是全世界最大的艺术会场，总共可以同时容纳18000位观众。

来好像马上就要撒腿逃出这栋楼，基妮努力帮他放轻松。终于，接待员叫了他的名字，让他们去行政办公室。在那里，一位年轻女性和蓝聊了聊，告诉他学校的一些事情。她说自己上的也是这所学校，那是她人生中最美妙的经历。现在她每晚在交响乐团工作，白天在行政办公室，一周上三天班。

她问蓝，是什么令他对音乐着迷，他说起了自学钢琴的过程，自己又是如何学会识谱。她对此颇为赞叹。基妮认为面试很顺利，接着他们带蓝去预选会，基妮留下来在大堂等他。她听说预选会要进行两三个小时，事先带了本书来边等边读。她不准备离开这幢楼，以防蓝需要帮忙。当他最终回到她身旁时，他看上去筋疲力尽，怅然若失。

“怎么样？”基妮问道，口吻尽量显得冷静，说些鼓励的话，实际上却紧张极了，一直担心着他，盼望一切顺利。预选会的压力很大，他不习惯。

“不知道。我给他们弹了肖邦，然后他们又选了些其他的让我弹。有一首我从来没弹过，是拉赫玛尼诺夫的。之后是德彪西，接着我弹了些汽车城音乐[1]。真不知道我怎么可能进得了这里。”蓝无望地看着基妮，“我敢肯定上这所学校的每个人都弹得比我好。那房间里有四个老师，他们记了好多笔记。”他看起来仍在焦虑。

“你已经尽力做到最好，这就够了。”两人走出大楼，沐浴着五月的阳光。他们告诉蓝，结果会在六月通知他。他们需要时间

---

1. 汽车城音乐（Motown）：汽车城底特律中以布鲁斯音乐为主旋律的黑人音乐。

考虑，评估他是否合格，技巧是否精湛到足以入学的地步，因为毕竟他没有接受过正统训练。共有九千多名申请者争夺六百六十四个名额。蓝确信自己进不了，但基妮尽量保持乐观。他们打了车，在送他去学校前她给他买了份三明治。今天下午有数学考试。这段日子蓝的压力非常大，不过再过六周就结束了。基妮很不乐意在他毕业前就离开纽约，但她无能为力，除非任务因故拖延，不过那似乎没什么可能。如果一个地区出现了问题，他们只会把她派去另一个。

这晚到家时，蓝似乎仍在为预选会而沮丧，他看起来疲倦极了，于是基妮决定先不提去虐待儿童部门的事情，择日再谈。

终于，在星期三的晚餐后，基妮提起了这件事。她把凯文那儿得到的情报全都告诉了蓝，还告诉他自己准备明天去芝加哥，亲眼见泰迪神父一面。

“你会跟他说我的事吗？”蓝显得恐慌极了，“他跟我说了，要是告诉别人就把我送进监狱。”

“他没法把你送进监狱，蓝。”基妮冷静地说道，“你没做错任何事。要是我们追究的话，他才会是那个进监狱的人。不过追不追究取决于你。我们既可以在这件事上有所行动，但如果对你来说太痛苦了，我们也可以不吱声。决定权在你，蓝。不管你怎么选，我都支持你。”她尽量用中立的语气，好让他无压力选择。

“为什么你要做这件事？”他紧紧盯着基妮。

“因为我相信你，而他是个很坏很坏的人。把他举报给警方并指控他，我认为这么做是正确的。得阻止那种人继续为非作歹。我只是想去看他一眼，不会提起你。”蓝看上去宽心了不少。他无条件地信任她。

“说不定他没再做那种事了……”蓝小心翼翼地说，基妮看得出他的恐惧。这完全可以理解，毕竟神父那样威胁过他告诉别人的后果。“你觉得我该怎么办？”蓝讶异于基妮对自己的信任。他的姨妈就不是这样，宁愿选择无条件地信任那个神父。

“我觉得你该做自己想做的。不用现在就做决定，可以考虑一阵子。”他点点头，然后去看电视了，直到睡觉前。他借基妮的手机与莉兹短信聊了一会儿，表情似乎有些困扰，心不在焉。基妮知道他惦记泰迪神父的事，把所有的可能性都在脑海里过了一遍。

第二天早上蓝没有提起这件事，他心情很好，高兴地去上学了。基妮则出发去机场，搭上十点半的飞机去芝加哥，落地一小时后便抵达圣安妮教堂。她走进教区长住宅办公室，表示想见泰迪神父一面。秘书说他正在医院主持临终圣礼，半小时之后回来。基妮愿意等他，她坐下来，思索着他对蓝的所作所为。仅仅是想到这些事情就让她心情郁结。正等着，一个高大英俊的神父走了进来。他四十出头，浑身散发着温暖和善意，是那种人们愿意向他诉苦、甚至成为至交的对象。他和秘书开了会儿玩笑，瞥了一眼短信，然后坐办公桌的女人给他打了个手势，他便转过身来，微笑地看着基妮。

“你是来见我的？”他热情地问道，“真是不好意思，让你久等了。一个教友的母亲病了，她九十六岁，上周摔断了腰，想要做临终祈祷。我敢肯定她能活得比我久。”他是基妮见过最英俊的男人之一，身上的一切无不散发着自信。

“您就是泰迪神父？”她问道，脸上带着惊异。她忘了让蓝描述一下他的长相，擅自假定他又老，长得又怪异。但他却如此有活力，精力充沛，迷人且俊朗——也因此更暗藏危险。他始终表现得热情又亲切，不难想象他会赢得一个孩子的信任。他就像一只漂亮又愉快的泰迪熊，正如其名。

“我就是。”他向她确认了身份，“进我办公室聊吧？”办公室的房间洒满了阳光，令人愉悦，窗外是教堂花园，墙上挂着几幅水彩画作和一个小十字架。他穿着罗马衫和简单的黑色西装。无论他还是他周围的一切，都没有任何黑暗或令人生畏之处。但这丝毫没让基妮对蓝产生怀疑，不管泰迪神父的魅力有多么大，她都确信他说的是真话。他是个高大魁梧的爱尔兰人，待基妮坐下来，他说自己在波士顿长大。“有人跟你提起我吗？”他愉快地问道。

“是的。”基妮答道，仔细地打量了他一番。她想尽自己可能了解他，“是纽约的一个朋友。我打电话到‘圣方济各’教堂找你，他们告诉我你在这儿。我正好过来出差两天，就想着来见你一面。”

“那我可真幸运啊。”泰迪神父对她微笑道。基妮顿时明白了为什么蓝的姨妈莎琳那么爱戴他。他从未停止过演戏，总是显得清白正直而又富有同情心，“有什么我能为你做的吗？抱歉，我还不知道你的名字。”

“弗基妮亚·菲利普斯。”她报了自己的娘家姓。

“你结婚了吗，弗基妮亚？”

“是的。”

“那家伙真走运。”他又对她露出笑容。接着基妮告诉他，自己觉得丈夫有外遇，不知道如何是好。她不愿意离开他，但又确信他爱上了别的女人。泰迪神父让她为此祈祷，要她保持耐心和忠诚，肯定有一天她的丈夫会回心转意。他说，大多数的婚姻都会偶尔出现波折，不过只要她坚定不移，两人总会重归于好。在他说话时，基妮发现他的双眼冰冷而愠怒，笑容却是她见过最温暖的。一想起蓝，她就有种跃过办公桌掐住他脖子的冲动。之后，泰迪神父把名片递给她，让她随时给自己打电话，并说会很高兴和她聊天的。

“非常感谢您。”基妮用感激的语气说道，“我一直不知道该怎么办。”

“只要坚持就好了。”他亲切地回答道，“真的很抱歉，我没法再跟你多待一会儿，五分钟后我得去开会。”基妮看得出来他急着要走，离开他的办公室后，她走进教堂，为马克和克里斯点上蜡烛。她跪坐在后排座位，却看见泰迪神父走进教堂，这时一个小男孩从祭坛后走出来，两人交谈了一会儿。泰迪神父把手放在男孩的肩头，男孩微笑着，抬起头崇拜地看着他。紧接着，还没等基妮对眼前的画面反应过来，泰迪神父就把男孩领进一扇门，弯下腰在他耳边低语了几句，然后关上了身后的门。想到接下来可能发生的事情，基妮畏缩了一下。但她什么也做不了。作为牧师，他可以在自己的教区里信马游缰，就像从前一样。

她想要追过去，想要尖叫，想要把那个男孩从他手中夺过来，但基妮知道自己不可能这么做。那个男孩子看起来大约十二岁。她惊恐地望着那扇关上的门——她只知道他们必须要终结泰迪神父的所作所为，给他对蓝、很可能还对其他人做过的事情做个了断。这是她见过最有诱惑力的男人，而他把孩子们当成猎物。离开教堂时基妮感到恶心，走了一段路后，她打到一辆车直奔机场。她知道他们现在必须做什么了。她和蓝必须前去警察局。泰迪 · 格雷厄姆神父注定要进监狱，只有法律能制裁他。

11

在回纽约的飞机上，基妮的脑海中只有芝加哥的种种所见。那个一表人才、身着罗马衫的男人，那灿烂的笑容，和与笑容形成鲜明对比的，那藏着万千秘密、锐利得骇人的双眼。她无法不惦记那个被他领进门里的男孩——若之后发生了惹人厌的事，那孩子的人生便会永远留下痕迹。基妮没有证据，只是害怕发生。他们真的必须阻止他了。眼下泰迪神父正对他教区里的男孩们为所欲为，正如当初在纽约一样。她猜想，究竟是有人知情或怀疑，而那就是他被调到芝加哥的原因，还是说迄今为止，他从未被人怀疑，也没受过责难。

航班准时到达，等她回到公寓时，蓝已经从学校回来，正看着电视。一整天的旅途使基妮疲倦不堪，好在进展顺利，和计划如出一辙。她在沙发上挨着他坐下来，神情严肃。蓝对她越来越了解了，表情立马作出反应。他想着自己有麻烦了，虽然今天的历史考试得了A+，不过她还不知道。他迫不及待想告诉她。

“有什么不对劲吗？”他紧张地问道。

“嗯，不过不是因为你。”基妮看见他眼中的恐惧，赶紧说明，“我刚从芝加哥回来。见到他了。”蓝早就知道她今天要去，但不知道几点回来。

“泰迪神父吗？”他眼神流露出忧虑，她点点头。

“看得出来为什么人人都爱戴他。他满嘴都是胡说八道，不仅有魅力，长得也好看。那双眼睛是我见过最刻薄的。”她没有告诉蓝自己心里多么烦恼不安，因为看到泰迪神父带走那个男孩——她不想让他回想起自己的遭遇，那已经够让人沮丧的了，“我真的觉得必须阻止他。只有两种可能，或许教会知道他的事情，把他从一个地方调到另一个地方，避免他惹上麻烦；又或许他们一无所知，在不知情的情况下放任他到新的社区去，祸害更多的孩子。不管是哪一种，他都应该被曝光，这人是一定要进监狱的。”

“莎琳很爱他。她永远没法相信他会做不好的事。可能其他人也不信吧。”但基妮说的关于泰迪神父的话让蓝高兴，觉得自己的话得到了证实。

“我们得想办法，让受害者鼓起勇气站出来。”她知道很多人不会这么做，他们宁愿躲藏起来，带着无法消除的伤疤永远生活在深深的耻辱感中。“我不太确定从哪里开始着手，”基妮承认道，若有所思，“我猜是警方吧。我的朋友凯文说他们会调查他，不过我也想和你一起去见一个律师，他会给我们一些建议。”她已经记下了凯文给的号码。

接着，基妮凝视着蓝的双眼，问出了最重要的那个问题：“你觉得怎么样，蓝？你做吗？还是需要时间再想想？这大概不会是一件容易事，而且如果要上法庭的话，你得站在证人席上作证。因为你的年龄，法官可能会让你在议事室进行，不过很可能总有一天你的身份会为人所知。你怎么想？”

“害怕。”他诚实地说道，基妮露出微笑，“不过我想我做得到。我觉得你说得对，应该有人这么做。现在我长大了些，他要是碰我说不定我会打他，但我不确定，因为他说过会把我送进监狱。以前我太害怕了，不敢对他说什么，而且大家都觉得他是个伟大的人。我知道没人会相信我……除了你。”他微笑地看着她，眼睛里满是爱和感激。

她心想，是否这就是他们人生轨迹交会的原因，让她能将他从背负多年的重担中解救出来。这重担本会压得他这辈子都一瘸一拐，她知道这是有可能的。关系受损、信任缺乏、情感依赖无能、性功能障碍、梦魇、恐慌发作，可能性有很多，而她不愿任何一种发生在他身上，只希望真相、爱与正义能成为治愈他的良药。

“我加入。”蓝轻声说道，坦率地看着她的眼睛。他对此毫不怀疑，无论多么害怕，他知道基妮会帮助他度过这一关。“我想做这件事。”他确认道。

“我也是，我和你一起。”基妮说着，向他伸出手。握手时他们的视线交会、定格。“明天我会打电话给虐待儿童部门。改变主意了就告诉我。”她说得很明白。基妮不愿他做任何感觉不对或是害怕去做的事。选择权完全在他手上。

“我不会的。”对于改变主意这件事，蓝回答道，“我确定。”之后，基妮从沙发上起身去做晚饭，蓝打开自己的笔记本电脑看起了视频，直到晚饭准备完毕。他像往常一样摆好餐具，两人坐下来吃基妮准备的简餐。她尽量让他吃得健康些，这样对她自己也有益处。两人静静地想着接下来要发生的事情。“你什么时候给他们打电话？”蓝问道，打断了基妮的思绪。她又在想着泰迪神父的事情，那个被他领走的小男孩的画面挥之不去。

“明天打。”蓝点点头。这晚两人都早早地躺上床，漫长的一天过去了。早上蓝离开家时，给了基妮一个拥抱。他向她展示得了A+的历史考试成绩，她告诉他自己多么为他骄傲。一夜之间成为一个少年的代理母亲，意识到这一点仍然令她惊奇。基妮常常感到自己还有很多需要学习的地方，现在只是用常识，付出真心，把他当作成年人一样讲道理，但蓝仍然是个孩子，有时候也表现得完全是个孩子。不过他很懂事，尊重她，对她所做的一切心存感激。他喜爱去洛杉矶的那次旅行，也很快和莉兹成了朋友。

等蓝去上学后，基妮拨通了凯文·卡拉汉给的虐待儿童部门的电话。他不知道具体该找谁，只有部门的号码，因为他在洛杉矶的警督朋友不认识他们在纽约的人。一个女人接起了电话，基妮问她是否能预约前去找人面谈。

“是关于什么事？”电话那头的女人问道，听上去有些厌烦。他们整天不停地接电话，其中很多都是纯粹浪费时间，不过也有许多并非如此。基妮知道，她这通电话将属于后一种。

“反复发生的猥亵儿童事件。”基妮清楚地说道。多年的记者生涯使她能一下击中事件要害。

“是什么人？”电话那头的声音立即变得严肃起来，全神贯注。

“一个教区神父。”长长的停顿，然后是下一个问题。

“被猥亵的是谁？”基妮假定对方正在记录，可能写在某种表格上。

“一个小男孩，最开始九岁，后来十岁。”

“这是多久以前的事？”那个女人听上去又起了疑心。他们接到很多类似的电话，是四十多岁的男人打来的，声称自己孩提时期被猥亵。他们的宣称与受侵犯感并非无效，但是更加紧迫的是发生时间没那么久远的事件。“这个男孩现在几岁？还是未成年人吗？”

“他十三岁。”

“请等一下。”她说道，然后就像永远消失了一样。终于，她又拿起听筒，“你可以把他也一起带来吗？”

“可以。”

“今天四点半可以吗？刚刚有人取消了预约。”

“没问题。”基妮淡淡地答道。这是一次近似公务的交谈，基妮高兴的是在会面前，蓝没有时间去等待和担忧。既然他决心举报这件事，她便想要做到底，所以今天下午这个时机再完美不过。“非常感谢。”基妮感激地说。

“你将与虐待儿童部门的简·桑德斯刑警见面，到这里之后请找她。”她告诉基妮地址和路线，基妮再次感谢了对方，挂上电话后，她决定一次性把电话都打完。接下来打给的是安德鲁·奥康纳，专长于虐待与性侵儿童案例的权威律师。电话转到他的语音信箱，他的声音令人愉快。基妮留了言，之后便发短信给凯文，告诉他自己已经联系他给的号码。接下来的两个小时，她读了国务院就目前危险地区发布的报告，是救援会办公室发给她的。这些信息对于他们的工作者们大有帮助，基妮觉得自己很快就要前往这些地区中的某一个了。

正休息时，她的电话响起，是安德鲁·奥康纳。他的声音听上去如此年轻，这让基妮很讶异，尤其是对于一个前神父、律师，还在梵蒂冈待过的人来说。她以为他年纪会更大些。

“不好意思，你打电话的时候我外出了。”他愉快地说，“今天可把我忙疯了。现在正是两次庭审之间。有什么可以帮到你的？”正值午饭时间，显然他把这段时间用于回复未接来电。这样一来，基妮明白至少他会积极回应。

“我向警方报告了一起性侵案件。”她解释道，“我是一个十三岁男孩的导师，他现在跟我住在一起。三年前他被一个神父猥亵。”基妮直奔主题——对方是个大忙人，她不想浪费他的时间。他很感激这一点。

“猥亵还是强奸？”他问得很直白。

“他说是猥亵，不过也可能有些事他没告诉我，或者他自己不记得了。”电话那头的律师也很清楚这一点。

“为什么他等到现在才说出来？”虽然见多了人们等得更久的案例，有时候甚至过了二十年，但他想了解更多细节。

“当时他试着告诉他姨妈，不过她不信。我觉得他自从那时起就怕了，感觉难为情。那个神父恐吓他，声称如果说出去就把他送进监狱。直到现在都没有任何人出来捍卫他的说法。我才指导了他六个月，他最近才告诉我。”他觉得这听上去合情合理，没什么异常。

“你知道这神父现在在哪儿吗？有时候教会把这些人调走，为了让他们藏起来或者不被人注意，尤其是在接到有关投诉的情况下。”

“可能就是这样。去年他被调到芝加哥，我昨天见到了他。”基妮说道，这让安德鲁·奥康纳吃了一惊，听上去他难以置信。

“在纽约？大街上？是偶遇还是约见？”

“我飞到芝加哥见了他一面，捏造出一个不存在的丈夫向他咨询，这样才见的面。”基妮的行为令他赞叹。她能够掌控局势，主动出击，而且听上去是个聪明人，这点他很中意。没有矫揉造作，没有焦躁，没有眼泪，只摆事实，这节约了他的时间。

“他长得怎么样？”安德鲁·奥康纳好奇地问道。

“跟电影明星似的。高大、帅气，有着难以置信的魅力，眼睛像蛇一样，简直可以把鸟儿都迷得从树上掉下来。他演技堪称完美，‘泰迪神父’，人人都爱的泰迪熊。孩子跟着他，大概就像跟着穿花衣的吹笛者[1]一样，教区里的女人也都会爱上他。这人好得不能再好了。之后我去了教堂，看见他领着一个小男孩进了一扇门，一只手搭在他肩头，然后把门关上。天知道那之后发生了什么。我感到彻底的无助，什么也做不了，只是想到这事就觉得恶心。他对我的孩子做的已经够糟的了：为了猥亵他，让他用教堂地下室的钢琴，然后又威胁说告诉别人就送他进监狱，还想方设法指

---

1. 穿花衣的吹笛者：德国传说中的人物，被请来驱逐镇上的老鼠，却拿不到报酬，因而吹笛子把镇上的小孩拐走。

责他。”

“我猜猜看，说这孩子‘引诱了他’，对吗？真是坏神父惯用的老招数。听起来这家伙是个人生赢家。我很愿意跟你和孩子见面，和他聊一聊。你可以周一下午三点过来吗？”这样的话蓝得从学校早退，不过基妮认为值得。“对了，他叫什么名字？”

“蓝·威廉姆斯。我叫基妮·卡特。”

“这听起来可能挺不靠谱，不过你是不是上过电视？我妹妹住在洛杉矶，以前那儿有个电视新闻记者叫这个名字。我每次去洛杉矶都会看。”

“那就是我。”基妮小声答道。

“哇……简直不可思议。当时你和你丈夫真是新闻频道的绝佳团队。”他赞美她道。而基妮却想着，自己如今全然是另一个人了。那似乎已经是很久远的事情，属于另一种人生。

“是的，我们的确是绝佳团队，谢谢你。”她极力让自己的语气平平淡淡，不显出留恋。对方是位律师，不是心理医生。

“上次在洛杉矶时，我发现你俩都没上电视了。”他听上去有些失落。

“他三年半以前去世了。”基妮简短地答道。

“太抱歉了。早知道的话我就不会提起这件事。不过你们真的很棒。”他似乎为引出这个话题而难堪。

“谢谢。”现在他对基妮所说更加深信不疑，知道她惯于讲求精确、实事求是，只报道出事情的本来面目，从不夸张或美化。这让她的话更加可靠，减轻了他的工作量。

“期待下周一和你们见面。”他愉快地说道，然后挂上电话。

蓝刚从学校回到家，基妮便说他们和警方约了见面。他一时有些惊恐，接着又点点头。他以往的生活里，和警察见面从来没好事。这次却不同。

他们坐地铁去市中心，按预约时间准时到达。基妮说找桑德斯警官，过了几分钟，一个颇有魅力的女人走出来和他们见面。她没有穿制服，留着长长的红发，穿着紧身超短裙。蓝看上去松了口气。他觉得她不像警察，也不像会把人送进监狱的样子。她的腰带上挂着手铐，她移动的时候，基妮能看见她外套下的枪套，枪的轮廓隐约可见，还有一枚星徽别在她的腰带上[1]。

“嗨，蓝。”她轻松地说道，等两人在办公室坐下来后，她问他们要喝什么。她有一双大大的绿眼睛，给人善意随和的感觉。蓝要了可乐，基妮什么也没要。桑德斯警官友好地直接对蓝说：“我敢肯定来这里让你有些紧张。我们是来帮你的，不会允许任何坏事发生在你身上。我会告诉你我们在这个过程中要做什么。那些伤害儿童、以任何形式虐待孩子的人们需要被阻止，这是为了所有人，甚至也是为他们自己好，所以你们来这里是对的。”桑德斯警官看了基妮一眼，把她也包括在内。“这是你妈妈吗？”她问。

“不是，她是我的朋友。”蓝回答道，对基妮露出笑容。

“他和我住在一起。”基妮解释道。

---

1. 美国的警衔并不统一，各州不同，在纽约警察局，一枚星徽标志着副总警监（Deputy Chief），属于高级警衔。

"养母？"桑德斯警官问基妮，她摇摇头。

"不是，他时不时和我住在一起。他有个姨妈是监护人。"

"这没问题。"桑德斯警官说道，似乎对此并不关心。她只是想弄清楚这次事件里有哪些人，现在她都掌握了。举报此事不需要经过父母或监护人的允许。"那么你愿意告诉我发生了什么吗？首先，当时你几岁？"

"九岁吧，我觉得，或者刚满十岁。那时我和姨妈一起住在城外。我们那儿教堂的牧师，泰迪神父，说我可以在地下室弹钢琴。他会听我弹，有时候坐在我旁边他就会做那种事。"

"他做了什么？"她仿佛是在向他问一件世界上再寻常不过的事。她很熟悉自己的工作。

接着，桑德斯警官针对蓝的描述问了些具体的问题，神父摸了哪些部位，怎么摸的，确切位置，有没有对他的身体造成伤害。她问蓝，泰迪神父有没有让他裸露下体，或对他做出口交行为，蓝予以否认。但这种事一而再再而三，每次神父都亲他，然后一次比一次更加出格。蓝说自己很害怕他会变本加厉，所以就没再去弹钢琴。神父试过劝他回去，无果，之后又威胁他不能说出去，不然警察会把他抓起来送进监狱，也永远不会相信他的话。他彻底让蓝对此恐惧。而基妮听着听着，发觉侵害发生的频率远比她最初意识到的要多，有些蓝没有告诉她。现在她猜测他是否还对她隐瞒了更多，或者有些事他自己也不记得。她更加为联系上警方而备感欣慰。基妮隐隐觉得有些事他不会说出口，桑德斯警官也这么想，但这是一个好的开端。

接着桑德斯警官问了另一个问题："他有没有让你摸他？"蓝迟疑了很久没有回答，最终他点了点头。基妮听着警官的问询，内心激烈挣扎，好不容易才保持不动声色。这个问题是她想都没想过的，而听到他肯定的答复令她惊恐不已。

"有时候吧。"他说着垂下了眼睛，没有看基妮。

"他有没有威胁说如果你不摸他就伤害你？"

"他说他变成那样都是我的错，因为我引诱他，对他造成了伤害，所以我得弥补，不弥补他就不让我再去了，还要告诉姨妈我偷了教堂募捐篮里的钱，但我没有。"

"他让你怎么弥补呢？"又是长时间的停顿，接着很不情愿地，蓝确切地描述了一次涉及嘴的行为，基妮抑制住自己的眼泪，她心疼极了。"他也对你做过那件事吗？"这回蓝摇了摇头，透过睫毛瞥了基妮一眼，看她有没有生自己的气。基妮只是微笑着轻轻拍了拍他的手背。他表现得很勇敢。"你知道，蓝，"警官继续说下去，"如果我们对泰迪神父提起诉讼，你不用在法庭上见他。法官会读我们的报告，然后在议事室跟你私聊。你不必再害怕泰迪神父，他已经是过去的事了，有一天你会把这些事都抛在脑后，忘得一干二净。这虽然是你遭遇的事情，但跟你是什么人没关系，你没做错任何事情。他是个很恶心的人，占一个男孩子——也许是很多男孩子——的便宜，不过你再也不用见到他了。"听到她这么说，蓝看起来如释重负。他之前担心的正是这个，桑德斯警官也很明白。她话音刚落，蓝就舒了口气，放松下来。

"你觉得他有没有对你的朋友做同样的事？有人提过吗？"

"吉米·埃瓦尔德也说过讨厌他。我没敢问他为什么，但我想可能是这个原因。其他人没说过什么。大概他们都很害怕。我也从来没说过一个字，连对吉米也没提过。他当时读七年级，我年纪更小。"

桑德斯警官点点头，没有对他说的任何一句话表现出惊异。

"你记得泰迪神父长什么样吗？如果看见他，你认得出来吗？"

"就像列队辨认嫌疑犯吗？像《法律与秩序》里演得那样？"听到她的问题，蓝显得很兴奋，其他两人都笑了起来。

"对，或者通过照片？"

"肯定能。"蓝看起来胸有成竹，然后基妮开口了。

"我昨天见到他了，在芝加哥，他被调去的教区，就是想看他一眼。"桑德斯警官似乎很吃惊。"我以前是记者。"

"他知道你为什么去吗？"

"我说是为咨询婚姻问题去的，我用了娘家的姓。不过在见完面之后，我看见他和一个男孩走了。我当时在教堂里，他没看见我。"这让蓝很惊讶。警官点了点头，基妮看见她脸颊一侧的肌肉忽然收紧，但从她的表情里看不出其他踪迹，显示出她事实上多么痛恨这类案子中的犯罪者。她常常对同事说这些罪犯全该被阉掉，但在受害者面前她从不表露出愤怒。

"你今天表现得很棒。"她对蓝说道，"你真的帮了大忙。接下来我们会小心地做些调查，看看有没有人向教会投诉过他，以及教会知不知道这件事——可能这就是他被调去芝加哥的原因，或是在他待过的其他教区，他已经做了很久这种事。我不太相信只有你遭受了这件事，蓝。不过即使你是唯一的受害者，即使他之前或之后都没做过，他做的事仍然不对，而且我相信你。

“等掌握了所有证据，我们就会对他提起公诉，逮捕他。如果工作顺利进行的话，他会进监狱。为了建立起强有力的论据支撑这个案子，可能得要一阵儿才能收集到我们想要的全部证据，所以你要有点耐心。我会跟你和基妮保持联系的，也会通知你进展。现在我要把你今天告诉我的事草拟成一篇陈述。如果我哪里写错了，或者理解错了，直接告诉我就行，我会改过来。然后你可以在上面签字，咱们就立案了，就是这样。”

桑德斯警官对蓝笑了笑，站起身，说她马上就回来。基妮透过窗户看见她坐在电脑前，打出一份声明给蓝签字。为了专注听蓝讲述，警官没有做任何笔记。五分钟后她回到办公室，声明已经打印好，拿给蓝过目签字。先前基妮对她确认过，自己那时还不认识蓝，所以不能补充什么。

警官把一纸陈述递给蓝，指导他仔细读清楚，如果哪里写错了也不用难为情，直接告诉她就好。她希望这份声明确凿无误，因为这将是调查的起点。她记下了他的邮箱地址，以及基妮的邮箱和手机号。

蓝仔细地把陈述读了一遍，告诉她自己说的话都如实记录在上面了。没有遗漏也没有错误。确认好之后，她要求他发誓自己说的都是真话，蓝照做，然后签了字，接着桑德斯警官对二人的到来表示感谢，送他们出了办公室。这是一次耗力又情绪化的会面，蓝看起来疲惫不堪，基妮也一样，好在事情进行得很顺利。

乘电梯下楼时，基妮关切地看着蓝。

“你还好吧？”

“嗯，她人很好。”他轻轻说道，然后抬起头忧愁地望着她，“你没生我的气吗？”他指的是那些没有告诉她的事情，基妮明白。而她欣赏他的坦诚，这本不是一件易事。

“当然没有，我怎么会生你的气呢？你是我认识的人里面最勇敢的，而且你告诉她是对的。我只对泰迪神父生气。希望他会在监狱待很长很长的时间。”蓝点点头，基妮牵起他的手。两人走出电梯，走出大楼，沿着街一起走到地铁站，蓝又有说有笑，充满生气了。

简·桑德斯走出办公室，手中拿着蓝的陈述，大步走进上司的办公室，一脸严肃，眼神仿佛要杀人。这起案件和其他并无不同，但一次又一次地听到这种事令她不堪忍受，而他们却总是把这些案子交给她。修读了多年心理学和法律咨询课程，又在哥伦比亚大学获得硕士学位，桑德斯在这些案件的处理上比任何人都要优秀，也总是能捕获目标人物。在对猥亵儿童者或神父提起的诉讼中，她从未输过。

“你手头上有什么案子？”上司好奇地问道。之前他也见过那样的表情。“要对付一个超级恐怖的连环杀手？”他逗她。

“那样就好了。又是个神父。这些家伙和他们对孩子干的事情真是让我恶心透了。他们为什么不把这些人踢出教会？这种事情教会大多都知道，但只是把他们调来调去，就像猜豆子游戏一样。他们给教会带来了坏名声。”和基妮一样，她确信泰迪神父对教区里的其他男孩也做了同样的事情，或者还更糟。像他这样的性侵者从来都不会一次就收手。很有可能如今他仍在芝加哥胡作非为。简·桑德斯有一支专门调查此类事件的团队，现在她要让他们行动起来，跟进蓝的案件。

“这案子牢靠吗？”比尔·沙利文问她。她是他手下儿童性侵案件领域首屈一指的警督，在工作中出色极了。

“牢得像粘了胶一样。”简·桑德斯笃定地说，“板上钉钉。”这件案子和她以前经手的那些一样，而之前的案子在她看来都真实不虚，“而且这孩子会是个绝佳证人。”

“上吧，简！”比尔朝她咧嘴。

“别担心，我会的。交给我吧。”她把标好文件号的陈述复印件放在他办公桌上，然后走回自己的办公室。对泰迪神父和受害者的追踪拉开了帷幕。

12

与安德鲁·奥康纳的会面和与警方的大不相同。为了不让蓝经受再次描述细节的痛苦和难堪，基妮把蓝向警方作的陈述递给他看。读毕，他抬起头，神情严肃地看着他们。他身材高大，颇有贵族气派，即便穿着牛仔裤，把蓝色衬衫的袖子卷了上去，仍能看出衬衫的精致，鞋也擦得闪闪发亮。办公室的墙上挂着昂贵的艺术品，学位证书显示他毕业于哈佛。他的自信和沉着在基妮看来暗示着其家庭显赫，也颇为富有。这些凯文没提过，但基妮感觉得到。她可以毫不费力地把他想成一名银行家或律师，但却不是神父。

“我认识简·桑德斯。她是调查这件事的正确人选。”他自在地说道，“我和她共事过，我们联手从没输过一起案子，而这一起我觉得也不难证实。听上去这人似乎相当胆大，我猜你只是一些——甚至说不定很多——受害者中的一个，蓝。如果我们能证明总教区是在知情的前提下把他调到芝加哥去，掩藏他的恶行，那么我们就能赢下这个案子。我怀疑他们正是这么做的。梵蒂冈现在明令禁止这种行为，但有些蒙席[1]和主教还在努力保护自己人。教会

1. 蒙席（Monsignor）：是天主教会中有功的神职人员被教皇授予的荣誉称号。

法针对这类案件做出了明示，品行不端的神父得转交给行政机构，很多蒙席和主教却不会这么做。这就是为什么像泰迪神父这样的家伙能一次又一次地逃脱制裁。首先我们得阻止他，为你和像你一样被他伤害的人伸张正义。然后，我希望蓝能够得到与伤害相称的补偿。有些案子给我的客户赢来了相当可观的和解费。”

“你说的是什么意思？”蓝直接发问，这位前耶稣会成员、如今的律师做出了回答。

“如果有人对你做了坏事，就像这件事一样，在某种程度上让你受伤或是感到痛苦，这种时候如果可行的话，首先要把他们送进监狱。警察做的就是这个。但是接着可以对他们提起民事诉讼，得到一笔钱来弥补你经受的一切。我做的就是这个。”他把话说得简洁明了。

“你是说，我可以为他对我做的事情拿钱？”蓝一脸震惊，“这似乎不对啊。”

“某种程度上确实不对。”安德鲁表示同意，“钱不能使他们做的事变成对的，而且在那些有人身体受到伤害的案例里，也不能让他们变回毫发无损的样子。不过这在我们的体系里，是表示人们感到对不起、要为他们的所作所为付出代价的方式。有时候这可能是件好事，要是这钱能在某种程度上帮助你。在这种情况下，天主教会买单，有时候和解金非常高昂。那些人留下的伤害，你经受的创伤，或是他们导致的悲痛，都是无法用价格衡量的。但对于一些受害者来说，得到一笔抚慰金对他们而言是种安慰，让他们觉得有人在乎。我们的法律体系就是这样运作的。”律师一边解释着，而蓝看起来仍然为这想法感到不自在，“在银行里存一笔钱对你来说可能是好事，或者用于学业，或者用于有朝一日创业，或者长大后买房子，甚至是留给你的孩子。这对你失去的童贞和被辜负的信任是一种偿还。”他没有提到身体，但那也是其中一部分。蓝转向基妮，脸上写着疑问。

“你觉得这样行吗？”他向她问道，语气很不确定，基妮点点头。

“我觉得可以，蓝。你经受了很多，这件事给你留下了创伤。拿和解金不是从别人那儿偷钱，这是你应得的，也是教会说对不起的方式，让你知道因为泰迪神父很坏，又对你做了那种事，他们感到很抱歉。”她的表述让蓝更能接受。

“州政府把他送进监狱，而教会用礼物向你道歉，有时候这份礼物很大，不过他们买得起。”律师再次开口。蓝似乎陷入了沉思，他仔细考量着，没有答复。他不想要不应得的钱，因为是自己纵容泰迪神父做了坏事。蓝仍时常为此内疚，随着慢慢长大，他明白了那是多么不正确的事情，而自己却没有阻止泰迪神父。那时他太害怕了，不敢这么做。万一泰迪神父说自己引诱他的话是对的，那该怎么办？虽然自己没有起过那个念头，但假如真的起了呢？

“我很愿意和简·桑德斯一起着手调查，然后我们可以自己额外聘用一个调查员，这样就可以处理好收尾工作，不会错过什么重要的信息。”律师对两人说，“我们希望这件案子的调查越缜密越好，这样才能确保定罪。与此同时我会准备提起民事诉讼，一旦他被定罪，我们就能从教会那儿拿到一笔和解费。”他说得直截了当，但基妮知道实际上不会像他说起来那么简单。审理这种案例十分复杂，而且教会也不像他说得那样总是乐于合作，他们保护自家人。不过他对最佳情形的描述让基妮和蓝都充满希望。

“一旦州政府对他提起诉讼，案子公之于众，我想要给教区所有教徒寄一封信，从事件发生前和发生时的教区，如今的教区，到任何一个他待过的教区，看看能不能让更多的受害者站出来。有些人不想被卷进来，或者不想被人知道他们经历过这种事，不过很多还是愿意的，特别是当他们发现还有其他受害者时。你想象不到有多少人会从暗处现身，承认他们也有过相同的遭遇。像这样的家伙不会一两次就收手。在某一起案子里我们找出了九十七个受害者，但只有七十六个愿意出庭作证。最后所有人都得到了教会的抚慰金，而且数目相当可观。那是我经手过的最重要的案子。”

“对这类案件你怎么收费？”基妮用平静的语气问道。她猜测他只是随机接下这些案子，最后从和解费里拿一部分提成，除此之外不会收费，但她想确认一下。

“我认为这些案子是我们历史的重要组成部分，无论是作为人类还是作为天主教徒来说。我们必须做好这件事，不是去隐瞒它，而是去治愈它，不论付出多少代价。而为那些仍然相信教会和其诚信的人——我也是其中一员——我们需要回报他们。我接这些案子是无偿的。不管要在上面花多少时间我都不会收费，即使提起诉讼也不会。我不要和解金的一分钱提成。换句话说……”他看着两人，“我为这案子做的一切都是免费的。”蓝觉得安德鲁是个好心人，而基妮却目瞪口呆——她清楚法律工作的开销多么昂贵，也清楚大部分律师开价都有多高，尤其是涉及和解金时。

“这怎么能行呢？”她问道，惊叹不已。

“不用担心，其他事务上的客户会付钱给我。我想最重要的是证明在和教会有关的人中仍有好人存在，不管是直接关系还是间接关系。”他不知道基妮已经对他的历史有些了解，便解释道，“我以前是神父，因为一些原因退出了神职，不过这些性侵男孩的犯罪让我现在还深受困扰。我能帮得上忙的就是为需要的人辩护，而且不收钱。我不想有人觉得我帮受害者得到了一大笔和解金，这样我就能从中拿一部分。受伤害的人不是我，是蓝。他应该得到全部金额。这样的方式我已经进行了几年。总教区知道我是怎样的人，他们不喜欢我，我跟他们拼死搏斗。”接着他对基妮露出大大的笑容，“而且赢的总是我。这类案子我还没输过一起，也不准备开这个头。真理之剑是强大的。”他微笑着看向蓝，“我们将用它来割下泰迪神父的头颅。”基妮觉得换个比喻可能更好，但没插嘴。这位刚提出免费受理蓝的案子的前神父令她惊叹。“你是他的监护人？”他问基妮，预计会得到肯定的答复。当她否认时他很惊讶。

“监护人是他的姨妈。你需要她签署什么吗？”

“暂时不用。不过最后等我们提起民事诉讼时，他的监护人需要签字。”

“她肯定会签的。”基妮信心满满地答道。莎琳爱这个孩子，希望他能得到最好的——和解金肯定算是。“我很确定这不会是什么问题。”他点点头，感到满意，然后继续说下去，把接下来的计划告诉他们。他将与他手下负责性侵案的调查员沟通，那人擅长搜集教区中的流言与猜疑，有时远不止如此，而这些信息将引导他们找到证据和其他受害人。奥康纳说他将与桑德斯警官保持密切联系，跟进她的调查进度。而一旦州政府——或许会是好几个州——提出对泰迪·格雷厄姆神父的指控，他将立即提起民事诉讼，同时向教会要求一笔和解金。只要泰迪·格雷厄姆被定罪，他们的诉讼便毫无争议了。到那时候，唯一的问题便是金额的大小。但在那之前还有很长的一段路要走。安德鲁·奥康纳预计整个过程会耗时一年左右，因为案子指向的是和解。一场真正的官司可能要更长时间，不过他不认为会走到那一步。而如果总教区极力隐瞒泰迪神父的罪行，给他撑腰，这将对案子更加不利。法庭期望教会对其神父的罪行表示懊悔，并做出相应赔偿。

之后他们聊了会儿天，安德鲁·奥康纳尽量不盯着基妮看，但还是忍不住专注地望着她。她和电视上看起来不一样。美丽依旧，但更加宁静而充满光辉，他觉得这宛如圣母的脸庞，不施粉黛，长长的金发垂在背后，双眼中有他见过最悲伤的神情，即使在大笑时也一样。那是两泓盛满哀伤、深不见底的池。只有她看向蓝时，他才能见到她愉快的样子。

当律师送二人出门时，基妮看着他，看到一个老练又世故的人。他有着高贵的外表，即使鬓角生了白发，面庞却显得很年轻。她猜测他大概将近四十岁。

基妮想到，耶稣会士是教会的知识精英，而要在梵蒂冈的法务办公室工作，他得是一个聪明绝顶的出色律师，凯文说过他在罗马待了四年之久。他是个能力出众的人，而就像简·桑德斯一样，他也使基妮充满信心，觉得把蓝的案子交到了正确的人手中。回公寓的路上，蓝也表示了对安德鲁·奥康纳的好感。他没有问和解费可能是多少——这个想法仍然令他难为情，这让基妮高兴：蓝站出来是为了做正确的事，是为了他所遭受的一切不发生在别人身上，而不是为了钱。

这一晚，她打电话给凯文·卡拉汉，感谢他的引荐。

"他真是厉害，蓝也很喜欢他。我看得出他是个很好的律师，他说自己接这些案子是无偿的，我听到差点没从椅子上摔下来。"

"那可真是了不起。"凯文也吃了一惊。

"他似乎依然信奉耶稣会的价值观——只想清除不好的神父。"基妮告诉他。

"是个有趣的家伙。"凯文评论道，基妮也同意。安德鲁·奥康纳给她留下了极其深刻的印象。从蓝的利益上看，这是一次颇有成效的会面，与警方的谈话亦是如此。

和凯文通过话之后，贝琪的电话打进来。每次她打来，基妮都做好了听坏消息的准备。

"爸怎么样？"基妮问道，屏住呼吸等待回答。

"差不多还跟你在这儿时一样。反反复复。现在有时候整个白天他都睡过去了。"他就像一支蜡烛，烛光缓缓闪烁着，逐渐昏暗消逝。"你这周过得怎么样？"贝琪问她。自从洛杉矶之行后姐妹俩还没说上过话。

"很忙，很累。"基妮稍感疲倦，但为完成的事情而欣喜。

"你干什么了？"

“一些困难的事。”基妮承认道，“我们帮蓝处理了，或者说开始帮他处理一个很艰难的状况。”这仅仅是开端。基妮还没有告诉贝琪，也不想让蓝难堪，但案子很快将公之于众——即使蓝的身份会被隐瞒——所以基妮觉得告诉她也没什么。

“学校的事吗？”

“不是，”基妮小心翼翼地答道，“他三年前被一个教区神父猥亵，我们很严肃地谈了这件事，决定采取些行动。所以上周我们和虐待儿童部门见了面，今天又见了一个专门针对教会这种案件的律师。这么做压力很大，但我觉得对蓝来说是好事。这尊重并且证实了他的经历，也让他明白侵犯他的人不会轻易地逃之夭夭，同时还有善良的人关心着他。”话音落下后，电话那头传来一阵寂静。

“我的上帝。”贝琪过了一会儿说道。基妮以为她是为蓝的遭遇而震惊。“真没法相信你竟然在做这种事。你现在又开始对付教会了？你怎么知道他说的是真话？”贝琪一丁点儿也不信。在真实的控诉之外，也有许多莫须有的指控毁了一些本性善良的神父的人生。这是硬币的反面。但基妮确定自己面对的不是这种情况。她毫无保留地相信蓝，他的受难太真实了。

“我百分百确定他说的是真话。”基妮冷静地说。

“那可不好说，好多孩子都撒谎。你把自己牵扯到里面去就是有病。他不是你的孩子，你几乎都不认识他，现在可好，你都攻击起天主教会来了。你连上帝也不信了吗？你脑子出什么问题了？”听到这些话基妮很震惊，同时让她难以置信的是，自己的姐姐竟能说出这种话。

“我当然信上帝，我不信的是那些滥用职权、猥亵或者强奸男孩的神父，你别搞混。再说了，我不维护他还有谁会维护他？他无依无靠，贝琪。没有父母，没有一个关心他的大人，只有一个连见也不想见他的姨妈。她自己有三个孩子，住在一居室的公寓里，还有一个会打她的男友。你不明白他都经历过什么，也根本不在乎，但是我在乎。”基妮被姐姐的反应惹恼了。不管自己做什么事——人权工作、蓝或是现在这起针对猥亵他的神父的案子——贝琪总是抱着某种敌意。

“你又不是圣女贞德，我的天！我们成长在教会环境里，对抗他们就是亵渎上帝，这很不道德。我真没法相信你居然做出这种事情。幸亏爸不会知道。”她们的父亲一辈子都坚持每周日去做礼拜，母亲在世时也是一样。姐妹俩还是孩子时便去教堂。如今贝琪和艾伦只是偶尔周日带孩子们去。他们算不上虔诚的天主教徒，但是贝琪觉得她必须保护泰迪·格雷厄姆神父，即使他才是亵渎了教会神圣的人，而不是为蓝辩护反击的基妮。“这件事你可不能当真，一定得重新考虑。”贝琪坚持说道，她的语气透着激烈的不信任和严厉的反对。

“什么？然后跟他说被猥亵也没关系，不是问题，告诉他那神父也是个好人吗？那人是要进监狱的。而且我敢肯定他对不少男孩子下手了。上周我亲眼见到他和一个男孩在一起。”

“你干什么了？跟踪他吗？”贝琪又扯开了话题。这让基妮再次意识到，从小到大姐姐总是要把自己做的事情批判一番。但无论她说什么，都无法动摇基妮在这件事上对蓝的支持。

“不是，我去芝加哥找他。这人可真有本事。”

“你不也一样。”贝琪愤怒地说，“我想都没想过有一天我自己的妹妹会攻击教会。”

“在这个问题上他们应该被攻击，这些神父必须被曝光。他们是侵犯儿童的人里最畸形的一种。这些恋童癖必须进监狱。”

“蓝现在不觉得痛苦，他看起来是个阳光健康的孩子。经历这种事的不止他一个，他会克服的。你没必要把这变成什么神圣的使命，让自己丢人现眼。”

“在这件事上我跟你没话说。”基妮紧咬着牙关，愤愤说道，“你说得太不像话了。那你觉得大家应该怎么做？支持这些坏神父？把他们藏起来？忘得一干二净？因为现在教会正是这么做的，而正是这样情况才越来越糟。”

“这些人是神圣不可侵犯的，基妮。”贝琪的语气冷若冰霜，“如果你非要干涉，上帝会惩罚你的。”

“如果我不去帮这个孩子伸张正义，上帝更会惩罚我，我的良心也会谴责我自己。”

“你别管他，先自己好好生活，别碰到条流浪狗就带回家，也别满世界在那些无解的问题上瞎费劲。待在家里找份好工作，有空去打理一下头发，约约会，变回一个正常人。还有，看在上帝分上，对天主教会放尊重点儿。”

“谢谢您的建议。”基妮说着挂断了电话。放下手机时她浑身颤抖，没法相信姐姐刚刚说的那番话——不仅是针对她的，更是关于那些亵渎法律、无视道德正义、强奸儿童的神父们的言论。很明显，贝琪会站在隐瞒的那一方。

过了一会儿，蓝穿着睡衣进来看她，表情很困惑，“你跟谁打电话呢？我洗完澡出来好像听到你大喊大叫的。”还好他没听见自己说的是什么，基妮想。

“是贝琪。我们刚刚傻乎乎地吵了一架，姐妹之间就会这样。她说我应该多去做做头发。”

蓝看了一眼她的金色长发，耸了耸肩，心想女人可真是捉摸不透，“我觉得挺好的。”

“谢谢。”基妮微笑着对他说。她一刻也不后悔在这场战役中声援他。比起那些亵渎教会的神父们的所作所为，这才是尊重与捍卫天主教会，捍卫孩子们的权利，让他们能在纯净安全的环境中免受伤害。去洛杉矶时姐妹俩相处得多么愉快啊，几乎像回到了孩提时光。而现在贝琪却又开始长篇大论地指责起来，为教会根本站不住脚的举动辩护。这让基妮怒不可遏，也让她意识到如果这件事传到其他人耳中，也会有人对她和蓝指指点点。那些人同样会选择掩盖少数神父的罪恶，假装天主教神职人员永无犯错之日。基妮不愿与他们为伍。她相信的是追寻真相，揭露邪恶，为无辜受害者谋正义，以及保护男童不被教会神父强奸或猥亵的权利。她很清楚这些原则必须捍卫，不论她姐姐怎么想。而若是贝琪不赞同她，也不过是可惜罢了。基妮对自己现在做的事情抱着百分之百的信念。这晚蓝在睡前拥抱她时，对她无条件的信任在他的眼中闪闪发亮——基妮知道自己做得没错。

13

自从周一晚上的争论以来，基妮没有再和贝琪说过话。贝琪给她发了条短信，里面重复着同样的论调和观点。基妮没有回复，那对她来说连争论都算不上。她以贝琪的立场为耻。

周二她去见了埃兰·沃伯格，经过慎重考虑及咨询其他国际人权机构后，他们准备将基妮和另外几个人派往叙利亚。红十字会在当地力量强大，加上人权紧急救援会一直保持对政治漠不关心的姿态，这在某种程度上保护了他们和工作者。这毋庸置疑是动荡地区，有不少地方比这里安全，但埃兰向她保证，一有风向转变或局势紧张的信号，基妮可以自行决定离开。如果他们了解到什么她不知情的，或者嗅到一丝风险上升的气息，她也会被带离。埃兰的话在基妮听来完全可以接受，而且他们从来不会让她失望。眼下的问题是蓝。她已经为他担起一份责任，接受最艰巨的任务如今不再是明智的选择。虽然这次同意去叙利亚，但今后要参与怎样的任务，她想重新考虑。她的生活变样了。

基妮能够应付自如，埃兰毫不怀疑这一点。局势不容乐观，对工作者的需求十分紧迫。十四岁以上的男孩们被无端送进监狱受到蹂躏折磨，有些甚至遭受强奸，最终活下来的都伤痕累累，饱受摧残的身心难以修复。而更小的孩子们被扣押，有些也被送进监狱。红十字会搭建了两个营地用于照顾孩子们，他们有着国际化的团队与运营模式。人权紧急救援会向每个营地提供两名工作者，基妮就是其中之一。能被选中意味着救援会对她的信任，同时这项工作注定困难重重。因为是件苦差事，他们将这次任务缩短，埃伦说八周后，也就是八月初，他们就会送她回来。这样一来离开蓝的时间不会太长，基妮舒了口气。晚上，她把消息告诉了他。

“我还有一周就要走了。”晚餐时她说道，“也就是说我会错过你的毕业典礼，我很难过，不过我们得成熟点面对这件事。好消息是我会提前一个月回来。”错过毕业典礼是意料之中，而能在夏天结束前回来令她高兴。“走之前我会给你买一部手机。”基妮一直没买，导致经常联系不到他，所以她希望走之前蓝能有自己的手机，“你得让桑德斯警官打电话的时候找得到你，或者是安德鲁·奥康纳，以防案子需要你提供些什么。”虽然目前来看调查才刚刚开始，但说不定他们需要向蓝确认信息，或者单纯和他取得联系。“我会尽量打电话给你，不过我觉得在营地里没什么联络的可能。”她没有提起自己即将前往的地方有多危险，只是轻描淡写地带过，“我希望你待在‘休斯顿街’。我知道你不喜欢那儿，但只要待八周就够了。”基妮在这件事上很实际，她希望蓝也一样。他早就清楚，她一走自己就得住到那里去。

“为什么我不能就住在这儿？”他脸上写着委屈与失落——她又要走了，即使他知道这是早晚的事。这一天终于到了，而面对现实对他俩来说都不容易。

“你不能一个人待在公寓里。你才十三岁，要是生病了怎么办？”

“在街上生病的时候也没人管我。”他反驳道。

“如果你住在一个合适的环境里，和其他孩子一起，需要什么帮助都可以提供，这样我会更安心。”

“我讨厌那儿。”他交叉抱住双臂，一下瘫在椅子上。

“就两个月而已。我这次会早点回家，而且差不多整个八月都会在这里。九月之前他们都不会再派给我任务。”基妮说道，她对此备感压力，也为离开他而难过。朱利奥·费尔南德斯允诺这次会把他看得更紧，而且他也可以弹那里的钢琴，虽然那只算是小小的补偿。“如果你逃跑，我保证回家时会发火——把你绑在床上，把你最喜欢的帆布鞋藏起来——我得想想还有什么可怕的事情。”她空洞的威胁让蓝露出笑容——她不知道怎样对他使坏。他仍然不乐意住到“休斯顿街”去，但就算很勉强，抱怨个不停，他也会为了她答应下来。

基妮从人权紧急救援会接到任务的第二天，安德鲁·奥康纳打来电话。他想到一些事情，希望等蓝不在的时候和她聊聊，便趁学校上课时间打来。基妮正在家收拾行李。

“蓝去看过治疗师吗？”

“我认为没有。不然他会告诉我的。”

“我觉得还是让人评估一下比较好。如果侵犯留下什么心理问题，这会使我们的案子更加有力。而且谁知道呢？说不定这会让他记起一些没有告诉我们的事情。这只是个想法。看上去这个孩子心智惊人地健全——考虑到他的经历——不过你肯定在其中扮演了重要角色。”他为基妮的担当而赞叹，在他看来这是圣人般的行为，而且她和蓝显然关心彼此。她待蓝温柔且尊重，充满爱意。

“我只是新加入的。”基妮谦虚地说，“以前没有我他过得也挺好。现在他有地方住了，但是心理稳不稳定还是看他自己。”

“他是个幸运的小伙子。”安德鲁说，他是认真的。但基妮知道，安德鲁无偿接下这个案子，蓝的幸运中也有这位前梵蒂冈律师的一份功劳。

“还有一周不到我就要走了，不过我会尽量带他去看看，你知道该找谁吗？”他给了基妮一个心理医生的名字，他曾和这位医生一起合作过，非常成功，尤其是针对这类案件中的男孩子。基妮匆匆记下了她的名字。

“你要去哪儿？”他问道，对她感到好奇。虽然基妮不再是电视记者，但她似乎是个有趣的人。安德鲁觉得国际人权工作者是一份令人神往的职位。

“去叙利亚。”她说得仿佛是要去一个稀松平常的地方。

“叙利亚？为什么去那儿？”

“我为人权紧急救援会工作，是实地工作者。一般我的任务一次持续三四个月，一年三次，基本都是去难民营。我刚从阿富汗回来。”

“你做这个已经多久了？”基妮的话让安德鲁更着迷了。显然她去的都是些危险地区，真是位有胆魄的女性，而她自己也遭受过苦痛。

“我做这个是从……”基妮打住了，“做了三年半，从我放弃电视新闻开始。”她不想用马克和克里斯来博得怜悯。

“你不在的时候蓝去哪儿？”

“这次我只去八周。我跟他做了协定，不过他不怎么满意。他会住在‘休斯顿街’收容所，那地方很不错。我在阿富汗的时候他从那儿逃走了，这次他答应不会再跑。我也会把你的号码给他。”安德鲁微笑着听基妮说着。在他眼中，她相当了不起。想想她为蓝所付出的一切。

“对了，要去看医生的话，我觉得你大概要有他姨妈的许可，不然医生可能不会见他。治疗师在这件事上挺固执的。”

“我打电话过去让她签字。”基妮轻松地说道。

“虽然事实上看管蓝的是你，但监护人还是她，这一定让你很沮丧吧？”

“也还好。至今我需要的文件她都愉快地签了。我一会儿就给她打电话。”两人又聊了一会儿她去叙利亚的事情，随后结束通话。基妮知道莎琳是上夜班，所以白天应该在家，便打电话过去。听到基妮说蓝的近况，还有几周毕业，莎琳很开心。基妮为不能到场参加毕业典礼而致歉。莎琳没有提出要出席。接着基妮解释说，还需要她再签一份许可。

“这次又是为什么事情？”蓝的姨妈咯咯笑了起来，“暑假要带他去欧洲玩吗？”基妮带他去洛杉矶让莎琳很感动。在她看来这孩子是个幸运儿。

“不是，”基妮郑重地说，“我想带他去见一个治疗师。”

"什么治疗师？"莎琳问道，"他受伤了？那孩子总是上蹿下跳的，我一点儿都不意外。"

"没有，他好好的。"基妮冷静地说道，"我的意思是心理医生那种治疗师。"

"你怎么会想到做这个？"莎琳似乎很震惊，基妮想她是不是有些紧张，因为她的男友曾经打过蓝一耳光，她不想被人知道。本来基妮没打算在电话里解释，不过现在看来别无选择，既然莎琳问了，她也不想谎称是因为别的事情。

"我想这件事蓝很久以前就跟你说过。那时他还很小，可能不太会表达，不足以让人信服。"她想给莎琳一个台阶下，因为那时蓝说了至关重要的一番话，而莎琳却没听进去，"好像在九岁还是十岁的时候，他在你所属的教区教堂里受到一名神父的性侵犯。我们现在正在处理这件事。上周我们写了一份针对犯罪者的警察局报告，一旦他被指控有罪，我们将对总教区提起民事诉讼。"电话那头是死一般的寂静。

"什么犯罪者？"莎琳的声音很震惊。

"泰迪·格雷厄姆神父。"基妮答道。蓝的姨妈尖厉地叫出了声。

"你不能那么做！蓝在骗你！那位神父是世界上最完美的人。蓝要是说了关于那个人的谎话，他会永远在地狱里被烈火焚烧！"她发狂般地为那个神父辩护，基妮失望极了。

"我见过他，你有这种感受我很理解。他是个风度翩翩的男人。但事实是他猥亵了你的外甥，可能还有教区里的其他男孩子，必须阻止他逍遥法外，践踏年轻的生命。警方正在对他展开调查。而且蓝也不会因为这个下地狱，他是性犯罪的受害者。”基妮竭力保持通情达理，不对莎琳发火。

“他是个骗子，一直都是！他之前就试着跟我说过。我可以告诉你，这里面一句真话也没有。如果你要把那人送进监狱，那你才是犯罪者。泰迪神父是位圣徒！”听她说话简直让基妮要尖叫起来，但她强迫自己保持冷静和理智，而且得替他拿到见心理医生的许可才行。

“我知道这是件烦心事，也敢肯定这让你很难相信，毕竟你喜欢这个人。但我认为他愚弄了所有人，而真相将会水落石出，会有其他男孩子站出来。但与此同时，我需要这份给蓝的许可。”

“我不会给你什么许可来让你迫害那个人。注意我说的不是控告，是迫害！我才不会帮你做这种荒唐事，我什么都不会签的。你可以告诉蓝，如果他不马上对泰迪神父撤诉，他就没有我这个姨妈。”她说得很明白，不一会儿莎琳说了再见便挂断了。

基妮立刻给安德鲁·奥康纳打回去，把方才的事情告诉他。他毫不惊讶。

“这是常有的事。强迫人们面对那种事会让他们感到很大的威胁，而且她很可能会为之前没有听蓝的话而自责。”

“听起来不像那回事。这个男人很让人信服，也很有魅力，这是我亲眼所见。不管怎么说，她不会给我许可，所以我没法带他去做心理咨询。”基妮显得有些挫败。和莎琳的对话真是糟透了。

“别担心。”他安慰道，“目前我们还不需要许可，这不是迫在眉睫的事情。你可以等回来之后再试试。”

基妮说她会试试，但听莎琳这样是不可能会签这个字的。她的亲生姐姐也同样站在极端的立场上，维护着教会的沉默，丝毫不管这个恶心至极的神父做过什么。安德鲁祝基妮一路顺利，两人挂了电话。

她没有把和莎琳的对话告诉蓝——那并无意义。

这周基妮兑现承诺，给蓝买了手机作为毕业礼物。有机会打电话时可以联系到他，这令她感到宽慰。

她打电话给自己的律师，修改遗嘱并做了公证。她还有马克的人身保险赔偿，卖房子的钱，以及她自己的积蓄，基妮在其中给蓝留下一笔可观的遗产。贝琪一家用不上，而且万一自己有什么不测，她希望蓝能拥有这笔钱。这似乎是正确的决定。周六，基妮陪他搬去“休斯顿街”。看着她帮自己打开一件件包裹，蓝显出一副孤苦伶仃的模样。基妮允诺明天带他出去吃午饭，到周一她就得离开。

到家时她查看了邮筒，有一封拉瓜迪亚艺术高中寄给蓝的信件。基妮拿着信上楼，心扑通扑通地跳。她焦急地想拆开看，但忍住了，决定留到第二天吃午饭时让他亲自拆开。她盼望着好消息。

周日上午去“休斯顿街”接蓝时，他已在门口等着了。两人在街区的一家露天茶座吃午饭。过了一会儿，基妮想起了包里的信封。他们都清楚这封信意味着什么。蓝打开时，基妮和他同样紧张极了，担心如果他被拒该怎么办。趁着蓝读信，她仔细观察他的脸色。一开始并无异样。然后当他看到一半时，那双大大的、几乎带电的蓝眼睛忽然睁大，瞪着基妮。

“天哪，天哪，我被录取了！”蓝叫了起来。露台上好几个人转过头来，但他不在乎。“我被录取了！”他站起身雀跃起来，然后拥抱了她，“我要去拉瓜迪亚艺术高中了！”

“我想是的。”坐在座位上的基妮满脸笑容地看着他，双眼盈满了泪水。这是蓝取得的巨大成就，她希望他的人生将由此改变，那便是她争取到机会让他申请时的初衷。余下的午饭时间里，蓝一句话也说不出来。他们在街区里四处走走，然后坐上计程车去中央公园。两人吃了冰淇淋，散步了很久，然后在草坪上躺下来。基妮从未见蓝这样高兴过，且无可非议地为自己骄傲。她也十分为他骄傲。午饭后蓝就已经迫不及待地给在洛杉矶的莉兹发了短信——用他的新手机——莉兹也替他感到激动。她同样如愿进入第一志愿高中，在帕萨迪那。他俩都想再见对方一面，他一直催促基妮邀请莉兹来纽约玩。

这回基妮把蓝留在“休斯顿街”时，他看上去一点儿也不难过，被拉瓜迪亚录取让他兴奋万分。一走进大门，他就迫不及待地告诉了朱利奥·费尔南德斯。

“看来我们得珍惜你在这儿的日子，等你出了名就不跟我们玩了。”朱利奥揶揄他，朝基妮咧咧嘴，“我希望你待在这儿的时候多弹弹钢琴，这样我们就有美妙的音乐听了。”他对仍处于狂喜之中的蓝说。

与基妮拥抱时，蓝的脸上仍然满是笑容，她吻他作为告别。“你要好好的。这次要是逃跑，我非要了你的命。”她警告道，却带着笑容，蓝知道她不是认真的，“一有机会我就给你打电话。”不过因为营地位置的关系不可能经常打，她再次告诉他。和往常一样，她大多数时候都将处于失联状态。

“你要好好照顾自己。”他说道，表情温柔，“我爱你，基妮。”

“我也爱你，蓝。好好记着。我会回来的。”她这么说是提醒他已不再孤单，有她爱他、关心他。蓝正朝她展望的精彩人生走去。这让基妮比以往更加明白，自己要从这次旅程中平安归来。为了蓝，她必须回家。

14

翌日离开纽约前，基妮没有给贝琪打电话。自从上一通电话以来，基妮就再也不想和她说话了。基妮发短信告诉她自己要走了，附上接下来八周的临时联系方式，万一父亲出什么事情可以找到她。贝琪没有答复，不过需要的信息她都有了。

前往霍姆斯附近的营地又是一段无休无止的旅程。到达后，那里的状况比之前她了解到的更糟。身处悲惨境地的孩子们躺在行军床上，眼神空洞，奄奄一息。男孩们有些被强奸，有些肢体残缺；有一个漂亮的小女孩被父亲剜掉双眼，没有家人照顾，反被遗弃在路边。孩子们罹受折磨。相较之下，蓝被泰迪神父侵犯的遭遇显得微不足道。在物资不足和无休止的紧张局势下，基妮和受伤的年轻人待在一起，他们的生存状况令人震惊。每天都有更多的孩子被送进来。红十字会和医疗志愿者做的工作堪称英勇，而基妮等其他工作者尽可能帮忙。由于政治形势动荡，所有的工作者都格外小心，一般待在营地里，出门便尽可能成群结对。基妮专注于照顾受伤儿童，不必面对危险。这次任务让所有人痛心。难得去到有网络的地方时，她便查看安德鲁·奥康纳和蓝发来的邮件。这趟旅程贝琪一封邮件也没有发来，不过至少这意味着父亲还活着。基妮这辈子从未觉得如此精疲力竭，不管是身体上还是精神上。欣慰的是这只会持续八周。

从发来的邮件看，蓝过得还不错。他仍然对“休斯顿街”抱怨连连，但不如以前那么尖刻了。似乎他已经和这里和平共处。他说自己正用他们的钢琴谱曲，基妮读到这儿露出了微笑。只要有音乐为伴，蓝就没问题。基妮走后他顺利毕业，在收容所帮忙做些杂活儿。蓝说纽约很热，而基妮又惊又喜地读到，安德鲁·奥康纳来探望了他，他觉得安德鲁这人好极了。

安德鲁的邮件特别引起了她的兴趣，让她充满希冀。他告诉基妮，警方调查员查出了另外几例泰迪神父在圣方济各教堂时的性侵事件，五个男孩站了出来，芝加哥的圣安妮教堂有两个，安德鲁确信还会有更多。曾经封印着这肆意妄为的神父的一切的潘多拉之盒，如今已被他们打开。警方现在怀疑总教区对其中一些事件早就知情，因此把他调去芝加哥，好让他能抹掉过去重新开始。一到芝加哥他便重蹈覆辙。基妮等不及要回去，既为了解更多事情的最新进展，也为能再与蓝共处。做了三年任务，这是她第一次焦急地想要回家。基妮不在，安德鲁和警方没有将报告给蓝看，直到她回去前也不打算这么做。安德鲁认为最好等她回来，基妮也同意。现在在这里她什么也做不了。

安德鲁也提到和蓝见面的事，他想着基妮不在蓝可能觉得孤单，便以朋友的身份顺道拜访。他打算带蓝去看场棒球赛，征求基妮的许可。安德鲁这么问让她很感动，立即回复邮件向他道谢，说能和他去看比赛，蓝一定会激动坏的，因为他是扬基队的铁粉。安德鲁回复说他恰巧认识球队老板，说不定能介绍蓝和一些球员认识。再次收到蓝的邮件时，他兴高采烈地描述自己玩得多么开心，还说起见到的球员。蓝得到了两个签名球、一支球棒、一只棒球手套，都让朱利奥锁起来免得它们消失。他为安德鲁写了一首曲子以示感谢。基妮很感激安德鲁在她不在的时候陪伴蓝，这让她觉得隔着半个地球也算不上那么与世隔绝，而且在蓝的生活里有一位积极影响他的男性，对他也是件好事。

基妮也发邮件给安德鲁道谢，他在回信中询问她在叙利亚的工作情况。她每日所见的悲剧在这里是家常便饭，针对妇女和儿童的不公待遇随处可见，这些都难以在一封邮件中尽述。他的回复饱含深思和悲悯，而在邮件的末尾，他附上一则笑话和《纽约客》的漫画，基妮读到这里笑了起来。这让文明显得似乎没那么遥远了。安德鲁是个不错的人，全心全意地为工作与客户奉献，基妮在他们刚见面时便察觉到了这点。

基妮在营地的这段时间，局势一直很紧张，每个人都忙碌着。红十字会派来了额外的工作者，其他国际组织也一样。有过这样的经历后便很难再与正常生活接轨，与她如今每天所见所为相比，纽约仿佛是另一颗星球。被严重伤害的孩子们无望过上正常的生活，人类的绝对不幸令人难以承受，这不禁让基妮想把这些孩子都带回家。

营地的居住条件是她经历过最糟的。与以往的任务相比，在叙利亚的时间更漫长也更艰难，在这里的八周感觉永无止境。接替的人到达时，基妮松了口气，这时离她预计离开的日子只有两天了。

有几个工作者开始患上重病，即将被遣返。基妮持续几周腹泻，体重比刚来时掉了十磅。这是她迄今参与的任务中最艰苦的之一，许多缺乏经验的工作者陷入了极度的心灰意冷中，而更老道的工作者们也都累到力竭。基妮走时仍然有很多未完成的工作，但她准备好回家了，能再次见到蓝令她激动。在从霍姆斯到大马士革的第一程飞机上，她睡得不省人事。

到达大马士革，重见现代文明的感觉有些不真实。基妮在机场里四处走着，简直眼花缭乱，在两个月的艰苦任务过后，她被人群和机场商店压迫得不知所措。而在从约旦首都安曼出发的第二程航班上，她逐渐回到了活人的世界，吃了顿简餐，看了部电影。基妮不知道自己的胃还能不能回到和从前一样。现在她想做的只是忘记在营地里见到的一切。

这两个月的旅程压抑无比，基妮从未照顾过这么多人——全是儿童和青年——而她能帮到他们的微乎其微。她知道这段记忆将永远无法抹去。比起事前听到的描述，实际上一切都要严重十倍甚至百倍。但她依然庆幸自己去了。她感觉自己仿佛离开了一年，而不是仅仅八个星期。现在是八月的第一周，基妮希望能和蓝一起去哪儿玩几天，趁他还没开学，而她还不必奔赴下一次任务。

飞机降落在纽约时，基妮简直想亲吻脚下的大地。她穿过机场，看上去就像从什么可怕的地方来的难民。她等不及要回家，在浴缸里坐下、浸泡身体，但她答应了蓝要从机场回去的路上接他。地上加地下，基妮已经度过了超过二十小时的旅程。她把“休斯顿街”的地址告诉计程车司机，告诉他接人之后还要去另一个目的地。

蓝知道她预计到达的时间，出机场时基妮也发了短信给他。到收容所时，他已经收拾好行李等着了。基妮一脸疲惫地走进来，一见到他便喜笑颜开。看见她，蓝又高兴又震惊：基妮面色惨白，骨瘦如柴，黑眼圈明显。两个月的营地生活对她的重创比他以为得更严重。

“天啊！你看上去糟透了。你在那儿没吃饭吗？”蓝见到她明显非常激动，不过基妮一副饿坏了的模样。

“没怎么吃。”基妮微笑着，头发散在背后。在风尘仆仆的旅途过后，她给了他一个热烈的、紧紧的拥抱。她很高兴看到蓝健康完好的样子，也庆幸他永远不会了解她刚见过的那些年轻生命的艰辛。无论他的人生中发生什么，都不会坏到那步田地。她在工作中帮助的年轻人没有出路，蓝却有大好的人生在前，许多好机会等着他，尤其是如今即将去高中，他的天分会得到培育，每天都能学到新东西。

两人谢过朱利奥·费尔南德斯，他朝蓝咧咧嘴。接着蓝拎着大包小包下楼，其中就有签名球拍、球棒和手套，是安德鲁带他看扬基队比赛时得到的。他当即就展示给基妮看，还说要放在他房间的书架上。

“冠军，我感觉我们不会再见到你了。”朱利奥说着向基妮看了一眼。她帮助蓝告别街头，使他不再无家可归。两人从收容所离开时，看上去就像一家人。“以后可别装不认识，没事来看看我们。我会想你的。”朱利奥真诚地对蓝说道。蓝拥抱了他，然后飞奔下楼，跟在基妮身后坐进计程车。她回来了，像约好的那样。这深深地烙印在了他的心里。他知道自己可以信任基妮，只要她平安无事就好。而她在叙利亚也尽可能多地发了邮件来让他安心。

基妮把公寓地址告诉司机，他们朝家驶去。八月初的天热得像蒸笼一样，她一层层褪下旅途中裹着的衣服，两人在车里闲聊起来。基妮想等到家后，把现在身上穿的都扔掉，她觉得自己又脏又难闻。蓝一路上滔滔不绝。

“你最近在忙什么？除了在邮件里说的。”基妮问。计程车一路朝住宅区驶去。

“安德鲁邀请我生日那天去看扬基队比赛。”说起这个，蓝无比兴奋——他就要十四岁了。基妮很高兴自己及时赶回了家。“我们可以去吗？”接下来的四到六周基妮都没有计划，除了陪在蓝身边。她收到一封来自埃兰的邮件，称他们可能会把她派去印度。但她现在唯一考虑的就是蓝，想着和他待在一起，还有劳动节后把他送去学校。

“当然可以去了。”她朝蓝咧咧嘴。

“安德鲁这人真酷——扬基队所有有名的队员他都认识。真没法相信他以前是个神父。”这算是对他的高度赞美了。蓝聊起和他去看的两场扬基队比赛，安德鲁还带他看了一场大都会队的比赛。负责警方调查的简·桑德斯也去收容所看望过他，蓝说自己弹了钢琴给她听，但没有提任何关于调查的事情，基妮也没有问。她准备亲自打电话给简·桑德斯了解最新进展。

两人到家时，基妮的公寓在他们眼里就像天堂一般。基妮让蓝出门采购食材，自己直奔浴室。她迫不及待地要泡一个真正的澡。从浴缸里出来后，她全身干干净净，裹着粉色毛巾布浴袍，和蓝一起吃了三明治，告诉他自己很爱他，随后便上床睡觉了。基妮困得几乎睁不开眼睛。蓝马上安顿下来玩起了游戏，又看了会儿电影。能回到家和基妮一起，能睡在自己的房间、自己的床上，这让他欣喜若狂。

基妮一觉睡到第二天，醒来时她觉得浑身都是干劲，准备好为蓝的事情忙活。她先打电话给简·桑德斯询问案件进展，又打给安德鲁·奥康纳感谢他对蓝的好心，又告诉他他们接受了去看扬基队比赛的生日邀请。

“你在邮件里描述的生活很艰苦。”接到基妮电话，安德鲁做了如上评论。听上去他颇受震动。

“确实糟透了。”基妮承认，“到家的感觉真好。蓝看起来棒极了。谢谢你带他出门，还去探望他。”如今她在家也有了生活，这不仅对她，也对蓝产生了巨大的影响。

“他是个出色的孩子。”安德鲁随和地说道，“而且他的才华简直让人不敢相信。我去看望他的时候，他弹过好几首曲子给我听。”

“他说你弹得也不错。”基妮愉快地答道，她很享受这样的交谈。

“和他比我只能算是个差劲的门外汉。他写了首原创的曲子给我。”

“他能去拉瓜迪亚真是太好了。”基妮很开心。

“他能遇见你才是太好了。他等你回家都等不及了。”安德鲁如实说道。

“我也一样。这一趟真是不容易，虽然比平常时间要短，但是艰难得多。”那是一段地狱般的生活，即使她只提过一点点，安德鲁也猜得出来。

“下一站去哪儿，你知道吗？”他饶有兴趣地问道。

“不确定。可能去印度吧，九月去。我真不想这么快又离开蓝。”

安德鲁不想告诉基妮，这段时间蓝有多么想念她。他总是谈论她，担心着她。基妮是蓝存在的中心，在他认识的大人里，她是唯一一个值得他信任和依赖且从未让他失望的。

“说不定下一程之前，他们能让你在家里多待一阵儿。”安德鲁抱有希望地说道。基妮也这样考虑过，不知道埃兰会做何反应。她的工作性质决定了一年至少有九个月外出，这是她与救援会的协定。而她也告诉过他们自己不依恋于任何人事，没有任何负担与拘束。

“到时候看吧。”基妮含糊其辞。安德鲁说他过几天会再打过来了解情况。

接着她和蓝一起吃午饭。他两个月长高了五厘米——也许没那么多，但看起来的确长高不少。“休斯顿街”提供的伙食不错，份量也给得慷慨，毕竟住客大多是十几岁的男孩子。

基妮回到家很高兴。之前她担心蓝会出逃，结果这次他坚持了下来，她由衷地为他骄傲。两人吃完饭，把碗碟放进洗碗机，准备去公园听音乐会。

“你说过如果我逃跑就杀了我，所以我只能一直待着。”他开玩笑地说，然后给基妮展示了自己的毕业证书，是上午她睡觉时他在邮筒里找到的。基妮要把它裱起来，和他的扬基队签名纪念品一起挂在房间墙上。

基妮前一天晚上给贝琪发了短信，但没有收到答复，午饭之后便打了电话过去。她们已超过两个月没有说过话，一点交流也没有。最后一次对话——如果可以称得上是对话而非争吵的话——给彼此都留下了很差的印象，两人都不急着和对方说话。贝琪觉得妹妹又在走极端，一直以来都是疯狂的事情一件接一件；而基妮觉得姐姐不仅铁石心肠，脑子也有问题，居然出于对天主教会的尊重而站在性侵神父的一边，完全无视像蓝一样被伤害的儿童。但基妮想知道父亲的情况，自从六月就没了他的消息。她料想什么事情也没发生。

贝琪拿起电话，接到基妮的来电似乎很吃惊。

“你回来了？”

“嗯。还活着。爸怎么样？”蓝坐在自己的电脑前，饶有兴趣地静静听着。莉兹在短信里说过，她外祖父看上去还是跟以前差不多。

“意识慢慢不清楚了。现在他每天只醒几次，然后就回去睡觉。”贝琪答道，“他认不出我们大家了。”基妮突然同情起姐姐来——她知道一天天看着他衰弱下去很不容易。这样一来，贝琪咒骂他们起诉神父的事情也让她气不起来了。

“那你怎么样？”基妮问，她的声音柔和下来。

“我还好，你呢？要放弃你的政治迫害了吗？”贝琪指望着叙利亚的任务会使她动摇，中止那令人发指的计划来起诉总教区，对神父提出犯罪指控。每次想到这件事贝琪都很心烦，而她的话刚说出口，基妮的心就一沉。贝琪仍然是贝琪，她的缺陷、偏见和狭隘观点仍然不变。真是令人失望。

“这不是政治迫害。”基妮冷冷地说，“这是真实存在的。真实存在的孩子们被神父伤害，他们犯下的罪行也是真实的。想想如果是查理你会是什么感受。”贝琪全然不理睬她的话。

“我的天，基妮，赶紧放弃。”她恼怒地说道。艾伦也完全反对这个计划。他和贝琪经过详尽讨论，两人都对基妮要做的事情感到震惊。他甚至比贝琪还要愤怒，认为这罪孽深重，会让他们所有人蒙羞。艾伦只祈祷没有自己的熟人会知道这件事。他们也对孩子们说了，告诉他们这有多么不对。莉兹把她爸妈的立场转告了蓝，告诉他自己并不赞同，反倒觉得他真的很勇敢。蓝高兴地向她道谢，而莉兹也没有向他询问这件事。她是个有礼貌的女孩，很喜欢蓝，也不想让他在自己面前不自在，因为他们是朋友。

与贝琪的对话陷入僵局，双方的立场都不肯妥协。基妮尽快挂掉了电话。她本来就是想问问父亲的状况，既然贝琪已经告诉她，就没有什么别的要说了。她努力不去想这件事，半小时后便和蓝一起出发去中央公园听音乐会了。

起初基妮感到有些陌生：在叙利亚艰苦战斗了两个月后，现在在平和的环境里听着莫扎特，周围都是欢乐的人群，每个人看上去都很健康。回到纽约依然令她觉得不真实。不过她和蓝都很享受这场音乐会。

回家后，安德鲁给基妮打来电话。下午他收到总教区的消息，正好她在纽约，这时机再合适不过。

“他们想跟我们见面。”他听上去很愉悦，“下周我们要去总教区，和主管这类事件的蒙席会面。这人是个固执的老家伙，也是耶稣会士。我在罗马和他共事过两年。他很难缠，不过也很聪明。到最后他会投降的，他们拿不出令人信服的供词。”安德鲁告诉基妮，“我昨天和简通话，越来越多的受害者站了出来，其中有些已经长大成人。我在名单上看到最大的有三十七岁，被猥亵时十四岁，那时泰迪神父在华盛顿，刚从神学院毕业。这些对他都很不利。他明显已经有问题很多年了，教会也知道。这样一来会使蓝的案子更加有力。”

“蓝的朋友，吉米·埃瓦尔德呢？”基妮向他打听，刚才的话让她很满意。

“警方调查员和他谈过话。他全部否认，说泰迪神父是他见过最好的人。我不相信他，不过我想他是害怕得不敢说真话。泰迪神父肯定也威胁过他。”现在看来，即使调查还没结束，证据已经聚集起来，安德鲁说又有十五个男孩子站了出来，他们的故事和蓝如出一辙，都是被那魅力非凡的神父所侵犯。蒙席想见基妮和安德鲁，蓝没有被包括在内。这次见面十分重要，安德鲁打包票说会很顺利，叫她放心。基妮忧虑的是，总教区将动用所有势力为泰迪神父和教会辩护，丝毫无意弥补蓝所受的伤害。安德鲁告诫她，他们说不定仍会极尽能事地从中作梗，从第一次见面应该就能看到端倪。

“别担心，我们会搞定的。”安德鲁说，“就算他们一开始来硬的，我才不会被他们吓着。别忘了我曾经也是他们中的一员，这可是绝对优势。这圈子里的人我认识不少，特别是掌权的那些。我很了解这位蒙席。他这人强硬，不过诚实公正。”安德鲁的话让基妮不禁又好奇起他的过去，以及他为什么会离开教会，但她不会开口问，正如他也不会问她是要赎怎样可怕的罪，才会过着满世界跑难民营的生活。

两人约定周一在总教区会面前半小时，先在附近的咖啡馆碰头。挂上电话后，基妮把消息告诉了蓝。

“那算好事还是坏事？”他问道，看上去有些担忧。

“只是正常程序。”她冷静地说，“蒙席想和我们见面谈谈这件事。你不用去，只有我和安德鲁。”蓝似乎松了口气。这晚他们去看了电影，第二天她带他去康尼岛坐过山车，他说不如魔术山的好，还发短信告诉了莉兹。接着他和基妮在沙滩上躺了一会儿。两人共度了欢乐的时光，基妮沉浸在回家的兴奋中。

回纽约的路上，基妮接到贝琪的来电。她接起电话时，贝琪还没说什么，但听见姐姐的声音充满悲伤，她立即就明白发生了什么。

“爸？”基妮只说出这一个字，贝琪证实了。

“嗯。大概一个小时前。午饭之后我去看了看他，睡得很安稳。半个小时之后我再去，他已经走了。我没能来得及说再见。”姐妹俩都哭了起来。

“两年多来你为他做的事情，照顾他，让他住在你家，都是你每天向他说再见的方式。他准备好要走了。那样的生活对他来说也算不上快乐，走了对他更好。”基妮静静地说。

“我知道，只是很难过。我会想他的。我很高兴能够为他做些事情。他对我们总是那么好。”贝琪哭着说道。姐妹俩从小到大，他一直是位出色的父亲，成为他的女儿是幸事，而她们的母亲也是位善良慈爱的女性。她们的双亲都很好，不像蓝，在母亲死后无可依靠。这常常让基妮想要分享自己的幸运，赠予他人。

“他现在和妈在一起了。”基妮平静地说道，泪光点点，“爸更愿意和她在一起。”姐妹俩都明白此言不虚——父母的婚姻自始至终都充满了爱。

“你什么时候过来？”贝琪问她。

“不知道，等我回家想清楚。估计明天吧。你打算好哪天举行葬礼了吗？”基妮问道。两人之间近来的裂痕立即被弃置一旁，如今她们要共同面对悲伤。眼下这是更重要的事情，将她们的心连在一起。尽管不久前还在针锋相对，现在两人都放下武器停战了。

“过几天吧，我觉得。我还没请葬礼布道的人到家来。他们刚刚才把他带走。”看着他裹在毯子里，脸被覆盖，由医院的轮床运出房子，这令贝琪痛苦至极。她欣慰的是孩子们都不在家。基妮是第二个知道的。事情发生时贝琪立即打电话到艾伦办公室，他现在在回来的路上。几个月来他们都等待着这一天，但真正来临时仍然令人悲伤。想到自己的父母都离开了人世，基妮更加感到自己已不再是孩子。她剩下的只有姐姐一家人，现在还有蓝。她不再有双亲，不再有属于自己的家庭。

“订好机票我就告诉你。”基妮柔和地说，“到时候我会发短信。”一回到公寓她便上网为自己和蓝订了两个座位，第二天一早的航班。

接着她打电话给安德鲁·奥康纳，告诉他自己没法如约去总教区了，因为父亲去世，她不能及时赶回来。

“我很难过。没问题，我会重新安排的。你大概什么时候回来？”他很同情，但也说得很实际。他听得出基妮有多么伤心。

“可能四五天之后吧，最多一周。”她答道。在葬礼及各项事宜安排好后，她和贝琪将要处理父亲的遗物，尽管他没有留下多少东西。他搬去和贝琪住，她们就卖掉了他的房子。

“是突然发生的吗？”安德鲁的话里充满善意和同情，听他说话，基妮突然想象得出他是一名神父。他自身有一种温柔的方式，关心他人，也善于倾听。

“不是，他病了很久，身体一直在慢慢变差。去叙利亚之前我去看过他，当时我就隐约觉得那会是最后一面。这样对他更好，只是我们有些不习惯。他生前得了阿尔茨海默症，不再有什么生活质量可言了。”

“见面的事情别担心，我们有的是时间。我认为他们只是想探探口风，看看我们到底有多认真。”

“非常认真。”她声音坚定，他笑了起来。即使在为父亲悲伤，基妮仍然能全神贯注于蓝的事情。

“我也是。”他向她保证，“这种事是对信任的极度滥用，没有什么比这更糟。我希望蓝能够完全从中走出来，但或许他做不到。这件事可能一辈子影响他。为此他应该得到认真的赔偿。”而安德鲁打算为他赢得这笔赔偿。

“我相信他能走出来的。”基妮若有所思地说道，而她也下定决心要让它实现，和他生命里发生的其他好事一起。“希望他能。我不愿他的人生或未来被那个混蛋偷走。蓝完全有权将这件事抛到身后。我愿意尽我最大的力量帮助他走出来。”她声音里的力量让安德鲁吃了一惊。有时她可真是个铁娘子。

“每个人都有自己的心魔。”他静静地说道，“只是一些比另一些要可怕罢了。”安德鲁说出这番话，不禁让基妮觉得他把自己也包括在内，毕竟他最终退出了神职。

“他还这么年轻，不能一辈子都背负着那件事。那不公平。”她急于倾自己所能帮蓝从遭遇中彻底恢复过来。

“这恰恰就是这些事重要的原因。因为它们不公平。”安德鲁同意她的看法，“或许你为蓝做的事情会让他明白他对你有多么重要。令人触动的是，你毫无保留地相信他，这是赠予一个人的巨大礼物。”蓝的亲生姨妈不曾相信他，但蓝知道基妮相信自己。这打动了律师，也让这位前耶稣会士对她暗暗称奇。

“我希望他能毫发无损地走出来。”

安德鲁觉得这是个满怀爱意的愿望，却不太现实。他见过太多成年的客户因为童年性侵而无法正常生活。有时爱还不足以治愈他们，赢得的和解金虽是种慰藉，但无法偿还童贞、信任与心理平衡。他的客户中，许多在孩提时被侵犯，长大成人之后无法拥有正常的情感关系。不论基妮付出了多少，他只能希望蓝不会是其中之一。

“我们会尽力。”安德鲁向她承诺，他被她的力量和她对这个男孩的奉献所打动，“约见面的事情我再通知你。你到洛杉矶之后我会发邮件过来。”

“太感谢了。”基妮挂了电话，心里琢磨了这个律师好一会儿。他身上有某种温暖的东西，但又稍稍有些疏离，仿佛在保护着自己的伤口。真是奇怪的混合，基妮猜测是不是曾做过神父的缘故。他离开教会的原因仍然激发着她的好奇心，幻想着他是因为和修女坠入了爱河。从教会离开的人总是让她觉得很神秘。

发短信告诉贝琪他们第二天到达的时间后，基妮去帮蓝打包行李。

“到洛杉矶之后得给你置办一身正装。现在咱们没时间。”蓝没有正式的服装来参加她父亲的葬礼。去给他买正装可以让他俩都有些事情做，而不只是在殡仪馆里呆坐着。

安静地吃过晚饭后，蓝早早地去睡觉了。这晚，基妮独自坐着，想念着她的父亲。父亲的离世让她这次归国充满了混乱，但至少她人在美国。知道他已不在人世让她感到异样而又沉痛。基妮对蓝的感激比以往更多，是他填补了她生命里的那些空缺。而如今空缺又多出了一块。

15

飞往洛杉矶的旅途仿佛看不到尽头。虽然往西飞总是要更久些，但这次的旅程没有一丝欢乐的气氛。蓝在飞机上也郁郁寡欢。父母双亡的他也失去了很多。他和基妮一样憎恶葬礼。

“你还好吗？”快要降落时，蓝温和地问道。他先前看见她眼中泛起泪水，基妮对他笑笑，很是不舍。

“只是他不会在了，感觉很奇怪。”蓝点点头作为回应，握住她的手。

像上次一样，基妮租了辆车。他们到贝琪家时，一家人正坐在厨房吃早餐，氛围十分阴郁。两人一进门，莉兹跳了起来，双臂环住蓝的脖子给了他一个拥抱，蓝见到她也很开心。每个人都觉得气氛明亮了一些。等基妮和蓝坐下，大家马上聊了起来。

早餐后，姐妹俩悄悄溜走，驱车前往殡仪馆。她们选好一切所需物品：骨灰盒、弥撒通知单、葬礼流程单、用于诵玫瑰经的客人名簿。接着两人去教堂与神父见面，和他一起决定余下的事宜——音乐、祷文，还有发言者。她们的父亲有好些年没见过他的朋友了。他们中很多人仍然健在，身体硬朗，毕竟他去世时年纪不算太大。只是父亲已经多年神志不清，受阿尔茨海默症的折磨时也不想见任何人。

离开教堂时贝琪很安静。回家的路上，基妮开着车，贝琪看着妹妹。

“你和神父说话时居然都不觉得难为情，真让我吃惊，想想你在纽约要做的那档子事。”她话里带刺。

“据我所知，多诺万神父从来没有强奸男孩子。”基妮开着车，一边说道。

“你怎么就这么确定纽约那个神父做了？要知道，很多孩子用这个指控他们教区的神父，最后都是撒谎。你确定蓝对你说的是真话？”贝琪的问话里满是怀疑。

“我确定。而且在调查过程中，还有其他十五个人站了出来。贝琪，这不是件小事。它会毁掉人的一生。”基妮努力想和她理论，但贝琪完全站在对立面，坚信自己是正确的。

“那个神父呢？他的人生会怎么样，如果他最后为了自己没犯的罪行而进监狱？这也是常有的事。”她甚至都不知道泰迪神父是谁，却笃信他的清白，只因为他是个神父。

“如果这些孩子说的都是真话呢？让一个猥亵小男孩的家伙——尤其他还是个神父——逍遥法外，你不觉得可怕吗？”贝琪沉默地考虑着基妮的话，但在她看来这只是妹妹新一轮的折腾。她现在总是得弄出点儿什么动静——什么人权、无家可归的男孩子，现在又是对教会的深仇大恨。除了折腾，她的生活里什么也不剩。自从马克和克里斯去世，她就满脑子是为别人战斗和拯救受害者，生活全被占据。她彻底变了，贝琪觉得很难和她相处。她已经变得像个自由斗士，为他人的战争而战，却没有自己的生活。

“我就是觉得你错得很离谱。你不能和教会对着干。”贝琪怒气冲冲地说，“这违背了我们从小到大接受过的教导。”

“有人做了错事才叫违背。”基妮静静说道。她毫不怀疑蓝的诚实，也不怀疑事件本身。

余下的路程谁也没有说话，两人之间隔着很宽的裂缝。之后基妮带蓝去市区给他置办正装。他们买下一套深蓝色的简约款式，基妮觉得他还有机会再穿，也许在学校的独奏会上。这身装扮，加上他们选来搭配的白衬衫和黑色领带，让蓝自豪极了。这晚念玫瑰经时，他穿着这身衣服，看起来像个大人。

他和莉兹坐在后排轻声交谈，玛姬和查理与他们的父母站在一起，而姐妹俩接待来宾。基妮几乎一个人也不认识，因为大部分前来哀悼的都是贝琪和艾伦的朋友，这让她意识到自己离开了多久。眼前的一切令她不断想起马克的葬礼。念经仪式一结束，基妮就迫不及待地回到房子里，给自己倒了杯酒。她的电脑放在桌上，来了一封邮件，是安德鲁·奥康纳发的。基妮啜饮着酒读了起来。他把在总教区见面的约定时间推到一周后。听到外面世界的消息让她愉快。葬礼的气氛过于压抑。

之后，孩子们全都下楼到娱乐室去。没过多久大人们就听见蓝在弹钢琴，于是也下楼加入了他们。蓝为他们表演了一场小型即兴音乐会，让大家都跟着唱。于是他们化哀恸为舞蹈，正如《圣经》里说得那样。最后他唱了一首福音歌，声音清澈而有力，所有人都为之动容，而基妮听得潸然泪下。

“我妈妈唱过这首歌。”他轻声对基妮说。他的声音给人以力量，接着大家围坐着聊起了天。蓝为大家献上的演奏让他们心情明朗起来。

第二天举行葬礼，蓝再次穿着正装下楼。没过多久，莉兹也下来了，穿着她妈妈挑的黑色短裙。两人看上去都像大人。一小时后全家人集合好，乘坐昨天在殡仪馆雇的两辆黑色加长轿车，前往仪式现场。

教堂比基妮想象中更拥挤，场面显示出对她父亲的敬重。蓝站在她身边，为自己在场而自豪，贝琪一家人也站在后排。

仪式过后，他们站在教堂门外向众人致意，接着便短暂去了墓地，安置父亲的骨灰盒。基妮站在那里，忽然她看见马克和克里斯的坟墓，痛失亲人的感情如洪水般袭来，几乎令她无法呼吸。蓝看见她的表情，便朝莉兹凑近。

“那是他们吗？”他低声问道，朝那两个坟墓的方向点了点头，莉兹点头回应。在他们的坟墓旁有一个空位，那是留给基妮的——她在同一天买下了三个位置。克里斯的墓碑要稍小些。简短的墓前仪式结束后，大家都陆续走开了，这时基妮朝他们走过去。她俯下身，抚摸着儿子的墓碑，眼泪从双颊滚落。转身时，她看见蓝站在身边，手里拿着两枝花茎修长的白玫瑰。他在坟墓上各放了一枝，然后基妮伸出双臂拥抱了他。他们相拥站在那儿，基妮不住地掉眼泪。然后他温柔地带她离开，两人坐进轿车，他一路上握着基妮的手，直到他们回到房子里。

众人已经在等着他们了，还有丰盛的自助餐。宾客们一直待到午后，最后终于又只剩下他们一家人。查理换上牛仔裤，他的女朋友也来了，年轻人们决定去游泳池。基妮从厨房的窗户向他们笑笑，然后转身看着姐姐。葬礼仪式美而传统，她们认为这对父亲来说正合适。姐妹俩在细节上都达成了一致意见。

“这正是爸想要的，看着他们在那儿玩闹。”他一直是个快乐的人，喜欢孙子孙女围着自己嬉闹。而基妮觉得，虽然状况特殊，但他应该会很高兴认识蓝。

“你现在要拿他怎么办？”贝琪看见基妮望着游泳池里的蓝，问道。

“什么意思？”

“你不能永远把他留在身边吧。他快成年了，你也总在外头跑。你不会要收养他吧？”

“不知道，我没想过这事。你说得好像他是条应该扔回海里的鱼似的。”但事实就是他无处可去，而他们爱着彼此。蓝已经成为基妮生命中的重要部分，贝琪却不理解这一点。“收养他好像没什么意义。再过四年他就十八岁了。”他的姨妈莎琳不愿让他和自己待在一起，基妮也不想把他送到看护机构，“可能就让他和我待在一起，直到他到了可以独自生活的年龄。这个月他就上高中了。”

“但他不是你的，基妮。他不是我们家的一员，不属于你。何况像你这样满世界飞来飞去，你现在的生活可不是为孩子而设的。”

“要是我不照顾他，还有谁会？”基妮转过身，看着姐姐——她的生活里容不下异常或不同，永远都是恰如其分。而基妮如今的生活恰恰充斥着异常和不同。姐妹俩不再有任何共同点，除了父亲，而他已经离世。不论有意还是无意，贝琪总会把她惹恼。

“他的事不是你该操心的。他怎么样跟你半点关系都没有。”贝琪执拗地说道。

“要是这么说的话，全世界就不会有那么多家庭去领养孩子了。”基妮静静地说，“我不知道我和蓝为什么会互相认识，但我们就是遇见了。这对于目前来说已经足够。”接着姐妹俩走出去，到游泳池边看孩子们和艾伦玩马可·波罗[1]，大家都很尽兴，给百味杂陈的一天画上了圆满的句号。这天颇有几分平和，不像马克和克里斯葬礼上那样令人震撼的沉痛，一切都毫无秩序，出了很多乱子。今天才是应有的样子，父母平和地渐渐离去，而下一代继续生活，奋力向前。

孩子们在泳池待到天黑，接着大家吃了酒席自助餐剩下的食物，之后早早睡下。基妮独自在房间里想着姐姐的话。令她惊讶的是，贝琪丝毫不理解他人的生活和她自己的不一样。她的世界仅限于帕萨迪那，只有像她和艾伦一样的“正常人”能置身其中。像蓝这样的孩子，或是任何不同寻常的东西，在她的世界里都没有容身之处。接着基妮回想起贝琪问自己是不是准备收养蓝。在她问之前，基妮还没想过这个问题，但现在她突然考虑起是不是应该这样做。他需要一个家庭，一个家。这件事值得好好想想。

在帕萨迪那又待了一天后，基妮和蓝启程返回纽约。他们还要

---

1. 马可·波罗（Marco Polo）：一种在泳池进行的游戏。玩家闭上眼睛，通过声音来捕捉其他人的位置。

继续生活，还有一场对抗总教区的战役要面对。到家这天，她打电话给安德鲁·奥康纳。距离与蒙席的会面还有两天。

“只是告诉你我回来了。”她说，声音显得疲惫不堪。

“那边怎么样？”安德鲁问道，显得十分关切。

“大概就是预期那样，虽然很伤感，但是一切得当有序。跟我姐姐闹得有点儿尴尬。她对我们质疑教会愤怒极了，觉得这是亵渎上帝，神父不可能会犯错，她和她丈夫都是很传统的人。我总是尽量回避这个问题，不过她非要拉着我讨论，指出我处事方式的错误。她真的没法理解这些事。”

“很多人都不能。他们不愿相信这种事情会发生，或者不愿看见它们造成的损害。逆流而上需要很大的魄力，但这是正确的。我刚开始接这些案子的时候还收到过死亡威胁。很有意思的是，如果人们不喜欢你的所作所为，会以宗教的名义威胁你的生命。真是个迷人的矛盾。”基妮之前从没想到过，安德鲁会因为接手针对教会的案子而承担风险。

“那我猜你也相当勇敢。”基妮钦佩地说。

“不，我只是坚信我做的是对的而已。做这种事总是让我惹上麻烦，但这就是我想要的生活。”听起来他十分坚决。

“丈夫和儿子还活着的时候，我的生活和现在完全是两样。我总是忙着和他们在一起。现在我致力于为全世界的不公而战斗，为不能自救的人们力挽狂澜。不过我想，像那样站出来发声并且面对危险，对人们很有威慑力。他们不喜欢被非主流的立场强迫审视自己信奉的东西，并且质疑它的好处。”

“你说得没错。”安德鲁同意道。我进教会时，我的家人觉得我是贸然行事。他们激烈反对，觉得这不正常。然后我离开教会时他们更吓坏了。我想我总是用他们反对的事情来吓他们。”听上去他并不为此心烦，基妮笑了起来。

“我姐姐对我也是同样的感受。”

“让他们坐立不安挺好的。”他嘲讽道，两人都笑起来。他继续说下去，语气变得严肃起来，“那时我因为错误的理由进了教会。我用了很长的时间才明白过来。本以为那是我的天职，但事实证明不是。”这番话他没对任何客户说过，但她是个很有同理心的人，坦诚、开明，他很喜欢和她交谈。对于她为蓝做的事情，安德鲁也深感敬佩。

“那真是犯了大错。”基妮诚实地说，“你离开教会也是大大转变了航向。做出这个决定肯定不容易。”

“确实不容易。不过到了罗马之后，我意识到教会上层有那么多党派政治，充满了各种各样的阴谋和权力游戏。教会对我而言和政治无关，不过在罗马的确也很有趣，到处都是红衣主教。在梵蒂冈工作让人迷恋，但那不是我进教会的初衷。现在我做的工作比当神父时要有用得多。当时我真的只是个穿着罗马衫的律师，也没有在教区工作的使命感，特别是去罗马之后。一旦想通了这一点，就该离开了。那时候我帮不到任何人，也真心想当律师，而不是神父。”安德鲁的决定似乎让他安心，看来这对他而言是正确的。

“你这么说倒让我有点儿失望。”基妮说着轻声笑了起来。她的声音令他愉悦。从她和人相处的方式，安德鲁就能知道她多么熟知人类的苦难，而这其中也有她自己遭受的。

“为什么这么说？”他问道，对她的话感到疑惑。

“我还期待着你和修女相爱、私奔，然后从此幸福地生活在一起的剧情呢。我可喜欢这种故事了。估计我内心是个浪漫主义者吧，幻想不可能在一起的恋人最终修成正果。”

“我也喜欢这种故事。”他承认，“这种事情不是总有。而且咱们得面对一个事实，现在大多数修女可不像奥黛丽·赫本在《修女传》里那样。她们都有点儿肥胖，发型很滑稽，看上去跟忘了梳头似的，穿着汗衫和牛仔裤，只有去罗马的时候才穿上修女服，头巾也从来没戴正过。”基妮听得出这是经验之谈，他的这番话惹她笑了起来，虽然贝琪肯定会震惊于他的大不敬。不过他表达得善意又幽默，而且绝非假话，“在梵蒂冈工作时，我唯一爱上的就是学习教会法，那真是美妙极了，让我心动的修女倒是没有。”基妮猜测是否有其他人曾让他心动，毕竟他是个如此风趣且聪明的男人。

不消她问，他自己回答了她的疑问，仿佛读透了她的心思一般，“我一直无法完全适应回归世俗生活。可能我离开教会时年龄已经太大，等了太久。五年前我被准许还俗，那时我四十三岁，有点儿像荣誉卸任。”基妮吃了一惊——他的年龄比看起来要大。她本来猜他大概三十九、四十岁，而绝非四十八岁。“不过大多数时候我还是觉得自己像个神父，有那种天主教徒的典型负罪感。可能耶稣会会士是一辈子的事情，很大程度上控制了我。我进教会时很年轻，太年轻了。现在的人不会这么早进教会，这样更好，能让他们做决定时知道这意味着什么。我有过很多毫无意义的崇高理想，用了很长时间才明白过来。我循规蹈矩了二十五年，可能还要二十五年我才能真正脱离——前提是我能脱离。所以就目前来说，能够去追捕像泰迪 · 格雷厄姆神父这样的坏人，我已经很满足了。”提到他时，安德鲁的语气满是轻蔑，“这就是我初期想做的。那时我算是个改革家，想成为好神父而不是坏神父。而现在，只要能把坏神父投入监狱，同时为受害者摇动和解金的大树，我就很开心了。这不算特别高贵的追求，毕竟涉及钱，但它很有效，只要拿钱的不是我就行。”他本质上是个纯粹主义者，而基妮不禁又猜测起他是不是出身富贵，所以才能无偿接下蓝这样的案子。他身上有些贵族气质十足的地方，只是表露得含蓄而低调。

“我想咱俩都是为人权奋斗的改革家。”基妮若有所思地说，“我姐姐最近就为这个指责了我，说我总折腾，有圣女贞德情结。她觉得这太荒谬了，我却觉得完全可行。我没有丈夫和孩子，有大把时间去治愈世间的不幸。”

“每个人早晚都会找到属于自己的路，只是一些人比另一些人早发现。你好像从坏形势里做了最好的选择，然后把它变得有用起来。这是门艺术。”安德鲁说道，他敬佩她这一点，而一个名叫蓝的男孩从中获益。基妮本可能余生都在为失去而哭泣，眼下她却在服务于他人。

“我姐姐问我有没有打算收养蓝。她说之前我还真没想过。或许咱们应该哪天聊聊这事。”

“那对他会是天大的好事，如果你真的想这么做。就应该考虑一段时间再确定。”

“我会的，这是个好建议。”

“好，那周一总教区见。我会在转角的咖啡店和你碰头，简要跟你说些细节和‘演员阵容’。了解内幕总是没什么坏处。”

“那太好了。再次感谢。”基妮亲切地说道。

“我也再次表示哀悼。”安德鲁说道。结束通话后，基妮前去看看蓝在干什么，他说身体不舒服，基妮吃了一惊。

“哪里不舒服？”她问道，用手背摸他的额头看看有没有发烧，但没有，“可能你只是旅途劳累吧。”他们度过了忙乱的几日——葬礼、诵玫瑰经、往返加州的航程。她注意到蓝的脸色黯淡，这晚上床睡觉前，他开始呕吐起来。基妮觉得他有点儿病毒性肠胃炎的迹象，陪他坐了一会儿，等他终于开始打盹儿后，她便自己去睡觉了。

仿佛才过了几分钟，基妮感觉有人在摇她，猛地惊醒过来。她抬头看，一时没晃过神自己在哪里，然后看见蓝站在床边抽泣。这可从没发生过。

“怎么了？”她问道，迅速下了床。

“我的胃很痛，是真的真的很痛……很严重。”基妮让他在床上躺下，想要打电话叫医生，接着他又吐了，疼痛使他的身子蜷缩起来。他指给她看痛的地方，是腹部的右下四分之一处。基妮接受过高级急救训练，她马上明白这是什么问题，立刻换好衣服，温和地告诉蓝他们要挂急诊。他说自己难受得没法换衣服，她便帮他在睡衣外面披上一件长袍，蓝趿拉进高帮帆布鞋，五分钟后两人便到了街上，拦下一辆计程车。基妮告诉司机去西奈山医院，这是离公寓最近的医疗机构。

五分钟后他们到达急诊室，蓝向护士描述了症状，这时基妮在急诊室前台填写文件。需要填的各项都填好后，她突然意识到她没有他的医保卡。她奔回护士站去找蓝，他坐在轮椅上，脸色发青，端着碗放在下巴下方，以防再次呕吐。

“蓝，你上保险了吗？”她温柔地询问道，他摇摇头，她便又奔回前台，对他们说他没有医保。前台工作人员似乎对此不太高兴。

“你可以直接开账单给我。”基妮迅速说道，在表格上添上自己的住址。在最近的亲属一栏，基妮踌躇了一会儿，想着要不要写自己的名字，但最后还是实事求是地填了他姨妈的名字。她把自己的名字放在了带他来医院的人一栏。

“这是不允许的。我们不能开账单给你。”工作人员说着，一边查看表格，“他要是有医保卡会好得多。”她在表格上写下“无保险”。

“你是他的母亲吗？”她怀疑地问道。

“我不是。”基妮诚实地答道，想着是否不该说出真话。

“那你没法签这张入院表。他是未成年人，必须由最近的亲属、父母一方，或是监护人签字。”

“现在是凌晨四点半，我不想浪费时间去找她。”基妮心烦地答道，简直要抓狂。

“我们可以给他做紧急救治，但要通知她。”工作人员严肃地说。基妮想着莎琳今晚在不在医院值班，在的话一切就简单了。

蓝这段时间都在医生那儿接受身体检查，基妮走过去找他们。蓝看上去很惊恐，她轻轻拍了拍他的手。医生和基妮一起走出诊断室，来到大厅和她交谈。

“他得了阑尾炎。”他向她解释道，“今晚必须取出来，我不想等。”基妮点点头——与她之前怀疑的八九不离十。

“可以，但有个问题，我不是他的监护人，他父母都过世了，有一个姨妈是他的监护人，但从来不见面，现在他和我住在一起。能不能就让我在表上签字？”医生摇头。

“不行，但你没必要非得签。尽量去找找他姨妈，同时我们会进行手术。现在就可以带他去手术室，但监护人必须通知到。”基妮应允，决定等蓝被推走之后再打电话给莎琳。接着她回到诊断室看他，他又在吐了，一个护士拿碗帮他接着。蓝看上去痛苦万分，双眼在骤然黯淡的脸上睁得比平时还大。他们急着要送他去手术，同时他的手臂上还打着点滴。很快一个男护士走进来，向蓝解释流程。他哭了起来，基妮亲吻了他的额头，他们便把他的病床推进大厅，不一会儿送进电梯将他带走，留下基妮一个人站在走廊里，也流着眼泪。

接着她拨通莎琳的手机，期盼她在工作，回应的却是一个睡意蒙眬的声音。是莎琳，听到基妮在电话那头哭泣，她非常讶异。基妮解释着状况，听见莎琳旁边传来男性的声音，抱怨电话在凌晨五点把他们吵醒。她猜测那就是哈罗德，莎琳的男朋友。

“他不会有事的。”莎琳对她说道，听上去没有基妮那么担忧，“明天上班我会在入院表上签字。”她听上去漫不经心，基妮有些沮丧。一分钟后两人挂了电话，基妮走到等候室坐下，等待蓝结束手术回来。在这之前他还需要先去术后恢复室，这给了基妮一些时间来思考他们目前的状态。法律上，他们之间的关系处在中间地带，悬而未决，而他这次生病让她觉得自己成为他的监护人是有意义的。莎琳不愿为他负责，但基妮愿意。

蓝从术后恢复室出来是早上八点，被安置在一间半私人病房。他头昏眼花，一直睡到中午，基妮则利用这段时间回家、洗澡、换衣服。回到病房后，她坐在他床边的椅子上，蓝整个下午都在睡，基妮也打起了盹儿。五点时，她带着入院表去自助餐厅和莎琳见面。莎琳签完字后递给她，接着说了一番让基妮大跌眼镜的话。

“我不想再当他的监护人了。我从来都见不到他，他也不是我儿子。再说他现在和你一起住。”莎琳很明智地说。

她的话完全有道理，也让基妮意识到自己的确想要成为他的监护人，但蓝在其中也有发言权，她想要问问他。

这晚她陪蓝在医院度过，手术后两天她带他回家，对他百般娇惯。一天，两人正在沙发上看电视，基妮就成为监护人询问他的意见。蓝的脸上瞬间绽开了笑容。

“你愿意为我这么做？”他问道，眼中含着泪。

“如果你想要我这么做的话，具体程序我可以问问安德鲁。”之后她问了，安德鲁说流程很简单，尤其在像蓝这么大的年龄。他十四岁了，有自己的发言权。既然蓝愿意，基妮自己也愿意成为他的监护人，而莎琳要求放弃监护权，这样一来听证会就只是走过场。基妮是个负责的人，安德鲁说不会有法庭对她持有异议。就算离家外出时，她也给蓝制定了可靠的安排。

“这件事你愿意的话，我可以帮忙搞定。”安德鲁自告奋勇，于是基妮让他插手。由于蓝的特殊情况和正在进行的调查，安德鲁准备要求听证会早早举行。他确信他们会很快同意监护权变更。

基妮和蓝一谈到这件事就开心。她知道自己做的决定没错，而蓝更是心花怒放——这让他明白她希望他长久相伴，也愿意对他负责。除此之外一切对他俩都不重要。等他从手术中恢复过来，两人庆祝了他们的计划，聊着等他可以出门后要去做什么。基妮给蓝做了他最爱吃的，两人看了他喜欢的电影。即将成为他的监护人让他们之间的纽带连结得更紧了。蓝的阑尾炎成了天赐他的福气。他们迫不及待地等着听证会批准。

16

在蓝康复期间，安德鲁到公寓来看望他，给他带了几本运动杂志和一款电子游戏。蓝感觉身体好多了，见到他很高兴。他觉得安德鲁很好心来看望自己，也很喜欢他带来的游戏。安德鲁告诉他们，监护权改变已经开始运转，他提交了举行听证会的请求。他也把和总教区的见面从周一推迟到周五，因为那时蓝刚做完手术，基妮在照顾他。

“他这人不错。”安德鲁走后，蓝躺在沙发上说道。

“是啊。”基妮表示同意，心里想着两天后在总教区的会面。

“你应该跟像他这样的人在一起。”蓝主动提议。基妮觉得这话听起来怪怪的。

“我为什么要这么做？我不想和任何人在一起。”基妮答道。她在心里仍然把马克当作伴侣，也确信自己永远不会改变心意。她从来不摘下结婚戒指，“再说我现在有你了。”

“那可不够。”他机灵地说。

“足够了。”基妮微笑地看着他。如今她还将成为他的法定监护人，这不只足够，简直是充裕了。

和总教区见面这天早晨，基妮让蓝待在床上，把电脑和一堆游戏光碟留给他，然后打车去咖啡店和安德鲁碰头。她迟到了十分钟，为此一再道歉。

“我出门前得把蓝安顿好，真抱歉。”说完她要了一杯咖啡。安德鲁穿着卡其色长裤，深蓝色亚麻外套，敞开式领口的蓝衬衫。他提醒她，蒙席和他的同事十有八九会对她很严厉，这是为了吓唬他们，说不定那些人甚至会指责蓝说谎。无论这些蒙席们私下里怎么想，一开始他们都会替泰迪神父辩护，否认蓝所说的一切。安德鲁对他们的游戏了如指掌。

“卡瓦勒蒂蒙席一直坚持一个理论：积极的进攻是便是最好的辩护。别被他说动了，他可不笨，知道这件事上我们占上风，所以他会尽可能把你吓退。他不希望教会的公众形象受损，如果总教区知道泰迪·格雷厄姆干了什么，他们因为隐瞒事实并且把他调走，也逃不了重大干系。这些没有一样是他们想看到的。”最后，安德鲁认为蓝会成为绝佳证人，毕竟他是个如此直率天真的孩子。“我会搞定的。”安德鲁让基妮放心，他付了咖啡的账，然后两人走过拐角处前去会面。

单单来到总教区就让人心生敬畏。安德鲁和基妮被领进一间等候室。这里天花板很高，古董家具漂亮而严肃，装饰着雕花木板，墙上挂着一个十字架。大楼的空调在纽约的酷暑里大显身手。基妮一时有些不知所措。

“你还好吧？”安德鲁轻声问。她点点头，内心有些紧张。片刻后走进来一位年轻的神父，领他们上楼去卡瓦勒蒂蒙席的办公室。这是一间布置美观的办公室，基妮看见三位蒙席正在里面等着他们。桌子上方挂着一幅漂亮的教皇像，而房间四处摆放着一些主教与枢机的照片。他们一走进房间，一个穿着蒙席长袍、矮小圆胖的男人便朝安德鲁走了过来，脸上带着亲切的笑容。卡瓦勒蒂蒙席位居神职将近五十年，他的眼睛仿佛属于一个年轻得多的人，明亮而有神。

“见到你真好，安德鲁。”蒙席说着，慈爱地拍了拍他的肩头，眼神里充满真挚的愉悦。“所以你准备什么时候回归？”他揶揄道，“你应该和我们一起处理这种事。”说这句话时他的语气严肃了些。他们在罗马一起做过许多项目，安德鲁在那儿的四年中有一半时间和他共事。老蒙席看重他的能力，常常说安德鲁是梵蒂冈最优秀的律师之一，有一天能当上枢机。听说他请求还俗时，蒙席失望至极，但并不特别讶异。安德鲁总是十分独立，思想自由，比起献身于教会，他往往更多奉献于法律理想。而且他有着深深的质疑精神，思维有时颇为活泛。他从不接受事物的表面价值，也不接受他人说应该做什么。在做一件事之前，他必须得相信它不仅正确，而且遵从他自己一贯的原则。这往往使他成为一个强大的对手，蒙席想，也许安德鲁现在正是这样的对手。他没有低估安德鲁，正如安德鲁也没有低估他。

在罗马时，卡瓦勒蒂蒙席把他当作亲生儿子看待，教给他梵蒂冈权术的内部运转。许多个深夜，他们在罗马的官邸对饮。正是此时，安德鲁对自己的天职及所走的路开始产生怀疑。而他离开的理由使他如今更成了危险人物，蒙席也完全意识到了这一点。安德鲁是个理想主义者，这些案子对他而言犹如圣战，而对于蒙席而言，它们只是他为教会所做工作的一部分。安德鲁曾期望每个神父都是完美的，包括他自己在内。而卡瓦勒蒂蒙席明白神父的弱点，也明白人性的弱点。“总有一天你会回来的。”他用不容置疑的语气对安德鲁说道。基妮有些吃惊，想着这会不会成真。

“目前来看还不会。”安德鲁和他打趣，“与此同时，我们还有事要做。”他介绍了基妮，蒙席与她握手。

卡瓦勒蒂蒙席向他们介绍了屋里站着的另外两位蒙席。安德鲁解释道，基妮即将成为蓝的法定监护人，男孩现在和她住在一起。接着这位矮胖的蒙席招呼他们到沙发上坐，沙发前摆放着一张矮桌和几把舒服的椅子。他不希望第一次交谈的氛围太正式，看看是不是能劝阻基妮和安德鲁，防止事态进一步扩大。警方还没有对泰迪·格雷厄姆提出起诉，所以现在正是劝他们回心转意的时候，特别是在引起媒体关注之前。到目前为止还算是平安无事，但几周后，一旦这件事预计提交给大陪审团，事情就不会如此简单了。

卡瓦勒蒂蒙席仔细打量着基妮。她身着严肃的黑色亚麻裤装，没有任何首饰，除了手上的结婚戒指。注意到她已婚让他吃了一惊，因为之前被告知那个流浪男孩单独和她住在一起。蒙席想知道她为什么会和那孩子有牵连。他也知道她曾是电视台记者，这让他觉得她和安德鲁的组合颇为危险，如果她是那种一探究竟的办事风格，配上安德鲁对诉讼的一腔热血，他们可能会是一支致命的队伍。卡瓦勒蒂重视起这一点来，准备谨慎对待。

“好的，大家都来了。”卡瓦勒蒂蒙席说道，微笑地看着两人。蒙席的助手、一名年轻神父来问过是否需要咖啡、茶或冷饮，他们拒绝了。“对这件不幸的事情，我们要怎么做呢？”他和颜悦色地说道。他们才一走进来，他就用与安德鲁在罗马的友谊回忆录、玩笑话和对安德鲁的高度赞扬，将这次会面主动权牢牢掌握在自己手中，“现在摆在我们面前的，是一名年轻神父的未来，不仅仅在教会中，而是在全世界的注视下。毫无疑问，这桩事件如果走上法庭，将毁掉他、他的神职生涯和他对自身的信念，如果他入狱则会更糟。”

基妮没法相信自己的耳朵，但她和安德鲁都没说一句话。

“站在我们这一方，我们也要考虑这样的指控会对教会造成什么影响，对我们会有怎样的损害。不过我们必须尊重法律。这件事关系到人，不仅是教会，这也是我们对教民的关心。”他说着，看上去冷静又和蔼，“泰迪·格雷厄姆神父深受爱戴，不论是在他之前的教堂，还是现在这个。”

“那就是你们把他调去芝加哥，而不是在这里解决的原因吗？”安德鲁静静发问。这是他发出的第一枪警告，从老神父的眼中他看出这一发命中了。不过卡瓦勒蒂过于聪明，也对安德鲁过于了解，不会因他的言论感到惊异。蒙席有充分的准备。

“当时是时候让他去另一个教区了。你也清楚，安德鲁，我们不想有谁太依恋一个地方，从而失去了客观视角。那时候恰好芝加哥有一个空缺，迫切需要他前去就职。他一直以来都受人爱戴，无论去哪里都是牧师的典范。”

“‘那时候恰好’是因为有人投诉吗？比如一个祭坛男孩的父母相信了他们的儿子？”他俩都知道这种事很少发生。比起相信自己的儿子，父母们更可能信任他们的神父，既是出于习惯，也是出于对教会的尊敬。安德鲁清楚这一点，而他每一次都选择相信孩子。他接的案子中从来都没有孩子说谎，总是神父犯罪，卡瓦勒蒂对此也很明白，“还是说有哪个神父看到了让你们担心的事？他在纽约可是受欢迎极了，是教民挚爱的教区神父。那样的话，为什么要把他调到芝加哥去？”

“圣安妮教堂的牧师在那之前一个月突然去世，一时找不出别的人选。”精明的老神父丝毫没有退缩，直视着安德鲁的眼睛。教会对于将他调去何处早已准备好完美的说辞，“这次调职是例行公事。”

“我真想说我信了。”安德鲁质疑道，语气不以为然，“总会有其他人选，特别是如果一个神父在他的教区干得很优秀，又受人爱戴，这种情况下你们几乎是不会调动的。而且有意思的是，我们现在手上有十五起类似案例，除去蓝的之外，在圣方济各和圣安妮都有。蒙席，我认为您面临的问题很严峻，您也明白这一点。”安德鲁恭敬却不失强硬，而卡瓦勒蒂不动声色。另外两位蒙席自从介绍过后就没说过一句话，安德鲁可以肯定他们被要求保持沉默。他预计全程都将由卡瓦勒蒂发表言论。他是这房间里的长者，也对安德鲁十分了解，这是优势。

对话的内容和双方的风格把基妮看得入迷。安德鲁与蒙席之间优雅地巧辩，几乎像是一场舞蹈，而目前为止还很难说谁会取胜。为了蓝的缘故，基妮把赌注押在安德鲁身上。但蒙席的高超技巧也不在他之下。

“我认为我们都应该想想，这件事继续发展下去会造成怎样的损害。”卡瓦勒蒂蒙席严肃地说，“不仅格雷厄姆神父的生活将被毁掉，这个孩子也一样。曝光这件事真的对他有好处吗？——即使这故事是真的，虽然我不相信。我认为这孩子被吓坏了，可能他试图引诱神父后，又想出一个更好的主意，试图反转成对他有利的剧情。”卡瓦勒蒂说着，双眼紧紧盯着安德鲁，接着又盯着基妮。他的一番话使她震惊不已。

“这不是钱的问题。”安德鲁一字一句地说。基妮几乎要从椅子上跳起来，但她忍住了。“也不是您宣称的，一个四十多岁的男人被九岁男孩引诱的故事。您的理论很聪明，蒙席，但在这儿不奏效。我的客户才是无辜的受害者，不是格雷厄姆神父。这个孩子的一生都将受到这件事的冲击，而教会将为此买单，付多少钱由法庭裁决。您和我都清楚这类事件要承担的代价。我们谈论的是一场犯罪，蒙席。一场施加在一个孩子身上的犯罪。泰迪·格雷厄姆一定得进监狱，而不是转移到另一个教区故技重施。

“如果这件事上了法庭——它也一定会上的——全世界都会看着你们，质问你们为什么将他调走，为什么不阻止他继续戕害他人。这是侵害我客户人权的严重犯罪，你们对此都有责任，因为没有阻止犯罪者，还将他调走。以您对我的了解程度，应该知道在这件事上我会锲而不舍地寻求正义，无论是道德上还是物质上，只有这样才能显示出教会的懊悔与诚信。”

说完这段话，律师和神父交换了一个极为漫长的眼神，双双陷入沉默。安德鲁站起来，也示意基妮起身。她讶异地望着卡瓦勒蒂，对方紧缩着嘴唇，对安德鲁的立场很是不悦——安德鲁既无放弃此事的意愿，也不愿被长者胁迫。蒙席本指望见面会更顺利些，但至少目前为止，安德鲁一毫厘也没有让步。

接着，老蒙席看向基妮，“我敦促你和那孩子谈谈，考虑一下他这么做将会毁掉的人生，尤其是他自己的。这起事件的发展会很难看，与此有关的每个人，包括蓝自己，都会受到伤害。我们将不计代价。”这是直接的威胁，还没等基妮回应，安德鲁便打断了他。基妮不知道该说什么，她只是相信蓝，相信他在这件事上是受害者，而他们那位神父是个骗子、性变态，相信警方正在收集证词和证据，他所害的其他人也将予以证实。无论对泰迪·格雷厄姆神父还是教会而言，这都非同小可——尤其一旦见诸媒体。

“感谢你们百忙之中抽出时间，先生们。”安德鲁礼貌地说道，然后再次转向卡瓦勒蒂，“见到您很高兴，蒙席。祝您今天愉快。”说完他用胳膊肘暗暗推了一下基妮，示意她不要说话，只管走出去。两人下了楼，走回到街上。安德鲁眼神冰冷，面色铁青，走着走着，他对基妮说：“他这个狡猾的老魔鬼。我早就知道他会以蓝作为威胁来吓唬你。这案子肯定不会容易，和天主教会这样庞大的机构对着干总是不容易的。但良善和真相站在我们这边，绝不在他们手上，他们也知道这一点。等咱们的青少年证人像滚雪球一样增加，每个人都有和蓝相似的故事，他们就会开始求情了。对于他们来说，这宗案子不会好看，而且所有人都要付出高昂的代价。所以如果能先把你吓跑，他们就会这么做。你还打算坚持吗？”安德鲁关切地看着她，而基妮比他了解得坚韧得多。她仍在为之前听到的那番话而震怒。

“他们太虚伪了，简直大错特错！”她说道，眼里满是愤慨，“发生了这种事，他们应该跪下来忏悔！”

“这只是一开始摆出的姿态罢了。他们不会立马投降，得将游戏进行下去。最终他们会付钱的，有时候是一大笔，这类案子会让他们支付高昂的损害费和和解金。虽然无法逆转已经发生的事情，但比起没有来说，这笔钱可以让蓝过上更好的生活，也给他的未来带来保障。那对他也许会很重要。”安德鲁现在能为蓝做的，就是说服教会支付一笔可观的和解金，而他不达目的誓不罢休。

“这次见面算是什么？我以为大家会认真谈谈接下来要做的事情，但他们只想恐吓我们。”基妮很生气，但安德鲁明白，舞蹈才刚刚进行到序幕。

“他们吓不倒我。”安德鲁平静地说，“希望他们也吓不倒你。他们想看看咱们会不会在这案子上放手，趁现在还没到大陪审团手里，到时候他们会头疼得多。蓝是未成年人，会被匿名保护。现在轮到泰迪神父来为他的罪行付出代价了。刚刚只是一场武力叫嚣的比赛，之后会更严肃，他们也会变得更强硬——在缴械投降之前。”

“你觉得他们会投降吗？”基妮问道，看上去忧心忡忡，不过他们没要求和蓝见面，这让她很欣慰。现在看来，即使他们想见，她也不会带他去的。若是蓝在场，卡瓦勒蒂一定会想方设法给他施压，逼他宣布放弃，混淆他对事实的看法。

“如果蓝坚持他的说法，他们就别无选择。”

“这不是说法，是真相。”基妮激动地说道。

“所以我才会在这里，”安德鲁静静地说，“尽量别这么早就被他们惹烦了，咱们还有很长的路要走。这提醒了我——等你取得监护权，我想要你马上带他去找那位心理医生，名字我给过你了。我需要医生对他精神状态及精神损伤程度的评估。”他已经为基妮请求临时监护权，等待听证会做出决策，他想这个请求不可能被拒绝。

“她会催眠吗？还是只是聊聊？”基妮关切地问。

“取决于她的想法。如果她认为蓝被强奸但不记得了，那可能会催眠。但是催眠的证词通常比较粗略，不大可靠，有些法官不接受。我还是更倚仗她的评估和蓝自己的话。”

基妮点头表示赞同——她只是想要提醒蓝治疗师可能会做什么。她告诉过他很可能要让医生进行评估，蓝没有表示异议。他像一本打开的书一样坦坦荡荡。

“好了，今天接下来尽量做些更开心的事情吧。”安德鲁与基妮在转角处告别，向她提议道。这次会面丝毫不让他惊讶，但基妮却很沮丧，甚至有些动摇。

安德鲁将面临一个忙碌的下午。他要去见一位新客户，也是相似的案例，不同之处是那个孩子被强奸，并且自那之后就显出精神失常的征兆，自杀未遂，最近才从精神病院出来。安德鲁见过很多比蓝的案例更严重的，但那并不减少蓝这起案例的重要性，他在所有案子上一视同仁，严肃对待。年轻脆弱的生命落入险境，受到的冲击永不能平复——无论这冲击是明显还是隐约可见。他希望将所有作恶者送入监狱，使受害者得到补偿。

他朝基妮微笑，希望能为她和蓝把事情弄得更简单。

“要是你不介意的话，给治疗师签一份许可，这样我就能跟她讨论一下这件事。我会和你保持联系。我还在等简·桑德斯告诉我案子什么时候交给大陪审团。据她昨天所说，我觉得他们差不多准备要提交了，之后节奏就会快起来。”安德鲁说。基妮点点头，他总是很高效，掌握着所有细节，与老神父论战也极有能力，在会面中的表现令她印象深刻。他的铁腕隐藏在天鹅绒手套下，比基妮所想的还要强硬得多。而某种意义上作为前神父是一种优势，他就像从对方叛变的间谍，清楚教会所有秘密内情。安德鲁·奥康纳可不含糊。基妮对老蒙席确信安德鲁会回去也十分好奇，尤其因为他对安德鲁如此了解。“我会打电话给你，”他允诺，“替我跟蓝打个招呼。”他挥挥手，钻进一辆计程车，基妮则乘地铁回到住处。

她刚一踏进公寓，蓝就问起会面的事情，基妮不想让他担心。

“他们怎么说？”他有些忧虑。整个上午他都躺在沙发上看电视，手术后脸色仍然不太好。

“没说什么。”她坦诚地说。仔细想想，这次会面基本上除了大声的咆哮就是隐晦的恐吓，还有一些优雅的挥舞与猛击——后者来自安德鲁。基妮喜欢他的风格。“主要他们想知道咱们是不是认真对待这件事。安德鲁说了很多，表示我们是认真的。他稍微威胁了一下那些人，然后我们就走了。”她总结得简明扼要，没提到中间的曲曲折折和蒙席话里的讹诈。“安德鲁认识那位蒙席，但这不妨碍什么。我认为之后总教区会严肃起来。我想他们希望我们会在案子提交给大陪审团前放弃，但是我们不会的。”基妮换上牛仔裤、T恤和凉鞋，感觉轻松了些，接着便打电话给安德鲁推荐的那位治疗师，预约在下周见面，然后告诉了蓝。

当晚安德鲁打电话过来问蓝的情况。基妮听出他有些疲惫，他承认这一天确实事情很多。

“病人怎么样？”他语气亲切。

“开始坐立不安了。他想明天去海边。我觉得要再过几天才行。”

“要不我明天带晚餐过来？”安德鲁建议道，基妮颇为感动。

“他想吃巨无霸汉堡想疯了。”她笑着说。

“我想咱们可以把档次提高点儿。我的公寓离扎巴超市[1]很近，明天下班后我带食物过来。”他大方地提议，“别忘了还有扬基队的比赛。”那是蓝的生日约定。基妮想知道他是不是对所有客户都如此上心。似乎他对蓝情有独钟。“明晚见。”又聊了一会儿后，他说道。挂掉电话后，基妮转告蓝安德鲁明天要来吃晚餐。

“他喜欢你。”蓝说，咧着嘴傻笑。

“他喜欢的是你。”基妮更正他。第二天晚上，安德鲁出现在他们的公寓，带着一束给基妮的花，还有豪华大餐：有好几种意大利面、烤鸡、沙拉、法国优质奶酪、一瓶给他和基妮准备的上好的法国酒，还有堆积如山的甜品。三人把这些食物在餐桌上摆开，分享了一顿美味的晚餐。安德鲁和蓝聊起了棒球和音乐，在蓝上床睡

1. 扎巴超市（Zabar's）：纽约上西区的食品连锁商店，提供各种各样的外卖食品。

觉后，他和基妮谈起她的旅行，又追忆起自己对罗马的热爱。

“那是世界上最浪漫的城市。”他怀念地说道，作为前神父这么评价似乎有点怪，安德鲁自己也意识到了，咧嘴笑笑，“离开教会之后我才发觉。我很想哪天再回去看看。待在梵蒂冈让人兴奋，虽然我每天工作十五个小时，工作结束后，晚上我会散步很久。这是座精致的城市，哪天你该和蓝一起去看看。”他把基妮当作一位友人，很高兴能分享她对蓝的关心与期盼。

“有不少地方我都想带他去，但不是我工作的那些地方。也许明年我可以抽出时间，跟他一起去欧洲。”

“你们辛苦了这么久，那是应有的收获。”

“我考虑过在他开学之前带他出去玩几天。”

“你们应该去缅因州。我小时候总在那儿消暑。”接着，安德鲁想起了什么，脸上突然变得神采奕奕，“你想去开帆船吗？”

“我已经好多年没开过了。以前特别喜欢。”

“我有艘小得离谱的帆船，存在切尔西码头。它是我的骄傲，也带给我快乐，周末不用埋头工作时我就把它取出来。我们应该找个周末，带上蓝，开着它出海。”像基妮一样，安德鲁也想带蓝见识各种各样的生活乐趣。基妮想那应该会很有趣。

两人聊了好一会儿他在缅因州、她在加州度过的夏天，一边将酒喝完。这是一个愉快、放松、家庭般的夜晚，基妮感谢他带来可口的晚餐。离开前，安德鲁保证会再打电话来商量乘船出海的事。

第二天，基妮接到人权紧急救援会的埃兰·沃伯格打来的电话。埃兰说，他们在印度有项任务，考虑派她去。那是一个收容所，接收被当作性奴的少女，人权工作者把她们解救出来，或是一个个将她们赎回来。营地里有超过一百个女孩。基妮很感兴趣，但现在家里有一堆事要处理。

“需要我什么时候走？”她问道，语气很是担忧。

“目前运行这个项目的主要工作人员必须在九月十号之前回国，所以我想不会晚于九月五号派你过去，这样她可以在走之前和你说明一下情况。至少这次任务不算艰苦，你也不会有中弹的风险。”

埃兰提到的日子，正好是蓝去拉瓜迪亚艺术高中上学的第一天，而且离现在只剩三周了。去这所令人激动的新学校的第一天就在收容所过夜，这是基妮怎么也不愿看到的。她想在这里支持他，但不知道自己的上级能不能理解。埃兰没有孩子，也没有结过婚，比起一个十几岁男孩的开学第一天，她对儿童是一种更出于政治层面、更宏观的关怀。基妮迅速思考一番，开口道：

“虽然这么说真是破天荒——但我实在没法那时候去。现在我有很多事情要做。”她说，心里想着大陪审团听证会，可能之后立即对泰迪神父的传讯，蓝去新学校上课，以及为找出其他受害者而持续进行的调查。九月初到印度去，而不是在蓝身边，在新学校和悬而未决的案子上给予他支持，基妮做不到。

“你觉得什么时候能去？”埃兰问，神经紧绷了起来。她得迅速把每个任务都安排好人手，但她也清楚，基妮这三年多来接下了每一个任务，无论多么危险都没有怨言。现在她完全有权跳过这一次。

“如果可能的话，我想整个九月都待在这里。到十月一号的样子，你要我去哪儿都行。”这样一来她就有一个半月在家，似乎有足够的时间把所有事情运作起来，也把蓝安顿好。然后她便可以安心离开去为他们工作了。

“这没有问题。我们会派另一个人去印度。我心里有个人选，她不如你有经验，但很乐意做事，我想她会干得很不错。十月我们会派你去别的地方，基妮。我没法保证是哪儿，而且如果你十月一号去的话，我们会在圣诞节左右送你回来，或者正好圣诞节过后，这样你在当地会待三个月。”埃兰在脑子里盘算着并说了出来，而基妮的心却一沉。她现在即将成为蓝的监护人，要对他负起责任，而“正好圣诞节过后”派她回来，对他将是多么沉重的打击啊。她不想让他的圣诞节在青少年收容所度过，而与此同时她却在半个地球之遥的难民营，甚至都没法与他联系。她的生活一天比一天复杂，特别是现在他们针对教会的案子即将急剧升温。“这样可以，”埃兰高兴地重复了一遍，“好好享受在家的时间吧。”她想象基妮能放松享受，去电影院和博物馆，全然不知她近八个月前将一个无家可归的男孩带回家，把他保护在自己的翼下。

安德鲁打电话来时，基妮还在想这件事。他告诉她，案子提交到大陪审团的日子定在下周，她可能会被叫过去面谈。还有，芝加哥又有一个受害者站了出来，又是一个祭坛男孩。他简直想象得到卡瓦勒蒂对此的反应，教会那边事态不利。然后安德鲁察觉到她的声音有些心不在焉——听见他们又找出一名在圣安妮的受害者，她竟然几乎毫无反应。“有什么不对劲吗？”他问，一般他告诉她案子新进展时，基妮都表现得积极得多。但现在她仿佛心事重重。

“我刚刚在和办公室商量。他们打算几周内派我去印度，但那不是离开蓝的好时候，所以他们同意让我九月待在家里，条件是我十月一号就要出发。但这样我很可能没法回来过圣诞节。不管选哪样，这碗水都端不平了。”

安德鲁没有说话，因为不明白基妮怎么可能在这样的工作和蓝之间周旋，尤其一次要离开好几个月，一年有四分之三的时间都不在纽约。

基妮自己也意识到这一点，她感到负担很重。这份工作对她很重要，但蓝也同等重要，而且他需要她。“以前无牵无挂的时候，什么事都特别简单。”

“这就是为什么我一直单身，”安德鲁笑道，试图缓解她的焦虑，“这样我就能随时出发去印度或者阿富汗了。”对她的工作，他无法想象她是怎样做到并且忍受如此之久的，即使没有蓝的存在。他钦佩这近乎圣徒的举动，但觉得多少也有些莽撞，不过基妮似乎对危险或不适毫不在意，至少迄今为止是如此。

“把叙利亚也加上。不管怎么说，我会看最终结果如何，看看他们到时候要把我派到哪里去。至少我会在家待一段时间。”

“我觉得是个好主意，至少你能待到传讯，以及民事诉讼的准备工作做好之后。”虽然他还不会这么快就提起诉讼，但也有些工作要做，“而且你不知道媒体会怎么报道，还有教会将怎样反击。他们说不定会从栅栏对面打几个高射炮过来。”安德鲁承诺过蓝会被匿名处理，作为未成年人他将受到保护，但谁也无法保证基妮会遭到什么样的指责。

随着案件升温，安德鲁担心总教区不会打友好牌。他觉得基妮最好能在家给予蓝支持，但也完全理解这对她造成的压力有多大——毕竟她的工作意味着大部分时间离家，甚至几乎没有和外界交流的可能性。基妮的生活不是为了给一个少年提供吃住而设，也不是为有任何情感牵系而设，而这样的生活本来再适合她不过，直到现在。“长期来讲，你打算怎么办？”安德鲁问。基妮自己也在想这个问题，如果蓝和自己待在一起，那就将面临艰难的抉择。

“我现在根本没法想那么远，”基妮小心地说，“我只能先在这里度过九月，接着执行下一个任务，之后再好好想清楚。过去的这几年一直到现在，我需要做的只是在手术间拿着一盆血迹斑斑的破布，尽量别昏过去，时不时地爬山，还有别被狙击手射中。大部分时候家里没有谁指望我，或者关心我在干什么，只有我姐姐偶尔会，但是她有自己的生活和家庭要操心。现在忽然家里有这么多事要做，我真的没料到。”约八个月前的圣诞节，基妮让蓝在沙发上过了几夜，那时她一丁点儿也想不到如今会变成这样。

“我想生活就是这样。正当你想着一切都安排得完美无缺，这时有人打个喷嚏，或者上帝吹了口气，大厦就忽喇喇倒了下来。”这样的事情基妮近四年前早已经历过，就在她、马克和克里斯从派对上离开的圣诞夜前夕，而如今她终于建好一种适合一个人的生活，但又一次，碎片满地，生活需要重建。不过在她看来，蓝是上天给她出的一道善意的难题，只是需要想清楚。基妮哪一方都不想放弃，无论是热爱的工作，还是他。而作为监护人，她现在要承担起更多的义务。这不仅仅是一纸公文那么简单。“有什么我能帮得上忙的，尽管开口。如果你想的话，我可以在你不在的时候替你看着他，去收容所探望他。”但两人都清楚，蓝需要的不止这些。他需要的是遇见她以前从未拥有过的家庭生活，基妮也明白做父母绝不是兼职。

“大概只能边走边看了。”安德鲁认为她最好少让自己面对日常风险，但基妮似乎一门心思扑在工作上。然而无论她为蓝付出的时间是多是少，这个孩子都将从中受益。他至今已经获益良多。

“哦对了，我这周末不用工作。”他突然想起来，补充道，“周日我可以带你们两个去开帆船。”听上去棒极了。基妮突然想起，不知道蓝会不会晕船——接着意识到他大概从没有机会知道。

晚饭时，她把安德鲁的邀请转告给蓝，他十分兴奋。他们周六去看扬基队比赛，周日可能去开帆船，两人聊了一会儿后，基妮告诉他大陪审团听证会定下了日期，自己也和救援会谈好，会在家再待上六个星期。这让蓝更高兴了，他眼里的宽慰牵住了她的心。

“我本来很害怕开学的时候你已经走了。”他轻声说。

“我也担心。在那之前我不能走。”基妮静静答道，深感对他的责任有多重。

“真希望他们不会派你去那么久，”蓝依依不舍，“之前你不在的那段时间我很想你。”他承认道，基妮点点头。

“我也想你。说不定他们可以派给我更短的任务。”她明白自己的工作性质并非如此，而她至今提供给救援会的有利条件之一，便是来去无牵挂。忽然之间，基妮为要让他在收容所待好几个月感到内疚。她人生的景色正迅速变换着模样。

蓝过生日这天，三人一起去看扬基队比赛的夜晚，可以说是蓝人生中的一个顶点。安德鲁开着他周末驾驶的路虎揽胜接上他们，蓝一路上都兴高采烈地说着话，戴着他的扬基队帽子。而安德鲁事先为他准备了一系列惊喜。比赛开始前，他带蓝去球员休息区，把他介绍给几个球星，他们祝他生日快乐，又送了他签名棒球。两人回到座位后，蓝让基妮把球放进她的手提包，要她用生命保卫它们。安德鲁给三人买来热狗。就在比赛开始前，记分板亮起了“生日快乐，蓝”的字样。基妮看到后几乎热泪盈眶，而蓝则惊喜地叫了出来。他咧着嘴不停地笑，基妮和安德鲁越过他头顶交换了眼神，坐下来后她向安德鲁表示感谢，蓝也同样道谢。

比赛十分精彩。比分一直处于平局，直到第十二局扬基队以满垒胜出。拿下取胜的那次跑垒时，蓝激动得上蹦下跳。离场时，他的名字再一次出现在记分板上。这是每个男孩都梦寐以求的生日，基妮也玩得很尽兴。安德鲁和他们一道回公寓，基妮藏好的蛋糕登场了。

“我从来没过过这样的生日，”吹熄蜡烛后，蓝郑重地看着他们说，“你们是我最好的朋友。”然后他想起那两只签名球还在基妮的包里，他拿出来，自豪地将它们摆在自己卧室的书架上，和上次与安德鲁一起去看比赛时得到的一起。

“你送了他一次无与伦比的生日。”基妮说着递给安德鲁一块蛋糕。他们在厨房餐桌旁坐下来，桌子勉强容纳得下他们三人。

“能让他开心就好。”安德鲁说道，脸上带着平和的笑容，“这不难做到。”蓝也回到厨房吃起了蛋糕。这是个完美的夜晚。

“我从来没吃过生日蛋糕。”蓝吃完第二块，若有所思地说道。两个大人讶异极了，蓝以往过着怎样的生活由此可见一斑。而那样的生活与他俩在稳定、传统的家庭里成长的经历有着天壤之别。

安德鲁主动说起他有两个哥哥，他们总是跟他过不去。一个在波士顿一家律师事务所当律师，另一个是佛蒙特一所大学的教授。他当上神父时，两人都觉得他疯了。

“我有个侄子跟你一样大，”他微笑着对蓝说，“他想进高中踢足球，把他妈妈气得不行。”他向基妮笑笑，他们彼此意识到两人都有外甥或侄儿，自己却没有孩子。大家吃完蛋糕来到客厅坐下，安德鲁端详着马克和克里斯的照片。

“他是个漂亮的小男孩。”他温柔地对基妮说，她点点头，一时语塞。这仍然时不时重击在她的心头。安德鲁察觉出来，便转而和蓝聊起了比赛。两人都同意扬基队打得很精彩，安德鲁承诺如果扬基队参加世界职业棒球大赛，他就带蓝去看。听到这话，基妮意识到她那时已经走了，错过蓝的大事忽然令她难以接受。但她有必须做的工作在身。

安德鲁离开时再次祝蓝生日快乐，并说明天早上在切尔西码头和他们见面。

星期日对蓝来说又是难忘的一天，安德鲁教他驾驶那艘小小的漂亮帆船。那是一艘安德鲁亲手修复的旧木船，基妮帮他一起解开缆绳。于是在八月美丽的一天，阳光明媚，微风正好，他们驶离了船坞。接着她帮他把帆扬起来，安德鲁一边教蓝该怎么做，他很快掌握了要领。航行了一会儿后，他们挤入一个小港口，安德鲁抛下锚。他们吃了午饭，然后躺在甲板上晒太阳。对他们三人来说这艘船再理想不过。

“我一般都是一个人带它出来。”安德鲁对基妮说，两人看着船头的蓝。基妮看向安德鲁，感觉他是个独行者。水手都是如此。“有人在船上真好，”他微笑地看着她说，“去年夏天我开着它去了缅因州，那儿有个住处。我尽量每年都去一两个礼拜，陪我哥哥的孩子们玩。在他们看来我是当过神父的怪叔叔。”他说着露出笑容。安德鲁似乎不在意和他人不同，也不在意孤身一人，基妮如今——或者是遇见蓝之前——也差不多是这样。

“我想我慢慢喜欢上了当怪人的感觉。”基妮咧嘴一笑，“我姐姐也觉得我是个怪胎。我现在都不确定怎样才算是正常了。”“正常”对她而言，从前意味着结婚生子，现在却意味着像孤魂一样满世界游荡，生活在难民营里。而对安德鲁而言意味着帮助被神父猥亵的男孩们。“正常”就是他们现在所过的、与期待和计划全然不同的生活；“正常”就是在好时光到来时尽情享受，就像他们一起在船上度过的这一天。到这天结束时，安德鲁已经把蓝训练成了一个水手。船开到了切尔西码头附近，安德鲁关掉发动机，驶进船坞，基妮和蓝帮着固定缆绳，把船系好，蓝还帮着把船洗干净。大家都认为这一整天棒极了，不仅放松心情，也聊了许多。安德鲁开车送他们回家时，基妮和蓝感谢他带给他们一段如此美妙的时光。基妮邀请他上楼吃点东西，但他说自己还有工作要做。不知为什么，基妮隐隐感到他在用工作把自己与世界隔开距离。工作是他的藏身之所，就像他曾经当神父时一样。

“要是咱们也有艘船该多好。”在电梯里，蓝说道，双眼闪烁着星星。基妮大笑起来。

“可别对我抱有这种幻想，蓝 · 威廉姆斯。”她打趣道，蓝咧咧嘴。

“总有一天我要成为一个有名的作曲家，赚好多钱，到那时我就给你买艘船。”他跟在她身后走进公寓，说道。基妮转头看他，想着他说不定真的能做到。前方有无限的可能性。现在对他来说，没有什么不可能。

17

蓝对去看治疗师并无兴致，但还是同意了，他知道这对案件很重要。在航行一日游之后，周一两人一同前去医院。见到医生两人都有些惊喜，她名叫萨莎·哈罗维奇，是一个瘦小的老太太，年龄看起来大得可以当基妮的祖母了，却很有智慧。她在办公室和蓝单独见了两个小时，之后在征得蓝同意的情况下，出来与基妮交谈。医生说，她很有把握除了蓝所说的之外没有发生其他任何事情，已发生的事情诚然很糟糕，也给他造成了创伤，但她认为蓝应付得不错，而这其中有很大一部分是基妮的功劳。哈罗维奇认为他是一个心智稳定、健康的孩子，虽然有过艰难的生活，但他出色地经受住了考验。治疗师觉得没有必要催眠，并说会写一份报告且愿意出庭作证。她也希望能不时与蓝见面，帮他度过接下来的几个月。基妮很高兴。

第二天，安德鲁打电话来与基妮讨论这次见面——她签过了许可，治疗师可以直接和他交谈。“听上去他的精神状态相当不错，多亏了你。”他全部归功于她，基妮谦虚地否认。

“多亏他自己，还有朋友的一点点帮助。”她纠正道，“他是个了不起的孩子。我对他完全有信心，而且彻头彻尾地相信他。”

“这正是他需要的。如果更多父母像你一样，这世界上的人会变得更好。”

“我只是想要蓝过上了不起的人生。”她坚定地说道，“我觉得他会的。”她的付出让蓝进入了拉瓜迪亚艺术高中，这在安德鲁看来也同样犹如奇迹。基妮是那种改变他人生活的人，不仅仅是在叙利亚和阿富汗为人权奔走，而且在家的生活中每一天也是如此。安德鲁为他们铺平道路的这个案子就是证明，那位心理医生对此也很是赞叹。她告诉安德鲁，蓝非常适应新生活，尽管案件给他带来了一些压力。哈罗维奇医生对他说，基妮正是这个孩子需要的人，他们的相遇是他生命里的奇迹，安德鲁表示同意，据他所知这是事实。两人谈完治疗师的话题后，基妮再次为美妙的帆船航行和扬基队比赛向他道谢。

案子接下来的重要一步，是警方向大陪审团递交手上所有的证据。大量证据提上台面：对其他受害者及家庭的采访，浮出水面的证人——一旦他们的记忆拼接起来，便记起曾目睹过的可疑事件——还有愤怒的家长和心理受创的孩子所作的陈述。“泰迪神父”对年龄稍长的祭坛男孩们实施了强奸，对年纪更小的孩子们进行口交，就像对蓝一样，还有性抚弄。他总是以诱惑的罪名指责他们，以监狱恐吓他们，如果他们告诉了别人，他甚至会对他们实施身体伤害，如此一来，孩子们承担着保密与自责的双重压力。这份报告读来令人痛心。截至案子到达大陪审团时，他们已经知道有十七个受害者，十一个在纽约，六个在芝加哥。纽约市警察局通知了芝加哥方面，当地警察局也展开了调查。安德鲁和简·桑德斯非常确信最终还会有更多人浮出水面。

与受害者的创伤形成鲜明对比的，是教区民众的暴怒。他们仍相信着挚爱的神父，坚称男孩们都在说谎。安德鲁一直无法理解，即使当反面证据无可辩驳时，人们为何仍能够对一个人忠心耿耿。他们无条件地爱戴着泰迪神父，对教会的纯洁抱有强烈信念。他们忘了，像其他任何一个组织机构一样，教会也是由个体组成的，而恶心的人到处都有，各行各业都不可避免。泰迪 · 格雷厄姆就是其中一个。而仅次于他所作所为的犯罪，是总教区的掩饰。这一点现在已经毋庸置疑，虽然仍然有待证明。不过纽约圣方济各教堂有两名年轻神父发了声，说他们知道且见过惹人厌的事情，向总教区的一名蒙席举报了此事，但没有任何动静，泰迪神父也没有被撤职。而当他们再一次举报时，二人反遭到斥责。

然而六周后，格雷厄姆被调去芝加哥，到那里继续为所欲为。当初举报他的年轻神父之一因为此事离开了教会，另一个正在深思熟虑中，还没做出决定。在简 · 桑德斯与他面谈时，他告诉她自己不再对教会抱有幻想，大致确信会离开。他从小到大都想要成为神父，如今却幻灭了。他说自己的祖母对此很是心痛，也失望至极。她从祖国移民过来，有两个儿子当上了神父。

桑德斯警官呈给大陪审团的报告令人扼腕：有多少生命被泰迪 · 格雷厄姆所辜负。他对儿童造成或许不可逆的伤害，在身体上摧残了那些小小年纪就被他强奸的男孩，压垮父母，分裂家庭，令他的同侪幻想破灭，动摇了他们的信念，并且置他的上级于险境——他们曾经极力保护他，如今必须对此做出回应。在他被调至芝加哥前，一位年轻蒙席与他谈话，问他那些指控与怀疑是否为真，泰迪神父予以否认，并且洋洋洒洒说了一段颇有说服力的话，解释为什么人们嫉妒他，并扮演起受害者角色，而事实却恰恰相反。他对其撒谎的那位蒙席，如今因调任芝加哥一事而身陷麻烦。那位蒙席可谓缺乏经验，天真幼稚，但他的上级们对此噤声，试图以调职来解决问题时，实际上很明白他们的所作所为意味着什么。这对所有和案子有关的人来说都是悲剧，甚至对泰迪·格雷厄姆本人也是，虽然他也否认了这一点，并称自己是教会的殉道者。

大陪审团仔细商议本案后，投票起诉泰迪神父。所有人对他的罪责都没有异议，而教会由于知情不报也同样有罪。

大陪审团投票决议起诉的几天后，泰迪·格雷厄姆神父被引渡到纽约接受传讯。芝加哥法庭将稍后提讯。他与两名警员一道从芝加哥飞来，带着律师和两名陪同神父走进纽约高级法院。面对十一起针对未成年人性侵——包括鸡奸、口交、滥用信任——的指控，他辩称自己无罪。走上法庭时他面带微笑，向法官致辞时也彬彬有礼。他被转为在押候审，保释金为一百万美元，之后被两名警员戴上手铐带走。他看上去无忧无虑，没有一丝内疚或害怕。基妮没有参加传讯，安德鲁去了，他仔细观察着整个过程准备向她汇报。听到泰迪在法庭上的表现，基妮觉得恶心，他是打算将伟人和基督殉道者的角色演到底。

“现在是什么情况？”她在电话里问安德鲁，“直到审讯前他都关在监狱里？”

“不可能。”安德鲁嘲讽地说道，“等过两天没人注意了，教会就将提交保释金。他的律师替他请求自保释放，声称他没有潜逃风险，但被法官拒绝了。教会必须要付十万美元来保释他，然后为剩下的钱交保证金。教会都有准备，肯定会把他弄出去。等最后他在芝加哥被传讯时，他们还得把整个流程再重复一遍。”这一系列事件超乎寻常：蓝鼓起勇气说出口，基妮相信了他，他们去找了恰当的机构，安德鲁接下了他们的案子……而这绝不是终点，接下来的几个月还要做更进一步的调查，为案子做详尽的准备。而审讯大约在一年后进行，除非格雷厄姆在那之前认罪，并向州政府付清审判他所花的费用。而在那之后，他得为伊利诺伊州[1]的指控面对当地审讯。不过他进监狱这一点毫无疑问，蓝、基妮和安德鲁都很清楚。

一直为案子忙碌着，基妮没法实现和蓝的出游计划。两人只去长岛的沙滩上玩了一天，又去公园听了场音乐会。安德鲁带他们去看《歌剧魅影》，这是蓝的第一次百老汇音乐剧之旅，他喜欢极了。劳动节的周末，三人再次开帆船出游。

随着事情慢慢冷却下来，劳动节过后，蓝也开始去拉瓜迪亚艺术高中上学了。第一天，基妮履行承诺带他去学校，送他到阿姆斯特丹大道上的入口，但没有陪他进去。作为一个憧憬着音乐生涯的高中新生，蓝现在要靠自己了。此情此景令基妮想起克里斯去幼儿园的第一天，于是她在回家的地铁上哭了一路。她想打电话给安德鲁，但又不愿显得脆弱伤感，而且她也知道他很忙。不过蓝成了紧紧连结他们的纽带。

---

1. 芝加哥属于伊利诺伊州，是该州第一大城市。

把蓝留在学校后，回到公寓让她感到有些异样。上午贝琪打来电话，这是几周来第一次，基妮告诉她蓝今天刚开始上学。

“真是难以相信你为他做到了这件事。”贝琪说，这次她的语气很是钦佩，不像往常那样挑剔。贝琪的孩子们上周返校，她很高兴终于又有时间独处了。孩子们在家待了三个月，加上父亲去世，让这个夏天显得无比漫长。基妮也跟她提起传讯的事，告诉她现在已知有十七名受害者，包括蓝在内，都被那个走入歧途的神父所害。贝琪听到十分震惊，“很难相信神父会做出这种事，虽然我以前也读到过类似的。你觉得他会承认有罪吗？”突然间她对案件更感兴趣了，尽管之前一直不相信蓝和妹妹，但现在这件事变得越来越真实可信。连贝琪也不敢一口咬定，包括一些成年人——泰迪神父的早期受害者——在内的十七名男孩都是说谎。姐妹俩聊了一会儿后，各自忙各自的事情去了。

凯文·卡拉汉这周也给基妮打了电话。他读到神父在纽约被控性侵的报道，怀疑是基妮几个月前打电话问他建议的那件事。

“就是那家伙吗？”凯文很好奇，况且他也有段时间没和她说话了。

“是的。多了十六名受害者，可能在案子结束前还会有更多。”

“你那孩子现在怎么样？”她支持蓝的主张，并在没人相信他时选择相信他，这令凯文敬佩。

“好得不行。”她说，十分为蓝骄傲。他源源不断地带给她快乐。基妮告诉凯文，蓝上了一所特别的音乐艺术高中，十二月将举办他的第一场独奏会。她庆幸在泰迪神父被审讯前，他可以度过平和的一年。他需要时间来愈合。

“那你呢？什么时候又出发？”凯文问她。

“十月。”她答道，心里很内疚，“我在等下一次任务。”凯文觉得她在工作上也同样了不起，他难过的只是她没有更多时间留给老朋友、感情关系或是浪漫故事，但也明白，她的工作、如今蓝的存在及这次审讯，都不允许她有额外精力。她的任务排得满满当当。基妮允诺走之前再给他打电话。

九月剩下的时间一晃而过。蓝在学校安定下来，而基妮在家做家务活，跟进国务院报告，每天等待着新任务的消息。他们又邀请安德鲁来吃了一次晚餐，蓝告诉他很多学校的事情，给他展示自己的作业，安德鲁大为赞叹。蓝正在创作曲子，新学校让他激动不已。他的蓬勃生长显而易见。

晚餐后，蓝进自己房间看电视，安德鲁和基妮坐下来聊天。他们最近都没什么时间交谈。安德鲁说自己淹没在新案子里，又告诉她十月份将与总教区有一次重要会面，为蓝讨论可能的和解方案，从而避免民事诉讼。如果在民事诉讼中达成和解，那么泰迪·格雷厄姆将在犯罪指控面前服罪。那些蒙席、主教和大主教开始明白，泰迪·格雷厄姆的案子没有任何出路，于是他们想探探安德鲁的口风，了解他考虑的金额数目是多少。他们还没有在任何事上表示同意，但这是教会采取行动的第一步，他们想让这件事过去。何况现在他们还得和其他受害者协商。

“我认为你应该到场。”安德鲁静静说道，而基妮看着他，眼神慌乱。

“我去不了……我在那之前就要走。还不知道去哪里，但是我同意了十月一号就走。这样我怎么去得成会面呢？”

“我不知道。去不了就是去不了吧。”他看起来很失落，但也理解，“你代表他发言会更有效，而且你的证词比父母任何一方更有份量，因为你才认识他不久，仍然可以保持一定的客观。如果你去不了，我会搞定，不过但凡有一丝可能出席，我觉得你就应该去。”安德鲁以往从来没有给她施加过压力，而且他的话对她很有份量，但基妮不能再次推迟离开的日子了。她在救援会也要承担自己的职责。

这一晚她难受地躺在床上，想着十月安德鲁想要她出席的听证会。她真的不知道怎样才能做到。

两天后，埃兰打电话来，告诉她人权紧急救援会派下了任务。他们将派她到印度另一个地区去，和之前提议的地方不同，这个地区更艰苦些。她将前往印度东南部的泰米尔纳德邦，在当地的一个大规模难民营工作。而救援会希望她十天之内就出发。十月初，正是她九月承诺过的。

整整三天，基妮无时无刻不在想着这件事，折磨着自己。最终她决定去办公室和埃兰面谈。现在她总有事情要操心，而且都和蓝有关，但她很高兴生命里有他。基妮还不知道该怎么做，只是觉得在十月和总教区见面前她不能离开。她不想在蓝对泰迪神父一案上起任何负面作用，而安德鲁认为如果她离开，案子就会受到影响。基妮又打电话与他讨论过一次，他坦陈自己需要她到场，如果可能的话。

基妮在埃兰对面坐下来，叹了口气。

“你看上去很苦恼。”埃兰说，递给她一沓需要在任务前读完的资料。

“真是难以相信在家会有这么大压力。为痢疾和狙击手提心吊胆可容易多了。”

埃兰听到她的话笑了起来，有时她也这么觉得。她和基妮一样在前线工作了很多年，如今仍然想念那种生活。但在多年任务中染上疾病，加上糟糕的救治条件，使埃兰的健康出了些问题，最终决定开始办公室工作，不再冲在前线。她感觉基妮离做出这个决定还有很多年。

“又要走了，兴奋吗？”埃兰亲切地笑着问道，而基妮却几乎要痛哭出来。她一点儿也不兴奋，反被犹豫不决折磨着。但在内心最深处，基妮知道自己别无选择。她需要和蓝在一起。虽然他不会说出口，但她知道这对他意义多么重大。或许这是她必须做出的牺牲。

“我不知道怎么开口跟你说，埃兰，我想我得在家一直待到年底。我不想把工作搞砸，也很热爱这项事业，但我现在是一个十四岁男孩的监护人。我们正在打一场官司，他是受害者，有一些刑事诉讼程序要走。而且他刚刚进新学校，我想我得待在这里。”她说着，看起来悒悒不乐。

埃兰十分震惊。她看得出基妮有多么矛盾和痛苦，而她也是他们最优秀的人手之一，他们不希望失去她这个实地工作者，那对救援会将是莫大的损失。“我很难过，基妮。有什么我能做的吗？”她很有同情心，愿意尽自己可能帮助基妮。

“有啊，我不在的时候你可以当临时保姆。”三年半来，她从来没有在家待过这么久，这不时让她感到异样。但要离开蓝三个月并错过圣诞节，那得糟糕不知道多少倍。

“你会放弃实地工作吗？”埃兰忧虑地问。

“我希望不会。说实话，我真的不知道，我得看看事情怎么发展。现在一切都还是崭新的，我也在尽量适应有个十几岁孩子的生活。”

“你准备收养他吗？”考虑到基妮的话，这是个合情合理的问题。

“我不知道，”基妮陷入深思，“我已经要成为他的法定监护人了，不知道是不是还需要更进一步。但他既不需要、我也不想做的，就是在现在事情缠身的情况下离开他三个月。”何况若是她在任务中牺牲，对他将是毁灭性打击，这一点基妮也想到了，只是没有对埃兰说。她还没准备退出人权紧急救援会，只是想暂别一段时间，把一切都安排好，她确信到年底自己会有答案。“你能不能让我休假到年底？”基妮一脸焦虑地问她。

“能，”埃兰认正地说道，“如果你真的认为这是你必须做的。”埃兰忧伤地凝望着她，害怕她再也不会回来。基妮也害怕如此。她感谢埃兰的理解，签了请假表，然后把关于印度的资料留在了桌上。接着她回到家等蓝放学回来。她坐在客厅，感觉像失去了什么人一般。待在家里并没有令基妮感到重获自由或是松了口气，只是觉得自己为蓝做了正确的事情。而对她自己而言，基妮完全不知道这是对是错，她知道自己将想念迄今一直从事的工作。

电话铃声响起时，她仍然坐在那儿想着，是安德鲁。他立即察觉出她的语气不对劲。“你听上去可不像准备高兴地去露营，”安德鲁对她说，“出了什么事吗？”

“我说不好。”基妮诚实地答道。这么做并不令她感到开心，即使是正确的。“我刚刚把休假时间延长到年底。我觉得不该离开蓝，但我也还没做好放弃人权工作的准备，我已经想念工作了。现在我每天做的只是去买菜，和蓝一起打牌。我的生活需要的不止这些。”她痛苦地说，“但我又不想缺席下个月和总教区的会面。”基妮想要同时出现在两个地点，但她明白自己分身乏术。

“不如暂时别给自己那么大负担吧？说不定在家待几个月对你有好处。世间的悲痛和受伤的人们不会到一月份就消失，它们仍在原地，那时你就可以恢复工作了。也许你可以执行更短的任务，或者一出问题就去帮他们检修排除，而不是一次去整整三个月。”这主意不坏，她之前也没想过问题检修这一点，这让基妮心情好转了些。安德鲁继续说下去，“我知道蓝肯定会很高兴，我也一样。”他听上去兴高采烈，“下周和我共进晚餐怎么样？庆祝你留下来。”他这么问讨人喜欢，尽管在她听来有一丝奇怪。她喜欢且欣赏他，但他毕竟是蓝的律师，不是她的朋友。基妮很确信对方也这么想。

“是为了聊案子吗？”她问。

“不是。”安德鲁冷静而清楚地答道。他微笑着，但基妮看不见，“因为我喜欢你，我觉得你是个极其出色的人。而且我才想起来我已经不再是神父了。这样可以吗？”

基妮想了很长时间，然后点点头，也露出笑容，“可以。”

“我也给你带了好消息。家庭法院下周的日程上有一场开庭，是监护权听证会。我需要你和蓝到场，还有莎琳，如果她愿意。”真是大好的消息。

“不如咱们把晚餐定在那之后？这样就有事情可以庆祝了。”

“和蓝一起？”

“不，就我们俩。”他坚决地说。

这晚，当基妮告诉蓝自己将待到一月，圣诞节也会在家时，他尖叫了一声，声音简直能传到中央公园。留下来陪他而不是去印度三个月，基妮对这个决定很满意。忽然之间待在家里有了意义，这种感觉很好。她知道自己本来就应该这么做。

正如安德鲁所说，监护权听证会很简单，法官十分同情蓝的境况，也了解即将受审的案子。他对基妮的人权工作，以及为蓝的付出感到深深的敬佩。莎琳也来了，这是她和蓝一年来第一次见面，见到他莎琳心里苦乐参半。但她没有陪伴他左右，而基妮尽管要外出工作，却总是陪着他。基妮给蓝的人生带来了不可估量的改变，法官对于给予她监护权没有任何异议。听证会结束后，安德鲁和基妮带蓝去吃午饭，莎琳却称还有事，一离开法庭便急匆匆走了。

就这样，基妮成了蓝的法定监护人。这对两人来说都迈进了一大步，也意味着对彼此的责任。假如当初选择去印度，她就无法出席听证会，所以基妮留下来的直觉没有错。似乎有一种魔力——发生的事，走进她生活的人，蓝去的学校，被送上审判席的泰迪·格雷厄姆……命运之手触摸了他们所有人，而这一切都是因为蓝。

18

十月与总教区的会面混乱且令人沮丧。基妮与安德鲁一同前去，他发了好几次火，和卡瓦勒蒂蒙席争执不休，含蓄或直白的威胁像网球一样抛来抛去。这次有六位蒙席在场，一度还有一位主教到场，而安德鲁时而婉转圆滑，时而以牙还牙回敬对方的威胁。蒙席们的态度不断反转，一会儿暗示和解，一会儿又说绝无可能。基妮怀疑这大多是为了观察安德鲁的反应。安德鲁知道他们在试水，看看他想为自己的客户争取什么，但他们实在是太难对付了。尽管事实在此，十七名证人向警方提供了陈述，措辞鲜明地指出了泰迪神父在他们还是未成年人时进行的性侵，这些蒙席仍在暗指他清白无辜，而男孩们都在说谎。

“十七名男孩和受人尊敬的男士都在说谎？”安德鲁质问他们，眼神里满是愤怒，“这一点你们怎么想？你们的那位是个反社会、恋童癖，他嘲弄了神职象征的一切。我虽然不再是神父了，但想到他声称自己是神父还是让我气愤。你们居然为他辩护？何况我们也知道你们做了什么。你们怎么能帮他掩饰，把他派到另一座城市去好让他重头再来？这些孩子被摧残的人生就是你们手上沾的鲜血。你们和他负有同样的责任，我不明白你们为什么不强迫他认罪。他终究要被判有罪、进监狱，你们这是在浪费所有人的时间。”安德鲁指责道。会面持续升温，三个小时过去，最后卡瓦勒蒂蒙席承认再讨论下去也不会有任何进展，决定将其延期。他说他们将进一步讨论此事，再安排见面。

离开时，安德鲁的眼里燃烧着怒火。基妮走在他身旁，她对他刚刚说的所有话深表赞同。

“为一个众所周知有罪的人辩护有意义吗？他们今天只想知道我们会不会松口。但是卡瓦勒蒂更了解我，我会誓死保证泰迪神父被判有罪，我也会为蓝最大限度地争取和解金。”安德鲁认为这是教会欠蓝的，基妮也有同感。他们绝不打算放弃，卡瓦勒蒂和其他蒙席现在也清楚这一点。而且他们还要和其他受害者交涉，这案子对教会来说代价会很高昂，尤其因为他们隐瞒了泰迪·格雷厄姆的违法行径，没有采取措施或是阻止他；他们做的只是闭上眼睛让他继续。这是此案最糟糕的一点。教会本来有力量去保护那些孩子，但他们没有，而如今多少生命因此被摧残——如果孩子们没能从创伤中恢复过来。而受害者中有些已长大成人的，至今也没能消弭伤痛。

无果的会面过后，事情似乎又冷却了一阵子。接下来的两周，安德鲁忙着处理其他案子，基妮没有他的消息。两人在意大利餐厅共进了一次美好的晚餐，聊得轻松愉快。和以往不同的是，晚餐完全没有谈到案子——他们事先说好不聊这个话题，也严格履行了约定，只是两个彼此有好感的成年人坐在一起吃晚饭。那次晚餐十分愉快，但之后安德鲁就再也没有联系过她。基妮每晚帮蓝解决家庭作业的问题，他在音乐上是个奇才，正在创作自己的音乐会曲目，但在文化课上需要帮助。基妮能帮他学习英语和历史，但化学不是她的强项，所以她必须集中精力唤起记忆，以便给他讲解。

一天下午，基妮正从健身房走回家——她开始去运动了——她停下来去买杂志，看见自己的照片被印在《纽约邮报》和《国家询问报》[1]上。二者用的都是她电视新闻时代的老照片，差不多是五年前的了。基妮这天还没有看过报纸，立刻各买了一份，一回到家便打开读起来。《纽约邮报》的故事更接近真相，但强烈的暗示令她不快。报道称她是一起性侵案的相关方，案子中的神父在纽约州和伊利诺伊州猥亵了十七名男孩，如今他正在保释期，保释金为一百万美元。以上的报道都属实，与公开记录无甚出入，文章也准确地列出了各项指控。然后文章接下去写道，基妮牵涉其中是因为她把一个流浪男孩带回家，让他住在家里，而这个孩子就是受害者之一。文章没有写出他的名字，因为受害者的名字都被保护，不会被泄漏。

报道接着写道，弗基妮亚·卡特四年前淡出公众视野并从电视新闻上消失，当时她与丈夫在圣诞节宴会上饮酒过量，酿成其夫酒驾身亡，连带其三岁的儿子夭折的后果，而她自那时起便与世隔绝。文章虽没有点明，但强烈暗示基妮由于丈夫和儿子的死患上了精神问题，一直笼罩在他们离世那晚的阴影下，事故发生后没人再

1.《纽约邮报》（*New York Post*）和《国家询问报》（*National Enquirer*）：二者都以八卦、煽情风格为特征。

见过她。听起来仿佛她这四年来都沉迷于酒精一般。

文章接着抛出了疑问——她和一个流浪男孩在一起做什么？又是怎么牵扯进天主教会的最新丑闻中的？在描述了一些恋童癖神父被定罪的类似事件后，《纽约邮报》的结语称，这起卡特女士被神秘卷入的案子将在明年对被告人进行审讯，教会官方对此不发表任何评论，捍卫卡特女士的出庭律师是安德鲁·奥康纳，一名前耶稣会神父，而卡特女士自己仍处于失踪状态。报道最后的一句话是："未完待续……敬请期待爆炸性新闻。"这也是她从前做新闻报道时的结束语。

基妮坐在那儿盯着这篇报道。它的事实部分都正确，但暗指她与丈夫醉酒驾驶，使他们的孩子丧命，而之后她迅速销声匿迹，文章同时隐晦地指出她患有精神问题。自从马克离世后，基妮便再没有出现在新闻中，一定是有人告诉了媒体，虽然不知道是谁，但她对此感到不悦。记者可以从法庭的公开记录中拿到指控罪名的清单，但这些细节一定是从某人那里得到的。她憎恶再次成为公众注意的对象，或者把蓝拖下水——即使名字被隐去——毕竟她过去比现在出名多了。基妮讨厌这篇文章的庸俗小报风格，也讨厌自己出现在新闻上。

而《国家询问报》则秉持其一贯作风，直刺咽喉。它在头版放出一张基妮的旧照，旁边是一个巨大的问号，写着"带着十四岁流浪男友重回人间？"它想方设法暗示她是以某种见不得人的方式牵涉进庭审案的，文章从头到尾都让她憎恶。一读完基妮便马上打电话给安德鲁。

“你读了今天的《纽约邮报》和《国家询问报》吗？”安德鲁刚一接过电话，她就焦急地问道。他笑了起来。

“没有，一般来说它们不是我必读报纸的首选。我读《纽约时报》和《华尔街日报》，有空的时候还读伦敦的《金融时报》。怎么，那两张报纸说什么了？”

“我上头版了。《国家询问报》拿了头奖，他们问我是不是带着十四岁无家可归的男友重回人间。而《纽约邮报》好像对案子了解得特别清楚，谈到我丈夫酒驾造成他和我儿子意外身亡。说得好像自那之后我就一直待在精神病院。还质问我现在在干什么，带着一个无家可归的孩子，还被卷入教堂的性丑闻里。所以你觉得是谁说的？”

“这个问题有意思，”安德鲁若有所思地说，“这些事情你比我了解。我认为卡瓦勒蒂绝不会栽赃这种东西，他虽然为难我们，但是个有责任感的人。也许蓝的姨妈跟谁说了什么，然后报纸找到她，之后既然他们知道了你的名字，剩下的很可能是通过查资料知道的。你丈夫去世时网上应该有过一些言论。”接着安德鲁压低声音，柔和地说，“我为你难过，基妮。我敢肯定这让你很痛苦。但是这只是没人会看的小报垃圾。”

“人们会看的。你不看，但是很多人都看。想想他们管蓝叫作我的十四岁流浪男友。我的天，这些人都是怎么回事？我都不好意思说自己也曾经是媒体工作者。”

“我对泰迪·格雷厄姆也这么想，作为一个曾经的神父。”安德鲁静静地说。

“要是蓝看见这个怎么办？或者他们来烦我们怎么办？这些人能把我们的生活折腾得一团糟。我不愿意蓝的名字出现在泰迪·格雷厄姆案里。他有隐私权，他只是个孩子。”

“你最好告诉他，”安德鲁严肃地说，“因为你不说别人也会说。你应该排除这个危险。”

“我不想给他看这样的废话。”基妮显得极度不悦。但她还是照安德鲁说的做了，等蓝到家后她告诉了他，对他说这只是垃圾而已。接着两人聊到马克离世当晚，基妮承认他确实比她以为的要喝得多，但看不出喝醉了，否则她不可能让他开车。但不可否认他血液里的酒精含量远远超标。

“这一定让你特别难受。”蓝同情地说道。基妮想与他坦诚相待，告诉他自己一直都为那晚让马克开车而自责。要是自己没这么做，他们或许还活着，说到这里她哭了起来，蓝为她感到难过，他从没见过她如此伤心的样子。他不知道该说什么，于是试图活跃气氛：“他们觉得我是你男朋友？”他声音沙哑地说出这句话，基妮笑了。

“我讨厌这些玩意儿。”他们并排坐在沙发上，基妮看着铁皮箱茶几上那几张报纸说道，“我不知道是谁说出去的，真让人讨厌。我没说过一个字。马克死后这些媒体跟踪了我几个月，看我都在干什么，可那时我除了一个劲地哭什么也没干。你觉得你姨妈跟这件事有关吗？”基妮若有所思地说道，尽管可能性似乎不大。

“有可能。她不会去找媒体，但是也许她到处乱说，然后谁去找了报纸的人。她特别爱聊八卦和说三道四。也许她是想和你扯平，因为你追究泰迪神父的事情。在这件事上她永远不会原谅你，她到现在还觉得他是个圣人。我不知道还有谁会做这种事。我都不知道你以前那么有名，基妮。”他说，对她产生了一丝敬畏。

“以前是，马克也很有名。现在没人在乎我做什么。”而这恰恰是她喜欢的。根据经验，她明白要找出是谁说出去的永远不可能。这些小报只会捕风捉影，然后把碎片拼起来编造成故事，无论是真是假。但这次他们确实掌握了不少事实。

“对不起。要不是你为了帮我，他们就不会写关于你的这篇垃圾文章。都是我的错。”蓝郁闷地说。

“别犯傻，蓝。那晚酒驾让自己和克里斯丧命，是马克的错。消失四年是我的错。鼓起勇气在泰迪神父这件事上发声是彻头彻尾正确的事，现在来看依然是。活着和呼吸都是我们的错？任何事都能算到某个人头上，那又怎样？这些胡说八道根本不重要。猥亵一群孩子是泰迪神父的错，保护他是教会的错。每天都会有好事和坏事发生在我们身上，重要的是怎么去处理并解决它们。你就是不能让它们把你击败，你得不停地抗争。自责和后悔根本不是解决办法。”她对他露出笑容，站起身把两份报纸扔进垃圾桶。蓝看上去仍然歉疚不已，觉得是因为自己让基妮难堪。“这些垃圾明天会被人用来垫仓鼠笼子。”他将信将疑地点点头。

而这天更胜一筹的，是晚饭后贝琪的来电。

“我的天，基妮，我又要为那些该死的报道头疼了！那次事故的时候就已经够糟了，把你俩说得像是酒鬼夫妇，每个人都问我你和马克是不是酗酒。”她的话可比那些庸俗小报伤人多了，基妮听着心里一紧，“你不知道我和孩子们还有艾伦有多么受不了，看到你上《国家询问报》的封面，还被人谈论你十四岁的男友。”

“我没有十四岁的男友。”基妮纠正她的话，但贝琪在基妮做的每件事上忙不迭地指责与攻击。“你是不是以为我接受了他们的采访？”基妮厉声说道。

“你根本不用，你的生活就是一出肥皂剧。你和马克在新闻台的时候就经常上花边小报。后来他喝多了让克里斯送了命，当时你也和他在一起。现在你让一个无家可归的男孩子搬进家里，又去参加针对教区神父的什么圣战，实际上这事跟你没有半点儿关系，现在突然你又上了《国家询问报》的头版，带着‘十四岁的男友’。你不明白我们有多难堪。你知道我得向多少人解释吗？可怜的艾伦还要上班。我们过着平静又受人尊敬的生活，但好像你总是踩上香蕉皮，屁股着地跌进花边新闻里。我打心眼儿里盼你别那么做。”

“我也一样。”基妮顿时对无情刻薄的姐姐升起一股怒火。而蓝在这边听着她打电话，显得痛苦万分，但基妮没有看见。“你知道吗，我真盼着你哪天能长大，注意到外面还有一个比你住的火柴盒大得多的世界。我在阿富汗拼命工作拯救当地的孩子时，你在帕萨迪那开车去买菜、干洗，你觉得那就是生活的全部——你的房子、泳池、孩子和丈夫。我可能有时候犯傻，但至少我知道自己活着。我也有过丈夫和孩子，但我没你那么幸运，所以现在我努力改变别人的生活，而不是成天坐在家里为他们掉眼泪。而你只会埋怨我做的事情，跟我说那‘不正常’。

“而且说实话，我根本不在乎你怎么看我和蓝对付天主教会这件事。你总是看不起我。我告诉你吧，那孩子比咱俩都有胆量多了。你知道他克服了多少困难才站出来的？而且对手是一个高高在上的神父？与此同时，你告诉我追究性侵了十七个孩子的神父是违背道德的！还有，你总是像这样反对我，什么时候才是个头？我这么跟你说吧，我已经烦透了。是谁死了让你称霸王？”

基妮终于说完，蓝一动不动地瞪着她，那一头的贝琪则近乎要窒息了。这段迟到的话已经憋在心里很长时间，她早就厌烦了姐姐不停批判自己做的任何事。“我说完了。”基妮说道。把这些话说出口后，她感觉好多了。

“我也没什么好说的了。”贝琪愤怒得声音颤抖，“我再也不要为你难堪了，也不会跟别人解释你的事，帮你开脱，即使大家都觉得你是个怪胎。也别把我扯进这一团狗屎里去，你可能不介意上小报，但是我介意。少来烦我！”她说完砰地挂断电话。

“她真的生你的气吗？”蓝问道，他的眼神里满是懊恼。不论基妮说什么，他还是觉得全是自己的错。

“她总得在什么事上生我的气，”基妮说，冲他微笑，“她会消气的。”

“都是我的错。”他痛苦地说。临睡前基妮再次劝慰他，给了他一个晚安的吻。“如果不是因为我，你就不会上报纸，他们也不会说那些关于马克和克里斯的话。”蓝躺在床上，抬头看着她。

“没关系。不管谁说了什么，他俩终归是不在人世了。你没有做错什么。事实上，自从咱们认识以来，你做的每件事都是对的。现在别担心这事了，睡吧。”她对他微笑，再次亲吻了他。

这晚基妮也努力不去想这件事，还有和姐姐的争执。有些话早就应该说出来。在脑海里回放了好几遍后，她终于进入了梦乡。

第二天一早，基妮起床后一边喝咖啡，一边在网上读《纽约时报》。没有文章提到她，不过有一篇很不错的特写稿，是关于猥亵儿童的神父，以及他们为何应被绳之以法，而不是被教会藏匿起来。基妮本想发给姐姐看，但不想再次引起战争。该说的她们都说了。

她等着蓝起床好给他做早餐，却突然意识到他快迟到了，而且也没听见他的闹钟响，于是走进蓝的卧室。基妮把遮光帘拉起来后，转身朝他微笑，发现他整个人都蒙在被子里。她用手指轻轻戳了戳蓝的肩膀，告诉他得起床了。但她戳到的不是他的肩，却是一个枕头。她轻轻地将被子掀起来，看见床上填满了枕头。蓝在枕头上留了一张给她的字条。基妮读着，几近心碎。

亲爱的基妮：

不管我做什么，都只是给你带来麻烦。关于那些报纸和它们说的话，对不起，这都是因为我和泰迪神父。你和贝琪吵架我也很抱歉，她对你抓狂也是因为我。如果你不想，就不用再做我的监护人了。谢谢你为我做的一切，我永远不会忘记。

爱你的蓝

基妮读着，眼泪从两颊滚落。接着她把卧室和衣橱查看了一遍。蓝带走了他过夜的睡袋、两三件外套、一些衬衫、袜子和内裤，还有匡威帆布鞋和跑鞋。他的牙刷牙膏也消失无踪，还有梳子和刷子。课本堆在他的书桌上，然后她发现他的笔记本电脑和手机也不在——这样至少她能联系到他。基妮立即给蓝打电话，他没有接。她留言后又发了一条短信："你在哪？你没做错任何事，回来吧。爱你的基妮。"但蓝也没有回复。基妮又把同样的内容用邮件发过去，然后用颤抖的手拨通了安德鲁的电话。除此之外她不知道该做什么。

"他跑了……"她说，烦乱得要抓狂。

"谁跑了？"安德鲁正忙着，心不在焉。

"蓝。"

"什么时候？"

"昨天夜里。我刚发现他在被子下面垫了枕头，还留了张字条给我。"

"上面说什么？"

"他向我道歉，昨天报纸上那些玩意儿让他很难受。而且我和贝琪昨晚因为这个吵了一架，被他听见了。贝琪说我让她很难堪。蓝把所有的过错都揽到自己身上。"她几乎又要哭出来。

"你有没有打电话给他？"安德鲁十分担心。几个月来由于案子和其他事情，蓝和基妮承受着很重的负担。

"我打了，短信和邮件也发了。他还没回。"

安德鲁思索片刻。蓝是个十四岁的孩子，比他们更了解大街上的生活，而且纽约是座大城市，“不如你再等等，看看他今天会有什么举动？说不定他冷静了，下午就会回家。”

“他不会的。他觉得自己在破坏我的生活。其实根本不是，认识他是这四年来我经历过最好的事情。”

“别慌，”安德鲁温柔地说，“就算在外面待一两天，他还是会回来。他很爱你，基妮。”

“他在字条上也是这么写的。”她不禁哽咽，泪水在眼眶里打转。

“先别紧张，他会回来的。男孩子喜欢干这种事。再说他脑子里也很乱。”即便安德鲁给不了什么答复，他的声音也让她心情舒缓下来。

“我不知道从哪儿开始找他。”

“你没必要马上就找，现在还是白天。我下班之后过来，我们可以一起去找他，”他说，“要是他出现了就打电话给我。”

基妮整天都等着蓝的消息，每隔一段时间就打他的手机，又发了几条短信和一封邮件，但没有任何回音。她觉得自己一整天都在原地打转，直到六点安德鲁过来。她一天没吃东西，只喝了四杯咖啡，看上去焦虑得快要疯掉。

“要是他不回来了怎么办？他可是我的全部。”她说着，眼泪滚落下来。出于本能，安德鲁伸出双臂抱住她。他感觉到她的心在自己的胸口跳动。

“咱们吃点儿东西，然后出去看看。”他冷静地说。他也给蓝发了短信，但同样没有回复。打电话过去时则直接转到了语音信箱。

安德鲁用冰箱里的食材给两人做了三明治。他来之前回过家，换上了牛仔裤、连帽外套、深蓝色毛衣和跑鞋。他感觉今晚两人得走很长的路，把基妮认为蓝可能去的地方都去一遍。

他们从麦当劳开始找，这是她与蓝相遇那天吃晚饭的地方。他最爱的披萨店。另外两三个汉堡餐厅。市区的保龄球街。两人在一家综合电影院外面等了一阵子，没见到他，到晚上十一点半，他们到宾州火车站去，穿过铁轨走到隧道，这是他从“休斯顿街”逃走时待的地方。那里有六七个孩子，只有一个说认识他，但说蓝已经几个月没来过了。她打电话到“休斯顿街”，他们也没看见他，但会让他们的街道外展队密切注意。哪儿都没有蓝的影子。基妮懒得打给他姨妈，知道蓝不可能会去找她。到午夜时分，两人在宾州火车站的长椅上坐下来，基妮双手捂脸，安德鲁揽住她的肩。

“我该怎么做？”她说，痛苦万分地看着他。

“只能等着，他会回家的。”然后她想起了莉兹，在加州的外甥女。现在那里时间还早，可以打电话。基妮打过去，莉兹接起电话，说自己一天都没有他的消息，以为他在学校很忙。

“出什么事了吗？”她问姨妈，基妮不想向她多做解释。

“要是你有他的消息，跟他说我在找他，让他回家。”

“好。”莉兹漫不经心地说，挂了电话。基妮抬头看着安德鲁。

“谢谢你和我一起找他。”

“这没什么。我也没帮上什么忙。”

“有人陪着真好。”她说着，看上去疲惫不堪。她唯一的念头就是找到蓝并带他回家。“我想我们还是回家好了。”基妮说。于是两人缓步穿过宾州火车站，走上楼梯，安德鲁拦了一辆计程车。回家的一路上她靠在他的肩头，有他在身旁是一种抚慰。到达公寓地址后，基妮提议沿河边走走，看看蓝有没有睡在长椅上。现在是十月，夜里冷得不行，不过白天倒是很暖和。基妮一路走着，望见桥下的河，她不禁想起第一次见蓝的时候。他们在一张长椅上坐下，安德鲁把她拉得更近了。他看得见她眼里的悲伤和颓丧。

“可怜的孩子，觉得一切都是他的错，”基妮伤心地说道，“昨天那些小报上的废话，还有我姐姐对我抓狂，说我是怪胎，让她难堪。”她抬起头对安德鲁微笑，“我想我已经当怪胎好几年了吧，满世界跑，想方设法让自己遇难。那晚让马克开车，没意识到他喝多了，这真的让我很自责。我姐姐的生活只有茶杯那么大，她不明白。那样的事从来没发生在她身上过。”

“你和蓝有很多地方很像，”安德鲁温柔地说，“你为丈夫和儿子而自责。泰迪神父的声音仍然回响在他脑子里，说他‘引诱’了神父，都是他的错。蓝现在更成熟了，但要让那个声音彻底消失，还要很长的时间。你为他做的最好的事情，就是用行动而不是言论向他证明他值得你付出，证明你会站在他身后，证明他在任何事上都没有过错。我刚认识你的时候，你对我说，想要他过上‘不可思议’的生活，不仅仅是好的生活。现在他做到了，多亏了你。而且总有一天，因为你，那个在他脑海里指责的声音将会消失，因为你不断告诉他他是个多么好的孩子，而你的声音终究会把泰迪神父的盖过。”

安德鲁的一番话深深地打动了基妮。她抬起头，用疑问的眼神看着他："你怎么会这么了解？"

他迟疑了一分钟才做出回答，凝视着空白，慢慢回忆道："我还是孩子的时候，也遇到了同样的事。那时我十一岁。约翰神父——他是个高大肥胖的家伙，总是风趣愉快。他收集了很多特别棒的漫画书，答应让我看，还要给我展示棒球卡片。于是我去了他家，接着他对我做的事情和泰迪神父对这些孩子做的差不多。然后他告诉我那是我的错，是我引诱了他，还说如果我告诉别人，会有恶魔当场把我杀掉。我过了很久才告诉父母。

"他们不相信我。教区里人人都爱戴约翰神父，而我一直是个淘气包。这件事我们都没有再提过。我知道他是个坏人，也为他对我做的事情自责，于是我下定决心，有一天我要成为一名神父，但要做一个很好很好的神父，这样我才能向上帝弥补我'诱惑'他做的事情。我高中毕业后直接进了神学院，也成了一个非常非常好的神父，像我对上帝承诺的那样。

"但是我很痛苦。我以为那是我的天职，但事实并非如此。我想和女孩约会，也想有自己的家庭。"他说着，对基妮露出笑容，"而退出神职的想法又一次让我自责。接着这些事件开始在教会中浮出水面。大家开始谈论起像约翰和泰迪一样的神父。约翰神父没受过任何干涉，那么多年来他猥亵过的孩子一定有几百个，而他一辈子都平安无事。但当后来人们开始公开谈论这种事后，我只想摆脱自己发过的誓，成为一名律师，为那些像我一样不被相信的孩子们辩护。我知道如果试图从教会内部做这件事，他们会给我施加压力，让我去为作恶的人辩护，甚至为他们掩饰。

“于是最终我离开了，也不再感到自责。有时候我怀念当神父的日子——毕竟有一些让我喜欢的地方。但更让我快乐的是帮助像蓝一样的孩子，把坏神父送进监狱。即使不是神父我也能这么做。奇怪的是，”他继续说下去，“我觉得自己还有某种童年残留下来的自责，当我看到你那么相信蓝，忠诚于他，为他辩护，这也多少治愈了我的心。你是能够治愈别人的人，基妮，你很有爱。也许这足以修复像我和蓝一样受过创伤的人。虽然对我来说有点晚了，但我依然抱着这个希望。

“还有，你不需要为任何事自责。无论你的丈夫那晚做了什么，做了就是做了。你当时没法阻止他。你无法预料。就像我不能阻止约翰神父一样，蓝也没法阻止泰迪神父。不管他们做了什么，那是他们的责任，不是我们的。我们得做的就是你一直告诉蓝的——让它慢慢愈合，然后继续生活下去，这是我们欠自己的。甚至我感觉自己的生活将会越来越好，这都是因为你的缘故。每个人心里都有能给自己一记重击的事情，但它不值得我们耗费精力去做。”他们静静地坐了很久，然后安德鲁把她拉得更近了。基妮抬起头，微笑着看着他。

“你遭遇了那样的事情，我很难过。”她说。

“我也很难过，但现在没事了。蓝也会没事的。我们都属于幸运者，这是你教会我的。看着你和蓝相处，我也学会了很多。”她点点头，想着蓝，盼望着他赶紧回家。接着她看向安德鲁，他俯下身，双臂将她抱住，然后亲吻了她。从他们见面的第一天他就想这么做了。他记得基妮在电视上多么美丽，而如今的她更加美丽。以前安德鲁做梦也想不到自己有一天会见到并爱上她。基妮回吻了他，两人在东河河畔的长椅上坐了很久，然后站起身，慢慢朝公寓走回去，接着基妮想起了什么，转过身。

“等一会儿，”她轻声对安德鲁说，然后朝第一次看见蓝的小棚屋走去，那就在不远处。基妮站在小屋前看了看，发现挂锁开了。她听到里面有动静，等安德鲁也走上前来，基妮缓缓把门打开，看见蓝坐在里面，旁边放着他的包。他正聚精会神地对着电脑，猛地抬起头，惊讶地看着她，一时脑子里只蹦出一句话：

“你都不敲门吗？”

“你又不住在这儿了。”基妮答道，对他露出笑容，“来吧，咱们回家。”蓝犹豫了一会儿，看着他们俩，然后带上包出了棚屋。他没有问安德鲁怎么在这里，但看得出他们都很高兴见到自己。基妮搂住蓝的腰，大家朝公寓走回去。经过河边的护栏时，她停住，把蓝领过去。“我想让你看看，”她温柔地说，“我第一次见到你时就站在这里。你知道我当时在干什么吗？我正准备跳下去，因为我的人生太糟了，连一分钟都不想多活。那天是马克和克里斯的忌日，我只想让自己解脱，这样就不用再捱过一个忌日。然后我眼角余光看到你跑进棚屋，之后咱们去麦当劳吃晚饭，接下来的故事我们都知道了，不必多说。

“你没必要为任何事情自责，蓝。没有什么是你的过错。你那晚救了我。过去四年来我一直在承受那晚的惩罚，去每一个我够得到的难民营。而你救了我的命。如果那天晚上你没出现在那里，我现在就不在人世了。”然后基妮看向安德鲁，“再看看那些被你用行动拯救的孩子们，我觉得我们是三个幸运的人，我们的生活已经算得上不可思议了。”她又给了蓝一个大大的微笑，“还有，如果你再逃跑我可要揍你了，听清楚了没？”

蓝听到这话，咧着嘴冲她笑。他知道她不会的。“你那天晚上真的准备自杀吗？”蓝问道，神情又庄重起来，基妮点点头，面色和他一样凝重。安德鲁这时很想紧紧抱住她，但他不想在蓝面前这么做——至少目前还不会。

三人徐徐走回基妮的公寓。她转身对蓝说：“你觉得咱们把它弄成正式的怎么样？”

“把什么弄成正式的？”蓝显得很困惑。

“你想让我收养你吗？”

蓝停下脚步，盯着她，“你是认真的吗？”

“当然是认真的，不然我会说出来吗？”

“好啊，我很愿意。”他说着，脸上堆满笑容看着基妮，又看向安德鲁，“她可以这么做吗？”

“得要一段时间，但没问题，她可以这么做，只要你俩都愿意。”

“我愿意。”基妮清楚地说道。

“我也是。”蓝补上一句。接着安德鲁把他们送回公寓后离开。他待了一小会儿，对基妮说晚安，这时蓝正在卧室整理自己的东西。

“谢谢你今晚陪着我……也谢谢你对我说的话。”基妮感激地说。

“我所有的话都是认真的。你是一个特别的女人。我希望在你走之前我们能有些时间相处。”说着他的眼神忧郁起来，“想着你在那些地方不断面临危险，我觉得很难过。”基妮点点头，她也对此忧虑，但这只能改日再聊，今晚他们已经谈了太多话题。安德鲁弯下腰亲吻她的前额，然后离开。接着蓝走进厨房找吃的，他饿坏了。基妮也走进厨房，微笑地看着他。

“欢迎回家，蓝。”她轻声说道。他转过头对她笑，像个快乐的大孩子。而基妮的快乐也映衬在他的快乐中。

19

蓝离家出走那天的两周后，卡瓦勒蒂蒙席再次要求与安德鲁和基妮见面，但没做任何解释。近几周案子没有新进展，也没有更多的受害者站出来。泰迪神父已被保释候审，住在哈得逊河畔莱茵贝克的一家修道院。而让基妮宽慰的是，花边小报上没再出现任何消息。

安德鲁与基妮在总教区外面会合，然后两人一同走进去。昨天他们共进了晚餐，关系进展得很顺利。走进去时，安德鲁的目光温柔地扫过她。没过多久他们便被领到卡瓦勒蒂蒙席的私人办公室。有那么片刻，安德鲁记起了他们在罗马共度的日子，那时他们总是无休无止地讨论着教会法。不过两人坐下时，蒙席没有露出半点笑容。

“今天我想和二位谈谈，”他语气严峻，“你们也想象得到，整个状况对我们所有人而言都十分沉重。这些故事从来都不是愉快的，而且涉及的每个人都会受伤，包括教会。”然后他把头转向安德鲁，“我想让你知道，泰迪·格雷厄姆明天将会认罪。在这件事上多说也没有意义，我想我们对发生的事情都很清楚，对于受到伤害的孩子们，我们也深感悲痛。”老神父脸上写着深切的同情。安德鲁讶异极了——他从未见过卡瓦勒蒂蒙席如此谦恭。“我想和你们协议和解。上至枢机和罗马，都已经参与到对这件事的讨论中。我们愿意给蓝·威廉姆斯支付一百七十万美元的和解金，在他满二十一岁前存放为信托财产。”接着他直视着基妮，“你觉得这可以接受吗？”蒙席极度敬佩她为蓝所做的一切，他的眼神说明了这一点。

基妮飞快地看了安德鲁一眼，然后又看向蒙席，诧异地点点头。这比她期望得要多出太多，将永远改变蓝的人生：他的教育、安全感、日后将面临的选择。正义真正得到了伸张。她点点头，感激地应允，一句话也说不出来。“你觉得合适吗，法律顾问？”蒙席问安德鲁，安德鲁微笑地看着他，两个老友互相传递了一个眼神——那是充满尊重与敬爱的眼神。最终结果予每个人以祝福。在卡瓦勒蒂的坚持下，教会为这个男孩做出了正确的事情。

“我觉得很合适，我很自豪能参与这次正确的集体决策。”蒙席于是站起来，“我要说的就是这些。我们将起草文件，当然随之而来还有保密协定。我想告诉媒体对我们谁都没有好处。”

安德鲁和基妮都点头表示完全赞同。分别与蒙席握手后，不出一会儿安德鲁和基妮便回到街上，两人默不作声疾步走着。然后他转向她，露出灿烂的笑容。

“天哪，我们做到了！我的天。你做到了！说起让蓝过上不可思议的人生，你本来可以把他的故事当作耳旁风，不采取任何行动。但恰恰相反，你有胆魄去把这件事做到底，也给了他勇气去做。而这将给泰迪·格雷厄姆侵犯过的其他孩子定下基调。”这是他职业生涯中打过最美好的胜仗之一，并且让他遇见了基妮。现在每个人都面临着无限的可能性。教会完全支付得起给蓝的这笔钱，而安德鲁永远难忘卡瓦勒蒂在其中伸出的善意之手。

两人吃午饭庆祝了一番，这天安德鲁也来到公寓一起用晚餐，他们把消息告诉了蓝。蓝听到震惊至极。他怎么也想不到自己有一天会有那么多钱。

“天哪，我是有钱人了！”说着他看向基妮，“等我十八岁的时候，可以买辆法拉利吗？”

“不行，你得用来支付学费，这是更好的选择。”基妮郑重地说，但仍为他高兴。为这笔钱他付出了高昂的代价，也将对他产生巨大的帮助。如果投资到正确的地方，这种帮助会影响他一生，基妮相信如此。他的未来值得期盼和汲取的，有很多很多。

第二天她打电话给凯文·卡拉汉，告诉他达成了和解，但没有说具体金额。她为他引荐安德鲁给自己而频频致谢，他确实是最佳人选。然后她告诉凯文，泰迪·格雷厄姆今天会认罪。

“好极了。”凯文听到这个消息很高兴，又提醒基妮来洛杉矶就打电话给他。他意识到她永远会是自己的软肋。虽然不会有结果，但幻想足以令他欢欣。

到了十一月，埃兰·沃伯格打来电话。基妮近来常常想着工作的事，她想念工作，想念为他们四处奔走，但这份工作和她对蓝的责任已不再兼容，还有与安德鲁的关系也是。他们的感情与日俱增，似乎朝着认真严肃的方向前进——这出乎两人的意料。基妮想着埃兰是叫她过去讨论下一次任务，也知道自己别无选择只能拒绝。

“我想告诉你，”两人在办公桌前面对面坐下来后，埃兰郑重地说，“我要退休了。我想要一些时间去做些计划，自己去旅行。我在你的岗位上做了很多年，又在这张办公桌前坐了五年，我觉得时间够久了。我想让你第一个知道，因为我考虑提议你当我的继任者，接管我的工作。我想你会做得很出色，而且一年九个月在世界另一头实地工作，大概也不是你现在想要的，所以这对你来说也许行得通。”她想着自己得好好做基妮的工作说服她，所以口气尽量轻松。而基妮只想跳起来拥抱埃兰。这是个完美答案，解决了折磨她数月的烦恼。她不想辞职，但也无法再继续她原来的工作了。现在，她可以接下埃兰的工作，这简直是为她量身定制，而且基妮对人权紧急救援会的需求和风格都了解得很透彻。

“我很愿意。”基妮满脸笑容地看着埃兰，仿佛像中了乐透一样。埃兰从桌子另一头走过来拥抱她，告诉她自己将在一月一日离职。这怎么看都太完美了。这晚她把消息告诉安德鲁和蓝时，他们激动万分。她的游牧生活终于画上了句号。两周后，她的新职位得到确认：人权紧急救援会纽约总办公室主管。这份工作颇有声望，薪水也与之相称。她和埃兰两人静静地吃了顿午餐，讨论她的新工作，埃兰给了她很好的建议。

午饭后，基妮去为蓝挑选早已计划好的圣诞礼物。她给他买了一架钢琴，她知道在所有礼物中，这一件最是会令他激动，法拉利也比不上。拥有自己的钢琴是蓝从小就梦寐以求的。他在学校表现不错，正在准备十二月的首场独奏会。

基妮往家走时，雪渐渐下起来，她不禁想起近一年前的这个时候，她刚刚从非洲飞回纽约，那是令她恐惧的三周年忌日前夜，一个名叫蓝的男孩永远地改变了她的人生，她也同样改变了他的，而安德鲁从中给了他们许多帮助。这一切如今在她看来犹如奇迹。

20

蓝满十五岁那天，是他这辈子最重要的生日，因为好事连连。先是贝琪、艾伦和他们的孩子们从洛杉矶飞来，然后他们所有人，包括蓝和安德鲁一起去了法院。家庭法庭的法官问蓝·威廉姆斯，是否愿意被弗基妮亚·安妮·卡特收养，蓝庄重地答道："我愿意。"接着他问基妮是否愿意收养蓝·威廉姆斯，她回答愿意。安德鲁·奥康纳作为出庭律师出席。这感觉几乎像是一场婚礼——当然，婚礼也是安德鲁和基妮正在盘算的，但这一天独属于蓝。

法官宣布他们成为母子时，基妮亲吻了蓝。他想过要不要跟她姓，但最终觉得还是喜欢自己的本名，基妮对此毫不介意。简短的仪式过后，大家一起去21俱乐部吃午餐。晚餐则是在蓝自己挑选的一家日本料理店，然后所有人回到基妮的公寓，蓝弹了钢琴，大家一起唱歌，他和莉兹现在成了表兄妹，两人相互打趣。安德鲁随基妮来到厨房，亲吻了她。他们转过身看了蓝一会儿，他从未如此开心过。他结束了在拉瓜迪亚艺术高中的第一学年，表现优秀，正在为九月的第二场独奏会做准备。基妮将如约到场，而不是远在阿富汗或非洲。那样的日子已经过去。

往事画上了句号，新的故事刚刚开始。昔日回忆的疼痛渐渐变淡，新的纽带已连结起来。从已逝的生活里，有崭新的生活涅槃重生。“华冠代替灰尘”[1]是对他们所有人再合适不过的形容。基妮几乎每天都在提醒蓝“没有什么不可能”。蓝和安德鲁相信了她，于是发现这句话真实不欺。

［全书完］

1. 华冠代替灰尘：赐华冠与锡安悲哀的人，代替灰尘，喜乐油代替悲哀，赞美衣代替忧伤之灵。使他们称为公义树，是耶和华所栽的，叫他得荣耀。（《圣经·以赛亚书》61:3）

天使的孩子

产品经理 | 吴　涛　　装帧设计 | 何月婷

责任印制 | 路军飞　　出 品 人 | 吴　畏

图书在版编目（CIP）数据

天使的孩子 / (美) 丹尼尔·斯蒂尔著；钟山雨译
. -- 南昌：江西人民出版社, 2018.2
ISBN 978-7-210-10140-6

Ⅰ.①天… Ⅱ.①丹… ②钟…Ⅲ.①长篇小说－美国－现代 Ⅳ.①I712.45

中国版本图书馆CIP数据核字(2018)第003954号

Blue by Danielle Steel

图字14-2018-0007

天使的孩子

丹尼尔·斯蒂尔 /著

责任编辑/冯雪松

出版发行/江西人民出版社

印刷/北京盛通印刷股份有限公司

版次/2018年2月第1版

2018年2月第1次印刷

开本/ 880毫米×1230毫米 1/32 印张8.75

字数/ 187千字 印数：1-15,000

书号/ ISBN 978-7-210-10140-6

定价/ 42.00元

赣版权登字—01—2017—1125